刘 亮 程 作 品

长命

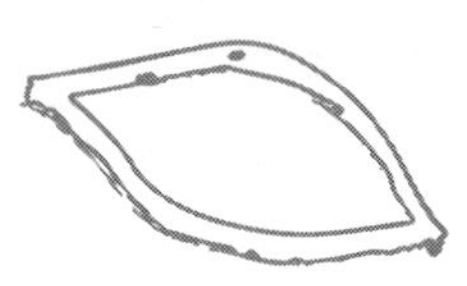

刘亮程 著

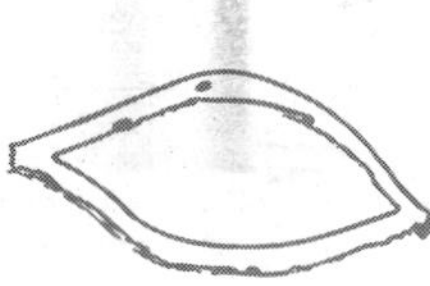

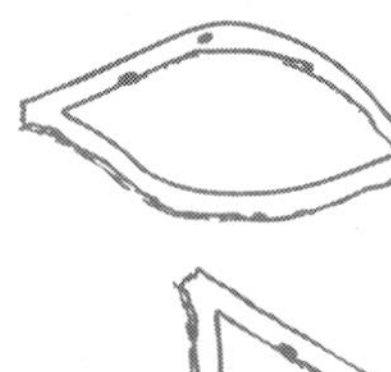

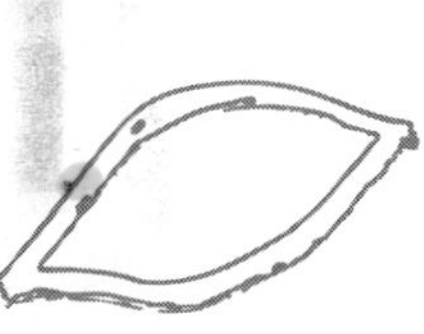

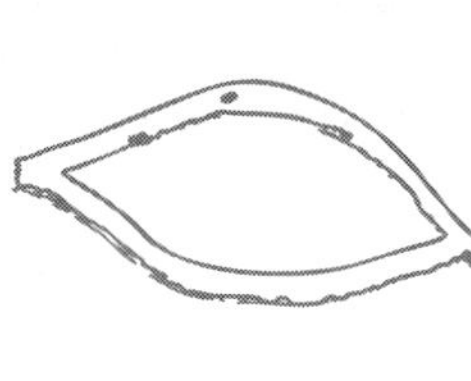

译林出版社

图书在版编目（CIP）数据

长命 / 刘亮程著. -- 南京 : 译林出版社, 2025. 9. --（刘亮程作品）. -- ISBN 978-7-5753-0885-4

Ⅰ. I247.5

中国国家版本馆CIP数据核字第20251UW247号

长命　刘亮程／著

责任编辑　陆志宙　魏　玮
特约编辑　可　木
装帧设计　金　泉
校　　对　蒋　燕　戴小娥
责任印制　闻媛媛

出版发行　译林出版社
地　　址　南京市湖南路 1 号 A 楼
邮　　箱　yilin@yilin.com
网　　址　www.yilin.com
市场热线　025-86633278
排　　版　南京展望文化发展有限公司
印　　刷　南京爱德印刷有限公司
开　　本　850 毫米 ×1168 毫米　1/32
印　　张　13.375
插　　页　4
版　　次　2025 年 9 月第 1 版
印　　次　2025 年 9 月第 1 次印刷
书　　号　ISBN 978-7-5753-0885-4
定　　价　49.80 元

在时序交替的死死生生中，
我的时间到了。

人物表

郭长命 碗底泉乡兽医。一九六二年生。

郭代道 郭长命父亲，碗底泉村老中医。一九三〇年生。

郭长红 郭长命妹妹。一九六四年生。

韩连生(1) 天津大学生。一九五八年生，一九八二年溺亡于石人子河。

韩连生(2) 民国镇野县天津商人。生卒年月不详。

魏　姑 石人子村『神婆子』。一九六七年生。

王大蓄 碗底泉村白事主管。一九六三年生。

潘相信 魏姑大舅。

潘　五 魏姑表哥。一九六〇年生。

潘三爷 魏姑大舅的三叔，民国时更姓改族。一八九四年生，一九八五年卒。

老　马 石人子水库看守。一九六一年生。

马五十 一九九八年生，二〇一〇年溺亡于石人子水库。

郭代表 肃州钟塔县河东村村主任。

李乡长 碗底泉乡乡长。

马富成 潘三爷长子。

魏得茂 凉州铸钟师傅。

玛　吾 石人子村村支书。

潘所长 碗底泉乡派出所所长。

目 录

第　三　部　钟　声

第 四 部　　**交　代**

第 五 部　　**无　神**

第一部

连生

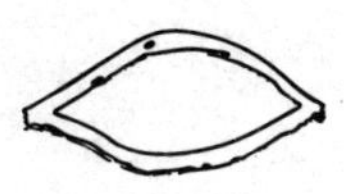

第一章

洪水

~ *1* ~

那年我十六岁。

村里来了辆解放牌汽车，停在河边，车上下来几个年轻人，说是天津来的技术员，修水坝的。其中一个瘦高个青年，穿蓝海军衫，挎黄帆布包。

这是我第一眼见你时的模样。

你把皮箱放地上，用天津话问村里有没有商店，买包烟。

你问话时眼睛扫过看热闹的大人小孩，然后，在我脸上一动不动停住。那是我最好看的年龄，到哪都有人盯着我看。你的目光像从很远处走来，疲惫又迷茫。我被你看得不知所措，忙说河那边的大队供销社有。

当时正发洪水。河底石头滚动的声音把岸都震颤了，仿佛人脚底下的石头也轰隆隆滚。

你脱了海军衫和长裤就要下水，领队的拦住说水太急，不能下。

你说没事，大江大海都游过。

领队急了，大喊“韩连生你别下去”。

你一个猛子扎进洪水里，潜泳好一阵才露出头，我想你一定摸见河底的石头了。你先是蝶泳，又转身仰泳，渐渐游远了。洪水像一垄一垄的黄土从你身上埋过去，你的头一次次被淹没又露出来。终于游到对岸，你在岸边朝大队部看，从那里能看见“石人子供销社”几个鲜红大字。我以为你要光着身子去买烟，却没有。你游了回来，游回来的时间比去时的短，好像洪水里有一条路被你蹚熟。你上岸来说要拿衣服过去，你的钱在衣兜里。

领队没再阻拦。你抱着衣服往水里走，走到齐腰深时停下来，扭头看我，像要说什么话，又没说出来。我心怦怦直跳，似乎预感到有什么事要发生。

“韩连生你别下去。”我张大嘴却没喊出来。

你已经游到水深处，一只手举着衣服，单手划水，还得意地回头看。很快到了河中间，你在那儿打起旋儿，头一下入水，一下又冒出来。冒出来时扭头看岸上。目光遥远又迷茫。

然后你不见了，剩下一垄一垄的洪水奔涌下去。

岸上的人愣了一会儿，开始喊叫。

水太急没人敢下去救你，都在岸上跑，边跑边朝翻滚的洪水里喊，想把淹在水里的你喊出来。

我僵硬地站在河边，嗓子里的喊声像被河底滚动的石头压住。

村里跑来许多人。对岸的人也被叫喊过来，我看见大队供销社的售货员也跑到岸边。

你的皮箱孤零零立在河岸上，没来得及打开。

第三天洪水退去。

他们沿河道往下游找寻。我站在你下水的地方，水往下落一层，我走下去几步。洪水来得快去得更快，河滩的石头全露出来时，我已经走到河中央。

你趴在河底，一条腿压在大石头下，举在手里的衣服不知去向。

你被淤泥糊住一半的眼睛迷茫地望着我。

那是你溺水前看向岸上的目光，你最后看见的人一定是我。

“韩连生你别下去，叫你别下去。”我尖叫着，昏厥过去。

往下游找寻的人跑回来，河那边的人踩石头走过来。洪水退去，河底的路露出来。

我妈说，我昏睡了三天三夜，发高烧，嘴里一直喊“韩连生你别下去”。这是你下水时我没喊出的一声。我妈去河边念叨你的名字，去你的棺木前烧纸。她知道我的魂被你摄走了，她要把我的魂追回来。

醒来后我变成另一个人，开始往河边跑，对着河水自言自语。我能看见你从对岸游过来，穿着短裤，瘦长的身体上闪着水光。你上岸来拿衣服。你的钱装在衣服口袋里。下水前你回头看我，目光遥远迷茫。我说“韩连生你等河水干了再过去”。

你望着我笑笑，然后消失了。

没洪水时我也到河边来，看见你从满是卵石的河床爬过来。你摸着河底的石头，睁大眼睛，朝河岸上望，像是永远望不到岸。

我一次次从你游泳的地方走过干河床，去大队供销社买烟。我从那时抽起了烟。有时我还买一截红头绳。不知为什么，我在你下河前看我的眼神里，看出你会买一截红头绳给我。

只要有人买烟，售货员便用天津话讲你的事，他是我们这里唯一的天津人。他说你穿裤头进供销社来，说要买包烟，突然意识到自己没带钱，便回去取钱，结果淹死在河里。

有一天只有我和售货员，他又讲你的事。他眼睛直看着我，似乎他讲的事写在我脸上。

我说，你一定记错了，那个青年没走到供销社，他游过河很快又游回来拿衣服。

售货员说，我怎么会记错呢，那天他确实穿着裤头进来，用天津话说要买包烟。

我说，是他要买烟的念头来到了这里，人却没来，淹死在河里。

售货员笑了。他知道我说的是疯话。我经常站在河边跟你说疯话。

这么好一个女子竟然疯掉了。他转身在货架上给我拿烟时自言自语。

我说，就当他来过供销社吧。他除了买烟，还说要买根红头绳是吧。

售货员惊讶地看着我说，你怎么知道他要买一根红头绳。

我没搭理他，只是看着货柜上挂着的红头绳笑。

他被我的笑吓住，忙说，那青年就是你这样的眼神，在货架上看了又看，眼睛落在一把红头绳上，让我拿一根给他。他好像第一次拿头绳，小心地放在手上，还做了一个系头绳的动作，然后眼睛看着我。我觉得他想跟我说什么，又不好开口。最后还是开口了，说他是天津来的大学生，学水利工程的，来这里修大坝，把洪水蓄起来。说他的衣服和皮箱都在河那边，钱也在衣服口袋里。

他拿着红头绳不放手，眼睛看着柜台上的一盒烟。我看出他的意思，是想让我把烟和红头绳先给他，他过河取钱回来。

售货员说到这里停住。他想让那件事停在这一刻。我也想让时间停住在这一刻。我递给他一支烟，自己点一支抽起来。

他猛吸一口烟，好久，烟从鼻孔冒出来。他说，我要把那包烟给他，或许他就不会淹死了，他抽一支烟，有精神了就会游过来。可我没给。我只让他拿了根红头绳，那个不值钱。

我听得突然流出眼泪。

我闭住眼睛，任由眼泪往下流。

我知道售货员那双整天看各种杂货和脏旧零钱的眼睛，正贪婪地停在我白净的脸上。

我本想对他说，你看见的只是那青年的魂。他一只手举着衣服往对岸游时，他的魂已经到了供销社。魂看见了危险，想拖着身体一起快走，可是没用。魂带着一个买烟和红头绳的念头逃离出来。魂太小了，带不了许多东西。你看那些游魂，都只带了人最后的一个念想，在世间游逛。那念想也不能自己活，得找个人寄托。他找了我，是我告诉他河那边的供销社有烟他才下的河。还有就是你这个卖烟的售货员。我们俩得把那青年的魂养着。

我没给售货员说这些，怕说了吓住他，不敢再讲你的事。他是比你早来到这里的天津人，娶了当地媳妇，生了一儿两女，家里就他一个人说天津话，他的孩子媳妇都说当地话。那天他听说一个天津来的青年到供销社买烟淹死在河里，就往河边跑，操着浓重的天津话朝河水里大喊。回来后，他见人就说那青年来供销社买烟的事。其实谁都清楚你没来，但都不说破。家人知道他中了邪，叫我妈去燎纸驱鬼。我妈是这一带有名的神婆子，但她可能什么都没做。有些鬼她驱，有些她不驱。我妈说，鬼也要有个寄宿，你把他驱哪去。

我每次来只买一盒烟，抽完了再来。你的影子总是跟着我。还有村里和大队的几个青年也跟着我。以前他们都想娶我做媳妇，还托人到家里说媒。现在他们只想像影子一样跟着我，远远看我对着满河滩的石头说话，学我抽烟。供销社门口总是站着一堆男人，嘴里冒着烟，朝我看。

你的影子站在柜台旁，售货员用天津话讲你的事时你眼睛迷茫地望着，像是听别人的故事。你只留了一个买烟和红头绳的念想，其余的都不记得了。

我给售货员递钱时，你也递钱，递的是你同学烧给你的纸钱。他们在这里修了两年水库，每年清明都来给你烧纸。离开前他们把供销社的纸买光了，用大队的牛车拉到坟上。

他们说，以后不会再来看你了，就把后几十年的纸都烧给你吧。我点火抽烟时你也在抽，抽的是我烧给你的纸烟。我只给你烧纸烟。

我在来来回回买烟的路上，长到二十四岁。那是你下河去对岸的年龄。我在你孤零零的墓碑上知道的：韩连生，生于一九五八年七月十七日，卒于一九八二年六月十二日。

我在这个岁数停住。

~2~

长命开车到石人子村接上魏姑，往右拐，再左拐，上了河边石子路。魏姑脸朝车窗，眼睛盯着河滩的石头，嘴唇在动，却没有话说出来。长命知道魏姑一到河边就犯愣神，她跟这条河过不去了。自从多少年前河里淹死一个天津青年，她的魂就被勾走了，经常跑到河边来自言自语。长命也侧脸看河滩，雪刚消，石头根子潮湿着，有的大石头下面还结着冰。魏姑嘴里嘟囔的话长命听不明白。他只是让目光掠过魏姑左侧的秀美脸庞，她的侧面看上去比正面小十岁，耳朵更年轻，尤其耳后长发半掩的那块皮肤，婴儿似的白皙细嫩，仿佛时光从来没有到过那里。

水坝高高地横在河滩中央，坝上方层叠向上的天山山脉，像一道比一道更高的坝，顶到天上。越往上，河滩的石头越大，石头下的冰雪也越厚。远看白色冰雪将大石头托起来，那些黑色石头拥拥挤挤像要奔赴什么地方。其实它们已经原地静卧了快三十年，只有洪水能搬动它们。自从修起水坝，河里再没来过大洪水。水从一旁的渠道被引到村里和戈壁上的农田。

车底板咣的一声，碰到一个石头上，魏姑回过神来，看长命。

“我上水库买条鱼。”

长命打了两把方向，绕过另一块石头。

“早上我爹说想吃鱼。说晚上梦见我妈在锅头上做糖醋鱼，灶火不利，他去外面抱柴火，柴都湿湿的，也没下雨，不知怎么柴都湿了。他站在锅头边，等火着起来，我妈往锅里放清油，后来成了水，鱼儿在水里活过来。”

“你爹想你妈了。”

“他想我妈做的饭了，我妈在时他从来没有动手做过饭，现在我给他做饭，有时我中午回不来，他就自己做，肯定没我妈做的好吃。他经常给我说梦见我妈给他做饭，但他总是吃不到嘴里。”

“你爹享够了你妈的福。听我舅说，你爹除了会给人和牲口看病，里里外外的活，从来不动手，都是你妈干。”

“我小时候，我妈下地劳动，我爹去村里卫生所上班，他空闲也帮我妈干地里的活。我见他干活回来，看着自己的手说，手指头磨坏号不准脉了。我爹爱惜自己的手。后来我妈就不让他干粗活。即使我爹被贬当了兽医，不给人号脉，他依然爱惜自己的手，不去抓粗糙东西。”

“你妈受的苦多，也得到福报了，她走得安详，没受罪。”

“就是的，我妈也没得啥病，最后几个月，她只是说浑身没劲，我给她号脉，脉弱弱的，感觉心跳走远了。那时我就知道我妈可能要走了。我摸过临终人的脉，都是感觉心跳走远了，脉弱弱地传过来。我带我妈去医院检查，她不去，说她没病，都好好的，就是老了。我爹也给她号脉，号完脉安慰我妈一句，然后坐外面沉默不语。我想，我爹比我更知道我妈的身体。他摸过老年人的脉比我多得多。我妈是躺在我爹身边睡到天亮时不在的。我爹都没觉察她不在了，天亮起来拉开窗纱，喊我妈没应，才发现我妈断气了。”

“你妈在梦里走的。这是最幸福的。”

“也不知道我妈最后做了啥梦，就再没醒来。”

“你喊我过去时已经上午十一点，你妈躺在炕上，你爹不让人动，说让你妈再睡一阵。你爹握住你妈的手腕，像在等她走掉的脉回来。”

“我爹有点慌了，一大早喊我，让我赶紧过来。我过来时我妈安静地躺着，我知道我妈已经走了，还是伸手过去，手指缓缓挨近我妈的鼻孔。我和我爹都见过许多人断气，还是不能接受自己的亲人断气。我说赶紧叫王大蓄过来。我爹坐在我妈旁边，说让我妈多睡一会儿。”

“你爹对着呢，你妈的梦没散，他不让人惊着她。”

魏姑扭头看车窗外的河滩。车上到坝上，右拐方向时，长命的目光又落在魏姑耳朵后面那块细嫩的皮肤上。魏姑在看水库，长命知道她的眼神能看到水里。

上午的太阳照在水库上，反着白光。水库边浮着木块、树枝、垃圾袋，还有几只动物尸体。这些从山里冲来的漂浮物，漂到清明过后沉入库底。春天的水库是最脏的。清明一过就干净了，水把脏东西都收到水底。

修水库前，石人子河每年都收人，也收牲畜的命。你是石人子河收的第九条命。有些年河里多收了几头牲畜，人便幸免了。河水冰凉刺骨，人下去腿容易抽筋，过河的牲畜腿也抽筋。河底滚动的石头也压人。从山里冲下来的石头滚到这里都滚圆了。小石头往下游的戈壁沙漠里滚。大石头留下来。有的石头上有岩画，画着跳舞和打猎的人，还有人以及动物交媾的场景。有时冲下来一个石人，头朝下，半边脸埋在沙子里，露出的一只眼睛迷茫地看着看见它的人。每当有石人冲出来，发现它的牧民就找我去燎。他们说石人身上有以前人的魂，让我把石人上的魂驱走，变成一块石头，他们才敢拿回家卖钱。

连生，我看着每个石人都是你。它们被冲出来时脸朝下，一只眼睛埋在沙子里，半露的一只眼睛迷茫地看着我。

~ 3 ~

老马穿着黑胶皮水衣站在齐腰深的水里，往上拉网，一条颤动的网线伸到水库那边，他提起的一段网上粘了两条草鱼，一大一小。老马把鱼取下来装进网兜，然后上了岸。

“水冰得很吧，别把卵子冻掉了。”长命说。

老马瞥了长命一眼，没理识。

“把那两条鱼称给我。”长命又说。

老马把网兜里的鱼装进塑料袋，放在电子台秤上，鱼在塑料袋里使劲跳腾，显示器的数字也不停地跳。

“两公斤四百克，六块钱一公斤，总共十四块四毛，给十四块吧。”老马说。

长命看着地上水淋淋的电子台秤，显示器的数字上也是水。

“秤准得很，你放心吧。”老马说。

长命站到台秤上，显示的数字是七十三公斤。

“咋重了一公斤。”长命说。

“你个郭兽医不会跟牲口一起喂料了吧，咋重了？”

“跟你开玩笑，对着呢。”长命说着把钱递过去。

“我没必要在秤上做手脚。我的鱼在水里每天都长斤数，这条鱼你明天来买，它就会多长几两。”

收钱时老马看见车座上的魏姑，一时眼神不自在了。

“是魏姑呀，要是你买鱼我就不收钱了。”

“我从不吃这条河里的鱼。”

“这是库里的鱼，没去过河里。”

“那也不吃。”魏姑扭过头，不理老马。

老马扒到车窗上说：“魏姑你跟个骟牛蛋的兽医跑啥呢。”

魏姑没吭声。

长命说：“你个马水库，小心我把你库里的鱼蛋都骟了。”

～4～

小车穿过水库大坝，沿西岸的山顶往下开。河西岸是一道从天山主脉横伸下来的山梁，由高往低，延伸到北戈壁，山在那里入到土里，河床变成沙石滩。再远处是连绵起伏的沙漠，那是石人子的冬牧场。长命曾一次次地走进那片长着梭梭、红柳、铃铛刺、芦苇和各种杂草的沙漠腹地，去寻找土黄牛。他去过牛羊能走到的所有地方。这几十年来他干得最认真的一件事，就是给土黄牛去势，俗话叫骟蛋，他把远近牧场的公黄牛找到，把它们的蛋骟掉。这是他的工作。

长命看河滩的目光掠过魏姑微翘的鼻尖，她的鼻尖好似感觉到他的目光，微微动了一下。

“这个老马，在水库救人被死鬼缠住了，经常找我燎纸，燎上了瘾。你猜他动了啥心思？他想让我到水库坝上跟他一起过。”

“他不是有老婆吗？”

“早离了，他常年在库上不回去，他老婆在县城有了人，被老马捉住。他老婆说，你不是跟母鱼结婚了吗，还有脸回来。”

“他儿子马无水我认识，在县上草原站工作。他还有两个干儿子，都是他从水库救出来的，认他做干爹。”

“老马守了几十年水库，救了好几个落水的人，但没救上来的人更多。他救上来的人提东西看他时，没救上来的人就趴在水底，眼睁睁望他。他见不得死鱼眼睛，像淹死的人眼睛。这是老马跟我说的。他从来不让他救过的人到坝上来。他认的两个干儿子，来看他时，就在石人子路边的饭店打电话，请老马过去吃个饭。老马喜欢喝酒，喝得晕乎乎的骑摩托车回坝上。”

“他胆这么小，还敢一个人住在水坝上？”

“他不是胆小，是他忘不掉淹死的人，眼睛一闭淹死的人就脸朝上浮在水里。”

魏姑说着侧过脸去，从这里可以看见大坝竖立在两道山中间。石人子河被拦住。

连生，你的死加快了修坝速度。他们把你埋在河岸上就开工大干了。埋你的地方是你同学选的，他们把在学校学的水利知识都用来给你选墓地了。他们测量周围的地势高度，察看了地上水流冲刷的历史痕迹，最后在河西岸，选了一块一万年水都不会冲到的高岸埋了你。埋好后你的坟正对着水坝工地，他们修坝时一抬头就能看见你。

水坝修了两年，你的同学往村里跑了两年，他们去大队供销社买烟，买日用品，每次都从你下水的地方过河。每次，他们都站在河边，看我跟你说话。

水坝修起来后，另一个人的半辈子就耗在坝上了，他是老马，刚被派来看守水库时年龄和你相仿，都叫他小马。后来他一直住在水库上，就叫他马水库。他喜欢水，游泳技术好，能在水里憋住气。哪淹死人都找他去捞。就在他憋一口长气一猛子扎进水又出来的时间里，他从小马变成了老马。

你不会变成老韩。

老天爷不让你变老。他们不知道人有许多种活法。死也是一种活法。最好的活法是活在一个人心里。你选择了最好的。因为你不会变老，我心里活着你，我也不会变老。

~ 5 ~

车行到河西岸路口处，干河滩上修了水泥桥，桥下以前的老路还在，直接通到石人子村。

路边一片废弃的破房子。这里是以前的石人子大队，大礼堂、大队办公室、供销社都没了顶，剩下一片破墙圈。面朝河滩的墙圈门头上“石人子供销社”几个字清晰可见，红漆还没有褪去。

“我小时候经常跟父亲来大队供销社买东西，那时候这一片就一个供销社。”长命说。

魏姑没吭声，脸朝那片破墙圈看。一群羊在过马路，长命刹住车，他没按喇叭，耐心等羊从路中间穿过。他知道魏姑在出神。魏姑一出神，黑眼仁就转向一边，长命知道她又看见啥了，她看见的他看不见。

有一天你游过河，说大队供销社的房子拆了，不过那个售货员还经常回来。他从梦里回到早年的大队供销社，白天塌了的房顶在梦里全修复好，还是以前的样子，货架上的烟、砖茶、红头绳和香皂都在，饼干和水蜜桃罐头还在，来买货的也还是以前那些人。他把早年卖过的货再卖一遍。一样的货在梦里又赚一遍钱。只是梦里的钱醒来花不上。你在他梦里看见自己穿裤头来买烟。他把烟递给你，而你没带钱。这是他唯一没挣到钱的一次，他每梦见你一次，就亏一次本。

我说，来供销社买烟的还有王大队长，他是那年挨批斗走进河里淹死的。他把大队卫生所一个年轻女赤脚医生的肚子弄大，被揪出来批斗。他们在他脖子上、腰上、手腕上和大腿上，绑上石头，让他带着一身石头游村，在每家门口喊“我是流氓，我罪该万死”。一天黄昏，他带着一身驮不动的沉重石头走进河里。

你说，王大队长还像以往招呼大家来礼堂开会，包产到户后礼堂屋顶的椽子檩子都拆了分给每家每户，梦里它们又全被扛回来搭在屋顶。王大队长在漏着大洞小洞的礼堂，念他几十年前念过的旧文件，他念“把文化大革命进行到底”，念“批林批孔”，带大家喊“打倒反革命”的口号。有时他带大家喊“打倒流氓王大队长”，没人跟着他喊，都瞪眼睛看他。他安排人去干那些早已干完已经没有任何意义的事情。那些人都乐此不疲。

供销社门口的昏黄灯光里聚着喝散白酒的人，他们不开会，酒喝到半醉，摇摇晃晃进到别人家里，也有喝多了的进到羊圈大睡一夜。我去买烟时他们都朝我看，全是那个年代的呆滞目光。我只买那个年代的老牌子烟给你抽。

过河滩到供销社的路上剩下我一个人的脚印，一行朝西走去，一行朝东走来。其他人都没有脚印。他们从梦里来，从土里来。

你从没水的河里游来。

昨天我又到河边跟你说话。自从修起水坝河就彻底干了。你摸着河滩的石头过来时，我想象自己躺在河底，你的手一遍遍地抚摸过我的身体，圆石头是我的乳房，扁石头是我的小腹和腰身。

~ 6 ~

出石人子山口，一马平川的山前戈壁泛起薄雾般的一层绿，似乎一阵风就能吹没了。天山在这一带朝南凹进去，空出一大片戈壁来。从石人子山口看，戈壁朝北斜伸向沙漠盆地深处。而从碗底泉村口看，戈壁朝东斜向石人子。长命觉得这块山前戈壁从两个地方看，就像两块完全不一样的戈壁。一群羊在斜戈壁上吃草，牧人骑马斜立着。几乎看不见草，但羊低头吃得津津有味。人看不见的草，羊能看见。羊眼睛贴着地。

“你说我爹咋突然胆小害怕了？我妈在时也没听说他怕啥。我妈一走，他不敢一个人在家里住了。”

“他没说害怕啥？”

“我爹爱面子，一个男人家，说晚上害怕丢人呢。我妈不在后我过去陪他住。有时我回去晚，他一直不睡，院子里屋里的灯都亮着。我跟他住了一段时间，他才给我说晚上害怕的事。”

那两条鱼在后座底下的塑料袋里扑腾。魏姑耳朵扭向后面，长命知道她在听鱼扑腾的声音。过了一会儿扑腾声小了，最后安静了。

“得看看你爹在怕啥。”

“我爹说他眼睛一闭，以前找他看病的人都来了。”

“你爹医术高，看好的人多，按说不会亏下人。”

“他眼睛一闭身边全是以前走掉的人，都来找他开方子抓药。他说前年走掉的潘五爷，就是你五舅爷，经常上门来，他去哪潘五爷都跟在后面。他活着时每次来看病我爹都给他号脉开方子。

村里别的老人都不咋来看病，有个腿疼腰疼的，也不当是病，干了一辈子活，咋能不使坏身体。潘五爷不一样，他有点不舒服就找我爹开方子。我爹开的方子他都存着。前年潘五爷去世，入殓时儿子照他生前嘱咐，把一沓药方放在他头边，说是到那边熬药吃。我爹说他梦见潘五爷伸出已经没有皮肉的干骨头让他号脉。皮肉都没了哪有脉。他晚上梦见啥，眼睛一闭就能看见啥。尤其天一黑，梦见的人就在眼前晃。”

“我五舅爷下葬我来送的，老人家活了八十七岁，算活到寿数了。”

“他其实没病，就是老了，他把老当成病，要我爹给他号脉开方子。我爹说，草药草药，没病是草，有病是药。潘五爷死后还要到梦里找我爹开方子抓药。”

“你爹是老中医，把过脉的人多半都走了。走掉的人会在梦里回来，这是常事。”

“我也经常梦见不在的人，但醒来就没事了，也没啥怕的。”

“你没到怕的时候。”

魏姑瞥了长命一眼。她的眼神中飘过一层阴云。刚才她看河滩时那层阴云就飘在眼睛里，过大队供销社时阴云又浮出来。长命跟乡上赵屠夫熟，他的眼神就阴阴的，可能跟杀生太多有关系。长命也照镜子看自己的眼神，没有像赵屠夫一样积下阴云。他骟了几十年牲口，只取牲口睾丸，并没有直接要它们的命。他的眼神还是晴的。

~7~

从石人子西行十几公里是碗底泉驿。往左下省道，一条戈壁路直通向山前。

魏姑说:“我小时候跟母亲去碗底泉村，一路上只看见山前戈壁，看不见村庄的影子，也听不见村里的声音，仿佛碗底泉村并不真的存在。待走到村口，地突然陷下去，像一只土里的碗。村子就在碗底。每次到了村里，我都觉得这个村庄不真实。”

长命说:“早年人们为躲避战乱，把村子建在碗底深坑里。村子叫了碗底泉，是跟着路边的碗底泉驿叫的。这样村名就藏在碗底泉驿的名字后面，用这种方式隐村埋名。”

过水渠涵洞桥，小车下到碗底，一条上坡路直通到对面的半山腰，房子散落地排列在路两边，山腰处有一棵大榆树，再往上是陡峭山壁。

“我跟我爹说了请你过来给他燎一下，驱驱邪。他听到你名字直摇头。我爹犟得很，从来不让别人给他看病。他自认是老中医，身体哪不舒服了就自己号脉，右手把左腕，然后给自己开方子让我去抓药。”

“你爹跟我妈从小一起长大，你爹长几岁。我妈在时说你爹给她看过病，她发高烧不退，你爹拿来药给她服用，因为没治好，她才成了神婆子。我妈嫁到石人子后，也经常来碗底泉给人燎病。你爹看不好的病，人家就悄悄找我妈燎。还不能让你爹知道。你爹若是知道病人找我妈燎过，就不开方子了。”

长命把车开到家门口的大榆树下，魏姑朝树上望，又看长命家院门。

“你送我到舅舅家。等这棵树的影子爬到你们家院子我再过来看。”

魏姑看地上树影的眼神里飘出一丝诡异的阴云。长命不知道魏姑在树的影子里看见了啥。大中午，树影缩在地上，显得格外浓。

第二章

恐症

~ *8* ~

长命把塑料袋里的鱼倒进水盆，那条大鱼还活着，在水里扑腾，小鱼已经翻白眼不动了。

“鱼放下明天做吧，我已经做了拉条子，菜都炒好了，就等着水开了下面。”妹妹长红说。

“爹说昨晚梦见妈给他做鱼吃，没吃到嘴里梦就醒了。我专门去水库买了两条鱼，打电话让你来做，就做上吧。”

长命动手刮鱼鳞，儿子吉诗说：“爹您放下，我来收拾鱼。”

长红端上来两盘菜，一盘白菜丝炒羊肉，一盘大葱炒鸡蛋，另配了一小碟油泼咸菜，还有滚辣皮子和蒜泥。

长命说：“妈做饭的手艺都传给你了。我给爹做拉条子怎么也拉不细。”

长红说：“妈在时每天中午都给爹做拉条子吃，妈的拌面菜比我炒得香。”

“都香呢。”父亲笑着说。

长命打开酒瓶，当地的古城子大曲，给父亲倒了半杯，自己倒满。

“爹，您看长红炒的白菜肉，都是跟我妈学的，白菜帮竖着切成丝。我到外面一吃横切的白菜，就觉得不香。”

父亲没动筷子，在板凳上挺起腰，坐端正。长命知道他有话要说。

“今天你和长红都在，吉诗也回来了，有个事我一直想跟你说。”

吉诗给爷爷和父亲沏好茶，长命让吉诗也坐下。

“爹您有啥事只给长命说不给我说。”长红站灶头旁说。

“这个事跟你没关系，你出嫁了，是别人家人。”长命说。

“爹您要分家产吗，我对您这么好，咋跟我没关系了？”

“爹不分家产，爹也没啥家产，就这一院破房子，等我走了，你们看着哪个椽子檩子没朽拆了去。”

“爹先吃菜喝酒吧，吃了饭再说。”

“这个事不是饭后说的。”父亲又挺了挺身体。

长命放下筷子，正经坐直。长红也过来坐下。

父亲眼睛看着长命，又看长红和吉诗。

“我今年八十岁了，按讲究，你们该操心让赵木匠给我做个寿房了。”

长红说：“爹您身体好好的，想这个事干啥。”

父亲看了眼长红，目光落在长命脸上。“按规矩，我早该给你说这个事。村里男人都是六十岁上就让儿子备寿房。我没让你早准备，是我知道我能活多长。现今我八十岁了，迟早要走的，你去给赵木匠说吧，我要做个七星连底的寿房。早几年赵木匠耳朵没聋时我给他说过，他知道怎么做。做寿房的钱我付。”

“爹您说啥呢，咋能让您付钱。”长命说。

“这个你别争，那些年日子紧，但我做大夫，总好过一些，除了养活你们，也存了一点钱，就是留下买寿房的。我一辈子总得挣个棺材钱。”

长红低下头抹眼睛。

“我说正事呢，你哭啥。”父亲说。

“我没哭，就是想我妈了。我妈临走前一周，她拉着我的手说，红柜底下的蓝布包里有一些钱，是她多少年积攒下的，等她走了，让我们拿出来分了，也不多，就当是我们垫的棺材钱。我说妈您好好的咋说这个话，结果几天后妈就真的走了。”

“你妈过日子细，我给她的钱，她省吃俭用存了些，都是牙缝里抠出来的。”

“爹，您知道我妈存了多少钱吗？妈下葬后，我和长命打开红柜里的布包，里面全是一叠一叠的钱，有一毛五毛的，一块两块五块的,最大面额是十块的,每个面额的钱整整齐齐叠一起,用皮筋捆住。我和长命数了下，有八万多。当时我就大哭起来。我妈平时买个几块钱的头巾都舍不得，竟然存了这么多钱。我和长命把我妈的钱原样包住，还放在红柜里，那是我妈留给您的。”

“你妈的钱都是省给你们的。”

“我和长命说好了，我妈留的钱，我们永远都不会花一分。”

长红擦了眼泪去做鱼，竟站在灶头旁哭出声来。

长命眼睛也红了，端起酒杯说：“爹您放心，我明天去给赵木匠说。”

“明天一早去。”父亲说。

“知道了，爹，我们喝一杯酒吃饭吧。”

长红在灶头边带着哭腔说：“哥，你和爹慢慢喝，鱼就做好了。”

长命举起酒杯敬父亲，父亲端起来抿了一口。长命一口干了。

长红说：“吉诗你也成人了，给你爷敬杯酒。”

吉诗说：“让我爷少喝点，他常咳嗽。”

鱼端上来时长命已经喝了三杯酒。父亲还是头一杯，每次抿一小口。

长命说：“长红你也喝一杯。”

长红说：“我下好面陪爹喝一杯。”

父亲望着盘子里的糖醋鱼说：“怪了，我昨晚梦见的就是这两条鱼，一模一样。鱼在锅里，你妈站在锅边，我在灶口烧火，外面下雨了，柴火湿湿的，火着不起来，我出去找干柴火，回来你妈不见了，我里外屋子里找，就急醒了。”

~9~

午饭后父亲进里屋睡午觉，长命跟长红坐院子里喧荒。院墙外那棵大榆树还秃着，不过榆钱已经吐苞，山里气候凉，榆钱到四月底开，然后榆树才长叶子。长命从半开的院门朝外看，榆树的影子已经爬到路上，再过一阵，影子会翻过墙头，或从半开的院门进来。长命小时候那棵榆树也小，应该跟他同岁数，不知从哪年起，榆树就长得高过房。

“爹现在跟那棵榆树过不去，他到村委会找潘支书，说要把这棵树买下来。潘支书还问我，你爹买一棵老榆树干啥？我回来问爹才知道，他讨厌那棵榆树的影子。每天下午树影子都爬进院子，他想晒太阳，但榆树总挡他的阳光。他就想把树买下来伐掉。砍树得去乡林业站办砍伐证，村里做不了主。”

“妈不在我陪爹住的那些天，爹半下午早早就把院门锁上。他喜欢晒太阳，找到一块有太阳的地方，坐一会儿树影子就追过来。老人都喜欢晒太阳。”

父亲的鼾声从屋里传出来，长命起身把屋门关上。

“爹每天中午睡两小时午觉，白天睡够了，晚上瞌睡就少，六点钟天没亮就醒了。”

“老人瞌睡轻，我公公也是，睡到半夜就醒了。我婆婆睡眠不好，前半夜失眠，听着我公公打呼，后半夜我公公睡醒了，她才睡着。我公公怕吵醒婆婆，就躺在床上装睡。”

“有个老伴陪着真好。妈在的时候，都是爹和妈一起睡，不知道他们是咋睡着的。妈走了后，你陪爹住过几天，后面都是我晚上过来陪爹睡。你发现没有，爹胆子特别小。”

“爹胆子不小吧，我小时候特别胆小，但有爹在家我就啥都不怕。”

“爹是家里的顶梁柱，他怎么能让我们知道他害怕呢？我刚陪爹住时睡西屋，发现爹晚上亮着灯睡觉。后来他才告诉我，他晚上眼睛一闭，周围全是他没治好病死了的人，都病恹恹地看着他。他以前给人看病，开了方子都会说，这服药吃上就好了，他说得轻轻松松，病人也当真。医生嘛，总要把生的希望给病人。但好多病人一看就没希望了，人病越重，生的欲望越强。医生开的那一包药，就是病人最后的希望。那些听了爹说吃这服药就好了的人，临死前可能都怨爹。爹也知道，所以给病人开的最后一服药都不收钱。爹哪服药一不收钱，病人就害怕。爹就收个草药本钱。尽管这样，病死的人多，缠他的人也多，爹害怕得没法睡觉。自那以后我就每晚陪爹住东房，睡一个炕上。”

“妈不在后我在家住到头七，晚上总能听见爹翻身的声音，他好像睡不踏实。但他没跟我说害怕的事。”

“妈早就知道爹胆小，我上初中时爹夜里出诊，妈让我陪爹去。妈以为我和爹在一起，两个人就不怕了。那时路边到处是坟堆，夜也比现在黑，我和爹走在黑路上，他走前面我怕后面，他走后面我又怕前面。我在爹的脚步和呼吸声中感到爹跟我一起在害怕。知道爹也害怕后，我就更害怕了。两个害怕的人走一起就是双倍的害怕。”

“我记得小时候，爹半夜被人叫去看病，我耳朵竖着听他走出院门，声音低低地跟人说话，然后是马蹄声从路上越走越远。我就开始害怕起来。”

“我和妈都在，你害怕啥？”

“我听见爹关上院门，我想他会把院门朝外锁住。却没有。我没听见他锁院门的声音。整个夜里院门没锁。你和妈都睡着了。有时候刮风，啪的一声，院门开了，我想喊你们，又不敢出声。屋里黑黑的，我听你们睡着的鼾声，比爹进山的马蹄声还远。我一直醒着，等到爹回来，把院门关住，扣好。他回来时天都亮了。”

“你从来没给爹说过你害怕的事？”

“不说出来是我一个人怕，说出来我担心一家人都怕。”

吉诗给他们添上茶水，然后坐在一旁看书。长命知道他的耳朵一直听这边说话。

“有一次爹天亮了才回来，见我眼睛红红的，问我咋了。我说，爹您半夜出诊时不把院门从外面锁住，我一夜都担心。爹说，我夜里出诊都没个时间，万一一夜不回来，不就把你们锁在院子里出不来了。爹摸摸我的头说，不担心，下次我出夜诊把院门锁住。几天后爹又半夜被人叫去看病，我听见他锁院门的声音。他故意把门闩和钥匙弄得哗啦响让我听见。可是，剩下的半夜我依旧不安心，半睡半醒，老是担心爹天亮后回不来咋办，我们被锁在家里出不去。”

“你被锁在院子里关害怕了。我上小学时，经常课间跑回来看你。你一个人在院子里哭。我小时候有爷爷奶奶陪，你出生后他们都不在了。我从门缝哄你，妈带走钥匙，我进不去。你的小手从门缝伸出来，抓住我的手不放。”

“到现在我还经常梦见我被锁在家里出不去，爹去诊所了，妈忙地里的活，把我一个人关在院子。我听他们在外面锁院门的声音，然后是走远的脚步声。我大声哭，想把他们喊回来。他们走远后我却不敢哭了。院子里空空的，我胆怯地蹲在一个角落不敢出声。”

“我上初中时陪爹出夜诊。都是人不行了，半夜来喊门。妈让我起来陪爹一起去。出门时都是我把院门朝外锁上。”

“哥你陪爹出夜诊时我不害怕，因为你跟爹在一起。可能我害怕的还是爹一个人走夜路，我怕爹走远了回不来。我一直隐隐觉得爹在夜里会害怕。他出门后我怕着他的怕，没想到他真的会害怕。”

“爹真的得了很严重的恐症。”

“啥叫恐症？”

“就是一种害怕病，严重时会幻听、幻视。我看过镇野一个病人，六十多岁，家住在古城墙根，他经常看见有人从老城墙里走出来，他不敢去城墙根，睡觉脸都不敢朝着城墙方向。但他以前看见的从城墙里出来的人，到他家找他。他一天到晚招呼那些别人看不见的人，家人吓得不敢跟他住，他一个人又不敢住。我们家的土方子有治恐症的，我给开了几服药。药没吃完，人就不在了。他家人说，天黑前他对着院门外说，我就跟你们去。家人问去哪？他说去老墙里，里头住着好多人。”

“我们祖传的老方子你没开给爹试试？”

“爹自己开了。妈不在半个月时，爹给我一个药方，让我去给他抓药，我一看是治恐症的方子，里面有鬼独摇草。我抓回药，爹熬着服了几天，可能没啥功效。”

“我带爹到县城医院住几天吧，医院总有办法。”

“我问县城医生了，说幻视病没太有效的药，心理作用很重要。我今天把石人子的魏姑请来了，看看我们家周围有啥不好的东西。让她给驱驱邪。”

“魏姑在我们那里也给人看过，说是神得很。”

“魏姑住在她潘舅舅家，你不要给爹说，她说等榆树的影子进了院子，她过来看。”

第三章

长夜

~ 10 ~

长命开车送妹妹长红到镇野县城，回来在乡兽医站坐了一会儿班，填了一堆上面要的材料。以前在山里的老乡政府，兽医站在乡政府后面单独的院子，每天都有牧民来兽医站给牲口看病，一年到头，兽医站院子就像一个牲口圈，地上积着牲口粪便。乡政府搬到路边后，只盖了一栋办公楼，兽医站的办公室安排在四楼。有牧民牵着牲口来看病，乡政府大院有门卫，不让牲口进去。长命便出去在路边给牲口看病打针开药。渐渐地，牧民也不来了，有牲口得病直接给长命打电话。

长命在进村子的坡上，看见太阳还悬在西边山梁上。进到村里已经看不见太阳，碗底泉村的天暗下来，西边山后的天还亮着，东边斜戈壁上的天也还亮着。深凹里的碗底泉村，每天都被太阳少照一个时辰。

长命拨通魏姑电话，魏姑说："我在东边山坡上，看见你的小车了。我一直看你家对门那棵榆树的影子。”

“榆树影子有问题吗？”

长命把车停在榆树下，往路边退几步，视线越过院墙看东边的山坡。

那边没有回答。电话里只有呼呼的风声，还有魏姑的喘息声，就在他嘴边，挨得很近。

“我怎么没看见你。”

“你不用看见我，我看见你就行。”

“需要我做什么？”

“你进屋别出来，让院子空着。”

院子里已经没有阳光，地上的阴影不知是那棵榆树的，还是西边那座山的。长命跟父亲一起在院子里晒太阳的下午，先是榆树影子伸进来，父亲坐在一个随时可以提起来的小板凳上，他不住地挪地方，直到院子里再没有一坨阳光，他便进屋睡觉。

“我跟你说另一个事，我爹要我到赵木匠家定做寿房，要七星连底的，你知道啥叫七星连底？”

电话里呼呼的风声更大了，还有脚踩石子的声音。过一会儿，又听见魏姑的喘息声。

“就是寿房底是双层，上层底开七个孔，这样尸首腐烂后流汁可以漏到下层，上面干净一些。”

长命听得阴森森的，本来想是一种样式，原来这样。

“还有，七星是北斗七星，老人躺在七星底上，等于升到天上。”

“我爹让我明天一早去赵木匠家看寿房，你一起去帮我看看吗？”

电话那边只有魏姑的呼吸声。

“你不方便就不去了，我看完寿房明天下午送你回石人子。”

电话那头又变成呼呼的风声。山腰上风大，这里的风常常从半山腰刮过去，不落到碗底的村子。

~ 11 ~

吉诗在西房，亮着灯。长命探身进来，想和吉诗说会儿话。前段时间吉诗打电话，说他在公司拿不到多少工资，想换一个工作。长命问吉诗是否找到了新工作。吉诗趴桌子上写东西，抬头说爹我的工作您不要操心。长命不好再问，回到父亲屋子。

父亲躺炕上睡下了，灯开着。以前没电灯时，天黑后点煤油灯，母亲铺好一家的被褥，然后吹灯休息。即使睡不着，也黑黑地躺着。点灯费油。煤油要靠钱买。那时候，天一黑家家窗户都黑黑的，都省着灯油过日子。长命上学后，晚上做作业，家里的油灯才亮得晚一些。后来安了电灯，父母依然早早关灯。长命母亲说，灯亮着心疼，在亮钱呢。现在父亲因为怕黑而不关灯了。

父亲咳嗽一声，意思是没睡着。

长命坐沙发上看手机。父亲抬头看他一眼。长命说：“爹您睡，我一会儿出去还有事。”

长命照魏姑说的待在屋里，他能感到有一双眼睛在看院子、房子。他小时候在山腰上放羊，也盯着自己家院子长久地看。从山坡上能看清每户人家的院子，看见院子里走动的人，看见烟囱缓缓升起的炊烟。当家家户户的炊烟升起时，村庄上面长出一片炊烟的树林。不多时，母亲的喊声从炊烟的树林里传出来，飘到半山腰，刚好被他的耳朵接住。

在院子里能看见山坡上移动的羊，但看不见人。人随便往哪一蹲，远看就是一块黑石头。母亲的喊声尖细悠长，那是单独喊他的声音，只有一个方向，传到他耳朵里，也会传到在北边山坡放羊的别的孩子耳朵里。他们家的饭还没熟，他们的母亲还没站在院子里喊，他们还要放着羊，等待一个声音从自家炊烟下飘起来，飘到半山坡被自己耳朵接住。

长命不知道站在山坡上的魏姑，能从这个渐渐黑下来的院子里看见什么。他从窗户朝外看，院子里又黑了一层，刚才还能看清的羊圈棚，现在隐在夜色里，黑黑的一块。他每看一眼，外面便更黑一层。

长命出门站在院子里，听见对面的山呼呼地响，这个声音他早已经习惯并听不见，现在因为山上的一个人，他又听见了。

“我上山接你回来。”长命发短信。

“安心睡觉，明天见面说。”魏姑回复。

“你一个人下山危险，我去接你。”

“我不是一个人。你来了碍事。”

“你和谁？还有谁？”

“还有鬼。”

~ 12 ~

父亲的鼾声从炕东头响起。长命小时候父亲就睡炕东头。再早，爷爷活着时，东头的位置是爷爷的。长命记得他问过爷爷为啥睡东头。爷爷指着屋顶的大梁说，看，梁的大头朝东，家里我最大，就睡在梁的大头处。后来他长大了，也读了书，知道在这个一家三代同睡的大炕上，谁睡在哪，都是屋顶的梁决定的。房梁大头朝东，东边是太阳升起的地方。炕上的人，睡在屋顶的梁下面，从梁的大头开始，爷爷奶奶、儿子儿媳、孙子孙女，排序从来不乱。爷走了，儿子顶上去，一茬人走了，又一茬顶上去。长命家这院老房子，住过爷爷的父亲，赶他父亲从孙子的位置挪到最东头，几代人已经被他挤下炕走了。长命想自己正躺着的炕西头，曾经躺着早已不在的少年青年时的爷爷，就像他小时候一样。爷爷也在很小时睡在这里，半夜听他爷爷的咳嗽从炕东头传过来，听父亲母亲翻身时被子窸窸窣窣的声音从炕东边传过来。随着爷爷长大、成家，他的爷爷去世，接着父亲去世，他睡到了这张大炕的最东边，轮到他的孙子一夜夜地听他早年听到的声音。直到有一个夜晚，他再不发出呼吸声，爷爷被儿孙们从炕东头抬到墓地，长命爹往东移到屋梁的大头下面。

现在，这个曾经睡着长命父亲母亲、他和妹妹长红的大炕上，只有父亲和他。有时半夜醒来，长命觉得他和父亲中间空着的炕上，依稀睡着几个人。仔细看，是他脱在炕上的衣服，像一个人一样躺在那里。父亲不让他把衣服脱在炕上。可能父亲半夜醒来，也看见躺在炕上的衣服像一个人。

长命睁眼躺着，看不见屋顶大梁。在月亮升起的夜晚，大梁清晰地横在头顶，这根结实的松木檩子，让一家人睡得安心。现在月亮还没出来，他听见父亲醒来了，父亲睡着和醒来有不同的声音，再黑的夜里他都能听出来。父亲一定也听出他没睡着。父亲咳嗽一声，提示他要说话了。长命在夜里说话也先咳嗽一声，不然黑咕隆咚的突然冒出一句话，会吓人。

“天黑前有个女的在院子外面转，还爬到东边山腰上朝院子看，我眼睛花了，看不清是谁，但又觉得身影子熟悉。”

“是找羊的吧，我回来时听王大蓄的女人在路上喊，说丢了一只羊娃子，谁看见了。”

“不是王大蓄的胖女人，这个女的身子瘦巧。咋像是潘家嫁到石人子的潘姑娘，她都不在好些年了。”

“是她女儿魏姑吧，今天来看她舅舅了。”

长命不想隐瞒父亲，但也不能说是他请魏姑来看院子里有无不好的东西。父亲忌讳神婆子。

“村里几户人家请魏姑到碗底泉新庄子看风水。好地方都给他们挑走了。”

“你也去看个宅基地吧，我是不搬了，等我走了，你搬到新庄子去。”

“爹，我跟您住旧庄子。”

父亲没再说话。外面树上有一只猫头鹰在叫。长命小时候晚上经常听见猫头鹰叫。母亲说，听见猫头鹰叫不要说话。一家人静静躺在炕上，等猫头鹰叫喊完飞走，飞到别人家院子里的树上。长命问母亲，猫头鹰叫的时候为啥不能说话。母亲说，猫头鹰在找一个跟它说话的人，你说话被猫头鹰听见，它就没完没了地在你家院子里叫。

“魏姑是你开车带来的吧，你跟魏姑走得近，经常开车拉着人家转，让人说闲话。”长命以为父亲睡着了，他突然又说。

猫头鹰的叫声远了。

长命没接父亲的话。他和父亲关灯后说话总是这样，父亲说一句话，他应一句。两人眼睛闭住说出的话，在黑黑的屋顶下，有一句没一句地冒出来。总是父亲说，他应。早年，他睡在父亲身边，是他一句一句地问父亲。他问得多，父亲答得少，一直到父亲打起鼾声。现在他没什么要问父亲的，有时没话找话地跟父亲说一句。反而是他做的事父亲不清楚，要问。直到父亲说一句，他不应了，父亲就不说了，话停住。过一阵子，父亲的鼾声响起来。

梦中。梦成了牢笼。他醒不来。

长命想大声喊父亲，又止住。刚才他的叫声或许已经传到父亲梦里。不知道他喊爹的声音传到梦里会是什么。置身噩梦中的父亲，听见儿子的喊声，是否已经不害怕。只是在梦里，他或许忘记自己有一个儿子。就像许多次，长命在梦中被人追赶，他在惊慌无助中从来想不起自己有一个父亲。父亲也从未在他极度恐惧的梦中出现过。在梦中他仿佛是别人家的孩子。仿佛他在哪里过错了一生，需要反复地回去重过。

月亮正从一个窗格缓缓移到另一个窗格，像一张认识的脸，贴着这个窗格看，又贴着那个窗格看。小时候夜里醒来，看见月亮移过窗户，长命总感到惊异，仿佛那张脸看见了家里的什么。除了父亲偶尔的梦话，和他们一家人一个不知道另一个在做着什么的梦，还有什么呢？

那时候夜里和别的孩子玩晚了，回来经过窗户时，长命听见父亲的梦话从窗口飘出来，跟他睡在父亲身边听到的不一样，仿佛父亲在另一个世界里说话。那是一个梦中人的声音，他的话语是睡着的，飘飘忽忽，一句远远地跟着另一句。母亲和妹妹静悄悄的，连呼吸都听不见，她们一定也在做梦。她们的梦跟着父亲东一句西一句的梦话，飘出窗外。他在一家人的睡梦中回来，那时树梢上、星空里，都是人的梦。

长命很小时睡在母亲和父亲中间，有了妹妹长红后，那个位置成了妹妹的，他睡在炕西边。母亲没有如父亲所愿，把这个大炕生满孩子。奇怪的是，长命经常会在半夜醒来，感觉身边睡着一个哥哥和两个弟弟。听母亲说，他前面有一个哥哥流产了，叫郭长革。后面两个没出生的弟弟分别叫郭长到、郭长底。父亲早早给起的名字。长命也早知道他没出生的两个弟弟的名字，妹妹出生后，他一直等他们出生。晚上睡得迷迷糊糊，感觉他们已经出生了，就睡在他身边，流产的哥哥也睡在身边。直到上了初中，他才知道母亲结扎了，再生不了孩子，但两个弟弟的名字他一直记着。

~ 14 ~

父亲的睡眠稍稍安稳了，或许长命刚喊的那声"爹"起了作用。父亲在梦中听见远远有人喊"爹"，突然停住，想起自己还有一个儿子在世间。梦中追赶他的人应该也听见了。他们停下来。一个突然知道自己有儿子的人，在梦中是否胆子大起来。长命无法进到父亲的梦中去看个究竟，可能他已经在父亲梦中，那个他喊"爹"的声音把他带到父亲的梦中，在梦中他又是怎样的一个儿子，也许像他无数次梦见自己没有长大那样，父亲的梦中他也是小小的，帮不了父亲，只会拖累他。

月光正缓缓移过父亲的脸，一张被月光照了八十年的脸，已经苍老，却依旧像孩子一样被月光抚摸着。一夜夜地，梦里的父亲回到他小时候。长命有时听见父亲叫“妈”，他叫“妈”的声音小小的，像是他梦里那个童年的自己喊出的声音。每当这时，长命都有一种想流泪的感觉。他说不出这种感觉的来由，眼泪冰凉淌在脸上时，他才知道自己流泪了。

父亲在梦里叫的“妈”，是长命奶奶，她在长命四岁时不在了。长命几乎忘了奶奶的相貌，但又从父亲梦中喊出的一声“妈”里，回到他小时候奶奶也在的光景里。那时父亲经常外出行医，母亲一早下地干活，爷爷奶奶在院子里带他。奶奶走后不到一年，爷爷也走了。长命很少梦见过奶奶。他和父亲，在同一个女人身边，经历了各自的隔了几十岁的童年。他听见父亲在梦里叫“妈”时，嘴唇突然动了一下，他想在梦外叫一声奶奶，却没出声。

再过二三十年，自己也像父亲一样，躺在这样的月光里，也会做回到童年的梦，梦里父亲母亲都在，爷爷奶奶也在。他也会像此刻的父亲一样，脸上浮现出孩童的天真微笑和惊恐。他也会像父亲一样孤单胆小，不敢一个人睡。那时睡在自己旁边的人是谁呢？媳妇多少年前就搬到县城不跟他过了，儿子吉诗等有了自己的家，也不可能日日照顾他。

这时他突然想到魏姑，她耳朵背后那块细嫩的像是等待谁而不衰老的皮肤。

~ 15 ~

长命再次惊醒时，朦胧的天光已经照进屋里。

“妈，我不喝药，不喝药。”父亲大喊着，他的喊声把自己叫醒了。

父亲睁眼望屋顶，又偏头望，像是不知道自己身在哪里。

长命下意识闭了下眼睛，不想让父亲看见他醒着。但是父亲显然看见他醒了，两双眼睛黑黑地对看了一眼。

“爹，您梦见啥了，大喊大叫。”

父亲叹了口气。

“我也不知道喊啥，这个梦做了很多年。”

“梦里发生什么了？”

“我小小的，他们让我喝药，我看见好多人喝药死了，我不喝，大声喊我妈。”

那只猫头鹰又在外面叫，声音像一个孩子在喊。

“爹，以前我也做这个梦，我被人捏住鼻子往嘴里灌药，我拼命挣扎，大喊。”

“你给牲口灌药都是捏住鼻子硬往嘴里倒。梦是反的，梦里你被人捏住鼻子灌药。”

“爹，不是的。我跟您的梦，都是看家谱留下的阴影。我记得第一次看家谱前言，看到‘郭姓一族百十口，喝药自尽’。当晚我就做噩梦了。那短短两行字，刻在心里，好似我成了其中的一个，经常在梦里被人逼着喝药。我好些年不看家谱，这个梦也不怎么做了。”

第四章

七星

~ 16 ~

王大蓄家院门半掩着，院子和门口大路上洒水清扫得干干净净。长命妈在时，也每天早起扫院子和门口马路。父亲则背着手，腰挺挺的，仰头站在院子里，好像他的事不在地上。这是长命自小对父亲的印象。父亲说，他是医生，不能让人看见自己在扫院子，在挖粪，在和泥巴，一双干了粗活脏活的手，搭在病人手腕上号脉，人家会嫌弃。

父亲是祖传中医，即使后来被迫做了几年兽医，也依然不干别的活。长命没学会父亲的清高，他一工作就在乡兽医站，一个整天跟牲口打交道、双手在牲口裆里骟蛋的兽医，还有什么不能干。

长命敲了几下院门，王大蓄端着半碗洋芋拌汤出来。这是甘肃人的家常饭，面疙瘩煮洋芋疙瘩，不放盐，有面和洋芋的清淡甘甜味。长命从小吃母亲做的洋芋拌汤，到现在还没吃烦。陪父亲住的这段时间，他给父亲做得最多的也是洋芋拌汤。父亲吃了一辈子，也没吃烦。

长命说："大蓄你先把饭吃完，我跟你说个事。"

王大蓄放下饭碗，擦了把嘴，把长命让到客厅，赶紧穿了件蓝色外套，系好扣子，正对着长命坐下。

"啥事你说吧。"

王大蓄是个讲究人。长命妈不在的那个早晨，他来找王大蓄，那晚落了层雪，王大蓄在门口扫路上的雪。长命说，我妈走了，请你去帮忙。王大蓄说，走，进屋子说。长命说，我着急，还要去请别人。王大蓄说，这么大的事你不能站在路上跟我说，走，屋里坐下说。长命跟王大蓄进屋坐在客厅沙发上，也是这样，王大蓄换了件正装，端坐在长命对面，问老人家啥时候走的，又问都给谁说了。长命说，我只给你和魏姑说了。王大蓄说，剩下的事长命你不用管了，亲戚朋友都由我来通知，你回去守着你母亲。

王大蓄说凡是来找他的人，都事关生死，他必须坐端庄听，坐端庄说话。

长命不由得坐端庄说："我爹要做一个七星连底的寿房，想请你去赵木匠家一起看看。"

王大蓄说："七星连底的寿房我听老家人说过，但我从没见过。"

长命说："我爹说他早几年给赵木匠说过，赵木匠知道咋做。"

长命跟王大蓄是同学，一起上小学初中高中。王大蓄长得人高马大，说话声音也大。长命跟王大蓄开玩笑，说你这样的个头在羊群里就是头羊，在牛群里就是威风凛凛的大公牛。王大蓄说，在碗底泉头羊和大公牛只能出在你们郭家和潘家。意思是潘家郭家是村里老户，势力大，村支书和主任都两家人轮流当。

王大蓄家上世纪五十年代末从凉州逃荒到镇野碗底泉，他父亲在凉州教过小学，懂文墨，曾抽调到石人子大队做过一年秘书，后来被划成右派，原回村里干农活。王大蓄自小跟着父亲写毛笔字，逢年过节红白喜事给人家写对联。就在长命做起兽医那时，王大蓄回老家拜师傅学了一阵子，回来做起白事主持。

一次王大蓄跟长命开玩笑说："我做的是村里的最后一件事，你做的是倒数第二件事。你摸的人没脉了，就是我的事了。"

长命把这个话说给魏姑，魏姑说："他做完了还有我呢。王大蓄只知道把人埋了就没事了，他不知道人的魂埋不住，都跟着他王大蓄，这些还得我这个神婆子安顿。"

长命把魏姑的话传给王大蓄。第二天，王大蓄就去请魏姑，来给家里驱鬼。

魏姑给长命说，王大蓄长得五大三粗，胆子小得很。他刚开始料理后事时还年轻，觉得没啥。待摸的死人多了，慢慢手上就有感觉，他给死人穿衣，化妆，回来手上的味道总洗不掉，梦里也是手摸见死人的感觉。后来他处理这些时就只用右手，需要两只手时就叫助手。他把左手留着，拿筷子、拿馒头。王大蓄因为这个变成左撇子。

~ 17 ~

从王大蓄家朝下坡走，赵木匠大哥赵元才家院子前面，就是赵木匠家。赵元才以前也是木匠，长命结婚时家里的桌椅板凳床都是他做的。赵家兄弟四个跟着父亲一起做木工活，其他三兄弟都是粗木工，以前做门窗桌椅，做牛车马车，一年四季干不完的活。只有赵木匠做寿房，而且只做寿房，因为一个木匠一旦做了寿房，就不能再做桌椅家具了。那是两个世界用的东西。人家也不会让做过寿房的手，再做家里的床柜桌椅。后来老木头被新的装修材料替代，老木匠活过时了，赵木匠的几个兄弟都没木活做，改种地了。唯独他做寿房的营生没断过。

赵木匠家大门、院墙、木头栅栏都油成了大红色和黄色，每次油寿房剩下的油漆他都随手油到门上墙上。门前的榆树上也油了红漆，树枝上挂着各种颜色的布条。长命去年冬天来赵木匠家拉母亲的寿房，离开时王大蓄给了他一个红布条，说系在树上。长命照着系了。王大蓄说，系成死结，到此为止。

长命上小学时，有天下午放学鞋带断了，在赵木匠家榆树下拾了根红布条当鞋带，回家母亲看见了，问红布条哪来的，长命说赵木匠家门口捡的。母亲拿起扫帚就打长命，让他赶紧哪捡的放回哪去。

院门朝里扣着，长命推了几下，没推开，举手使劲拍门。

“别费劲了，赵木匠耳朵聋听不见。”王大蓄在路边拾了半截土块扔过墙头，只听砰的一声，像是砸在木板上。接着听见里面的脚步声，像是一只脚重一只脚轻。院门打开见赵木匠右手提着把大斧头，那把斧头把右腿压短了一截，右肩膀也朝下撇。

“我就知道是你王大蓄，别人不敢往我院子里扔土块。”

“你往我院子里扔了几十年叮叮当当的木工声音，我往你院子里扔个土块又咋了。”王大蓄大喊着说。

赵木匠没听清王大蓄的话，喊着说:“你说你院子里有啥？”

长命和王大蓄都笑起来。

~ 18 ~

木棚下摆着两口做好的寿房，没上漆，白生生的。

“是郭医生让定寿房吧？”赵木匠喊着说。

“是郭医生，他要做个七星连底的寿房。”王大蓄大喊着说。

“先看板子。”赵木匠拉开灯，木棚里瞬间亮起来。棚很深，西墙、北墙都码着木板，顶到棚梁上。

“赵木匠把我们村五十岁上下人的寿房板材都备好了。每人三长两短，不多不少。”王大蓄说。

长命只在县木材厂见过这么多的松木板摞在一起。去年冬天他带人来抬母亲的寿房时，还想着这么多的板子用得完吗。

“那你和我的也都在这些板子里？”

“不管你怎么想，赵木匠备料的时候，掰着指头把我们俩的都算进去了。”

“那我们把自己将来要用的板子也挑好放下，不然让别人挑完没好的了。”

王大蓄说：“这事你还是留给儿子来做，你不能把该儿子做的事情做了。”

长命想昨天中午跟父亲谈这个事时，把吉诗叫过来听是对的。他给父亲做的，以后吉诗也会给他做。早晨长命出门时，本想叫上吉诗，让他也来看看，但吉诗晚上熬夜没起床。现在他有些后悔，真该把吉诗叫来让他站在木头垛上，给他爷挑选木板。他学会了，以后挨到他给自己爹挑板子时，就知道好坏。

~ 19 ~

长命沿木板摞成的墙看了一圈，看到靠北墙码着一摞板子，顶上的一块木纹流畅，一个木节都没有。

“这个板子好。”长命说。

“你可真会看，那是赵木匠给自己留的。”王大蓄说。

长命嘴对到赵木匠耳朵上喊：“赵木匠你把好木料都留给自己了。”

赵木匠喊着说：“我就这么点私心，给人做了大半辈子寿房，最后给自己做一个最好的，一辈子就完了。”

赵木匠指给长命在西墙边摞着的垛上挑。长命上下看了看，觉得没啥挑的，就说：“赵木匠你看着做吧。”

王大蓄说："长命你还是仔细选一选，儿子选的木材，老子住着安心。"

长命站在木凳上，从顶上往下抽板子。王大蓄站下面接。最顶上的两块有点翘。长命又抽下一块来。王大蓄说："这个木节太多，放回去。有节的木料会先从木节处腐烂，烂出一个洞。"

长命想起上小学时课桌面板上有一个木节，是松树本身的一个枝长进木头里，接合处有点缝隙，他经常用手指抠，木节渐渐松动了，后来竟被他抠出来，留下一个指头粗的洞。他经常把指头塞进去。他想，寿房埋在土里，不会有人用指头去抠，但木节会自己松动，最终烂出一个洞来。

长命又抽出一块板子，王大蓄说："这块好，挨着拿吧。"

"也没啥挑的，都是好板子，剩不下。"赵木匠喊着说。

"赵木匠你说得对，这些板子都有数，好赖都剩不下。"王大蓄说。

~ 20 ~

一共挑选了十五块板子。数字是王大蓄算的，都是两拃宽的大板料，底板、两个帮板，加盖板，各用三块板子对接，十二块。前后挡板各一块半板子，总共十五块。

长命看着摆了一地的木板说："这得几根大松木才能锯成这么多板子。"

赵木匠说:“寿房板材都是抽木料芯，就是用木头中心最好的板子。一根直径四五十公分的木头，也就抽中间两三块板子。剩下的都是边料了。”

赵木匠在墙根横放了三根方木，指挥长命和王大蓄把挑好的板子抬过来平放在方木上，一块块码起来，板子压板子不会走形。摞起来的板子一头顶北墙，另一头是并排放着的两口寿房。长命喊着问:“这是谁家定做的?”

赵木匠也喊着说:“张世太家女儿张月芽过年带着女婿一起来，给父母定做的。”

长命知道张世太的女儿张月芽，高中毕业到省城打工，嫁给一个广州人，后来跟着去了广州，很多年没回来。今年带着女婿和一个小女儿回家过年，还带了两包茶叶来看望长命爹。张月芽说是她爹让她过来看望郭医生的。她爹一直身体不好，多亏郭医生开的方子。长命听张月芽说，那几年他们在广州打工，收入也不高，她老公父母家在农村，条件差，他们过年都没钱回来。今年孩子十岁了，说啥也要带回来看看外公外婆。

“其实张世太才六十多岁吧，就把寿房都定下了。”长命说。

“张家就一个独女，不容易回来。过年回家来，老两口没要女儿女婿孝敬的钱，说你们想尽孝心，去赵木匠那里把我们俩的寿房定了吧。张月芽找我带着她和女婿来挑板子，这女子挑得可细了，一块一块地细看，挑好了跪在寿房板子前哭，女婿都拉不起来。我说，你爹妈好好的，哭啥呢。她流着泪说，说不定他们不在时我能不能赶回来。”

长命听得有点难受，跟赵木匠说：“我爹的寿房就拜托你了。”说着从衣兜里掏出一沓钱，塞到赵木匠手里。

“这是预付的三千块钱，你数一数对不对。”

“我不数。”赵木匠说着，把一沓钱在做好的寿房上摔打三下。长命在集市上买东西，见摊主将收的钱往摊位上摔打，那是把钱打醒，多多来。赵木匠的这个动作啥意思长命不清楚，也没问。

~ 21 ~

出了赵木匠家大门，长命说：“我以前也见过寿房，也跟着埋过人，从来没有仔细地端详过，刚才看了那口寿房，我有点不明白，寿房明明是底、盖、两边的帮四块长板，加前后两块短挡板，应该是六块板子，为啥叫三长两短？”

“两边的帮板和底板是三长，两头各一块封板是两短。没算棺材盖板，因为人没了入棺后才盖棺。底板和盖板，表示天地。一盖棺就没天了。两边的帮板，代表日月。前后两块短板子，前面的厚，后面的薄。表示前面到头了，后面还有路，子孙会跟过来。做好的棺材两头用金字写上福寿，给主人添福添寿。等到人没了入了棺，就把福寿涂掉。”

“为啥要涂掉？”

“福寿是阳间的，留给活人。”

走到王大蓄家门口，长命说：“大蓄你没事过来看看，我们费劲挑好的板子，别用给别人了。”

王大蓄说：“让别人用了是好事。前年胡三让拖拉机碰死，儿子在外打工，第二天才能赶回来，我让胡三的邻居赵四帮忙去定做寿房，结果赵木匠听成赵四爹死了，把赵四爹定的寿房拉过来装了。赵四爹去参加葬礼时才发现这个寿房是自己跟赵木匠定的。自己的寿房被别人用了，等于别人替自己走了。所以赵四爹也没有吭声，葬礼完了才去找赵木匠。赵木匠看见装进寿房走掉的人怎么回来了，以为见鬼了，吓得跌倒在地。赵四爹喊着说，你把我的棺材给错了人。”

“赵木匠天天给死人做棺材，他也怕鬼吗？”

“是人都会怕鬼。就你这个骟牲口蛋的，鬼见了都捂住裆走。”

第五章

树影

~22~

长命开车到潘伯家门口，给魏姑发短信说到了。潘五送魏姑出来，魏姑是潘五小姑的女儿，小潘五几岁。小时候魏姑经常到碗底泉来，长命跟潘五玩得好，也早早认识了魏姑。在长命早年的记忆里，这个潘五叫表妹的女孩，长着一双黑黑的看不到底的眼睛。她神情忧郁，很少笑。她的笑刚到唇边，就很快消失了。直到现在，长命还能在魏姑唇边一丝浅浅的笑纹中，看到她每个短暂微笑消失的地方。她的笑好像从来没有盛开到满脸。

潘五把魏姑的黑包放到车后座，打开前门让魏姑坐进去。

长命问潘伯的身体咋样。潘五说没啥，上次你送来的药服过好多了。

碗底泉村有两条巷子，长命家住的那条巷子朝上直通到半坡的大榆树。潘家和赵木匠还有王大蓄家住西边巷子，路拐了一个弯，也朝上通到大榆树，那里是以前的关帝庙。榆树下的泉水分成两股，分别沿两个巷子路边的小水渠流下来，流过路边每户人家。村里人用它浇灌院子里的菜地，饮牛羊。以前人吃的水要到泉眼去挑。长命少年、青年时期，挑水是每天必干的活。尤其冬天路滑，挑水下坡时经常滑倒，冰水泼一身。后来村里从泉眼处压了管道，自来水通到每家房子。

车经过赵木匠家门口系满布条的榆树时，魏姑朝树上望。

“你爹的寿房板子看好了吧。”

“看好了。你没跟我去看是对的。棺材铺围了一层一层人，我们看不见，你能看见，看见了就得招呼。”

长命说的棺材铺围了一层一层人，是去年魏姑给他说的。

长命做了几个一样的梦，梦里赵木匠领着长命去世的爷爷来到家里，好像是大清早，家里就他一个人，爷爷站在门口也不进来。赵木匠说，你爷跑到棺材铺问我要房子住。我说你的寿房是我爹做的，早给你住了。你爷说，房子小了，不够住，下面好多人都没有房子，往他的屋里挤。他没要到棺材，就指给那些鬼到我的棺材铺，说那里好多做好的棺材，夜里没人看管。那些野鬼就来了，晚上睡在我做好的棺材里，天亮前又回去挤在你爷的房子里。长命看见他爷脸黑黑的，不说话，朝院子里望。长命也朝身后的院子看。再回过头，爷爷和赵木匠都不在了。长命惊醒过来。

长命把这个梦说给魏姑。魏姑说，这地方以前战乱死的人多，哪有棺木，大都草草埋了。那些没有棺材的死者，听见村里叮当的木工声就围过来看。你爷的坟下可能躺着其他人，买几个纸房子烧给他们吧。长命照魏姑说的到坟上烧了七个纸房子，后来再没梦见爷爷。

“魏姑你知道吗？赵木匠工棚里码满了板子，顶到棚顶。王大蓄说赵木匠把村里五十岁上下人的寿房木料都备好了。连我的他都偷偷备好了。一想到他那垛木板里有几块是给我备的，我心里就不是滋味。人家在等着挣我的棺材钱呢。”

“长命你想多了吧，做寿房得老板子，他不早早备下，到时候谁有个三长两短的，去买新木料，做的活会走形。”

“我没想多，我和王大蓄挑板子时，赵木匠就说，也没啥好挑的，都剩不下。当时我就想，在我没挑选上的那些有节疤和裂缝的板子里，有几块可能就是以后我要用的。咋能剩下呢。人家赵木匠早替我们把后事都想了。”

“总得有人想这些后事，在人家赵木匠看来，人都是棺材瓤子，不远的事。前年范家老四得癌症不在了，还不到五十岁。幸亏赵木匠早早把寿房做好了。”

“范四从医院拉回来，医院不治了，他家人请我去，不是去看病，医院都治不了，我一个兽医能治啥。人家的意思就是让我去看看给个日子，家里人好准备。我给范家人说去准备棺材吧。”

“范四临走那天，家里人请我去。范四一直流眼泪，嗓子肿得说不成话。我给燎了几张纸，人有些劲了，我听见他从肿胀的喉咙里说出的话，大概意思是他准备了盖牛圈的材料，就要动手盖了，人突然没劲了，倒在床上下不来。他前年把家里的六头土黄今晚父亲的鼾声没有很快响起来，长命听见他翻身。这段时间跟父亲一起睡，他知道了父亲睡觉的习惯。他先躺着睡，眼睛闭住跟长命说话。待到没话了，便脸朝东睡过去。有时长命半夜醒来，看见父亲面朝西睡着。在他睡着的时候，父亲翻过身来，脸朝着他睡的地方，睡着了。那时他正好脸朝父亲睡着。父子俩，在模糊的夜色里，脸对脸，父亲呼出的气儿子吸入。儿子的梦话父亲不会应答。长命偶尔梦见过母亲，却很少梦见父亲。挨在身边眼睛睁开就看见的人，很难在梦里见到。

~ 13 ~

长命突然醒来，看见透进窗户的月光照在父亲脸上。他面朝屋顶仰躺着，嘴大张，似乎想喊出什么，露在外面的手臂抽搐着，要做什么动作，又被束缚住。

父亲又魇住了。长命轻轻叫了声“爹”。

父亲没反应，大张的嘴里像有一句喊不出来的话。他把耳朵贴过去，想听见父亲喊不出来的话是什么。他被父亲扭曲的脸吓坏了。他的脸里面似有另一张脸要挣扎出来，那张脸是狰狞恐怖的，它要替代这张脸。

“爹。”长命又叫了声。

父亲的眼珠子在闭住的眼睛里使劲转动，像要挣脱眼皮去看见。可是，他的眼皮把眼睛牢牢束缚住，让它只能看见梦中的。一旦眼睛睁开看见梦外的，他就醒了。父亲正被关在他做的一场牛卖了，卖的钱买了两头黑白花奶牛，结果一头生病死了，养赔了。想贷款再买两头奶牛，挣了钱把贷款还上。我给他说养牛的事你别操心了，贷款你嫁出去的女儿说给你还。范四媳妇也说贷的款你就别操心了，你对我和女儿还有啥要说。范四眼睛黯淡地转着，在屋子里找。我不知道他在找啥。范四媳妇说，他在找没留下的儿子，昨天昏迷中他喊我打掉的那个孩子的名字，是个男孩。他给起了名字等自己的儿子出生，结果乡上的人说今年出生的人超了，没名额，得打掉。孩子打掉我也被拉去结扎了。范四媳妇流着泪，他也流泪，再没说出半句话。

"范家祖坟在斜戈壁边上。他们家也是碗底泉的老户，好几代人入到土里。范四的坟在最东边，头顶着他爹的脚后跟，他爹的头，顶着他爷的脚后跟。范四的脚后跟后面，就没有人了。他没留下儿子。"

"村里开始死四十多岁的人了。赵木匠给五十岁上下的人备板子，也该备了。魏姑你说得对，总得有人给大家想着后事。"

~ 23 ~

长命侧眼看右边的斜戈壁，他看戈壁的目光掠过魏姑的脸，有一丝目光从她墨镜下一眨一眨的睫毛间穿过去。戈壁上走动的羊群仿佛飘浮在一层薄雾上。才过了两天，长命觉得戈壁上的草色已经绿了许多。

长命和魏姑说了一阵赵木匠的事，也是把话题撇开，他不想在村子里听魏姑说自己家的事。他不像王大蓄，把别人让到家里，坐在沙发上说事。长命觉得有些话要走出家去说，走出村子在远一些的地方去说。

“昨天傍晚，我在山坡上，一直看你家对面那棵大榆树的影子，爬进你们家院子。”

“我爹不喜欢那棵榆树，说把我们家下午的太阳挡住了。我爹因为不喜欢那棵榆树，也不喜欢对面的胡三，因为榆树长在胡三家屋旁。后来胡三让拖拉机撞死，儿子在外打工，回来把地包给别人，这个院子就空了。我爹没了不喜欢的人，就只能不喜欢这棵树。”

“你爹不喜欢树的影子爬进院子，把你们家下午的太阳挡住。他觉得不舒服。但他不知道树影子里都是人。”

长命踩油门的脚突然加重，车子猛蹿出去，又猛地刹住。

魏姑前后摇晃了几下，侧眼看长命。

“路上有个石头，躲了一下。你接着说。”

“太阳落山前，亡人的魂躲在影子里，跟着进了院子。”

“我小时候看见树影子动，就害怕，总以为里面有人。”

“你小时候眼睛是灵的，能看见那些东西。长大后树影子依旧在动，你知道树影子里啥都没有，也不害怕了。”

“有时晚上看见树晃动，还是有点怕，觉得那团黑乎乎的树影里有东西。”

“你能感觉到树影里有东西，我能看见有什么东西。”

长命的车又颠簸了一下。

“你都看见了啥？”

“树影里都是回家的人。树叶细碎的响动都是鬼走路的脚步声。”

魏姑顿了一下，摘了墨镜。

长命车速慢下来。

“你爹现在住的宅子，你爷你奶住过，你太爷太奶也住过。他们经常回来看。有时爷父几个坐在东边的山坡上，远远看你们家院子，添个牛圈垒个狗窝，都能看见。母鸡下蛋了打鸣能听见，日子过好过坏也看得见。坐到夕烟升起来，闻见晚饭的油香，便忍不住，下山坡来聚在榆树枝叶里。榆树叶子密，能藏住魂。偶尔不小心弄出些响动，也不打紧，只要有一股清风，所有响动都藏成风声。先人的魂一般不进屋子打扰家人，但会进到梦里，跟家人见面。自从你妈去了，你妈是个热心人，很快跟那边的先人们混熟。先人也愿意从你妈嘴里知道村里家里的事。你妈刚去身体还好端端的，只是没气了，手、腿脚都好好的。她有时就领着先人们回来串门，待那棵榆树的影子朝东移动时，你妈招呼大家坐在宽展的树影子上，缓缓地进了自家院子。那时你爹正关院门，树影子从门楼院墙翻进来，也从你爹身上爬过来。你天黑回来后，家里已经坐满人。你看不见。你爹也看不见，但他能感觉到。他知道怕，他感觉到了。”

“魏姑你这么说，我以后咋在那个院子住，本来我对夜里的动静就敏感。”

“你不用怕，都是亲人。你住的房子曾经是他们的，种的地是他们留下的。你吸的一口气也是祖先呼出的。不管你知不知道，你都在祖先的怀抱庇护中。”

“既然有祖先庇护，我爹为啥会害怕？他怕那棵榆树，要不我掏钱把那棵树买过来伐了？”

魏姑眼睛怪异地看长命。

“你牛蛋骗多了吧，老想着把它去掉就完事。这个不是你爹害怕的根源。”

~ 24 ~

车停在碗底泉驿，魏姑下车灌了一瓶泉水，上车来喝了一口，坐端正看着长命。

“你爹恐症的根源我找到了。”

长命不由得在驾驶座上挺起腰。

“前晚我跟大舅聊天，说起你爹得了恐症的事。大舅说，你们郭家人都胆小。大舅把你们家的事都给我讲了。说郭家一百多年前在肃州老家被灭族，就一个母亲带个小儿子逃出来。”

“我们郭家的事，你大舅都知道。郭家被灭族是一百三十多年前的事。整个村子都被血洗。郭家一族人被乱匪围在大院子里，知道自己必死无疑，不愿受辱，几十口人喝大烟水自尽。我的天祖奶不想让郭家断后，趁人不注意带着五岁的孩子钻排水洞逃出来，历经万险，出嘉峪关逃到镇野碗底泉，被潘家收留。那个逃出来的孩子叫郭子亥，是我的高祖父。碗底泉郭姓都是他后人，到我这一代，刚好传了五代。”

“我大舅说，你们郭家那个小先人在老家吓破了胆，后来长大了也胆小，再后来结婚生了几个孩子，都胆小。郭家人胆小，全村人都知道。你爹的恐症是老辈子落下的，病根子在老家。你得回趟老家看看。”

“哪还有老家。我们祖上一个村子全没了，就我高祖和他母亲逃出来。早几年我爹让我打问过老家那个村庄，叫河西村，我打电话到村委会，那边说村里没郭姓人家。”

“人没有了，地还在。说不定能找到祖坟。”

“找到也早荒了，后人都没了，谁去照看祖坟。我们村边的天津坟，我小时候还有坟头，现在都塌没了。老家地紧缺，荒坟园可能早平掉种地了。”

“那也回去看看吧。石人子的尚家你知道吧，他家弟兄几个经常摔断胳膊腿。”

“我给尚家老大接过腿骨，给老二接过胳膊骨。他们家人就是爱摔跤，经常摔伤。”

“你知道啥原因吗？”

“可能脑子里的问题，身体不平衡。我让他们去医院检查。”

“去年他家父亲尚光景请我过去，说他的几个儿子经常摔伤，去大医院检查了，身体精神都没问题，让我看看咋回事。尚光景一九五九年逃饥荒来新疆，来的时候十二岁，说是家里没人了，自己扒火车到新疆，也再没跟老家有联系。我给尚光景说，你回趟老家去看看吧。他听我的话，让大儿子尚包产坐火车回到老家才知道，他们家不姓尚，姓常。原来尚光景当年从凉州逃荒到石人子时年纪小，也不识字。村里给落户口，问他姓啥，凉州人说话尚常不分，别人也听不明白，让他写，他不会，别人写了尚字，问他是不是这个字。他说像这个字。结果原本姓常把下半边丢了，姓了尚。尚包产在老家祖坟上磕头上了香，回来到派出所把尚姓改成常姓。”

“尚家的事我也听说了。我还问过尚老二，他说自从他哥去老家搞清楚原因改回姓常，家里人就再没摔过跤。”

“他爹把常姓下面的腿丢了，能不摔跤吗？啥事都有因。你爹的恐症还是去趟老家，从根子上解决。”

长命在魏姑眼睛里，看见一缕他不能拒绝的眼神。

“那也等清明节过后，兽医站的牲畜防疫、黄牛去势工作做完，我把家里的地种下去，五六月份请魏姑你一起去老家。”

“也好，清明过后都安静了。”

“啥安静了？”

“土里安静了。”

长命知道魏姑说的安静，是清明上了坟，给先人该烧的纸都烧了，土里的先人安静了。

“不过，还有村庄搬迁的事，乡上开了几次会，碗底泉和另两个村庄要迁到路边新盖的乡政府旁边，县上要乡上今年完成搬迁任务。乡上成立了工作组，我被安排在碗底泉这一组，由李乡长带队。马上要进村做工作了。”

“我听大舅说了，他不想搬。”

“我爹也说不搬。”

“青年人都想从山里搬出去。我潘五哥听说要搬迁很兴奋，带我去把新房子宅基地都看好了。牛圈湾村好几户人家也找我去看了新宅基地。他们已经开始垫房地基了。”

“碗底泉也有人托我请你看新宅基地的风水。我说你不看风水，但人家相信你啥都能看。”

“我只看地是不是干净。”

长命领会魏姑说的地是不是干净，指地下有没有被以前的人占着。长命小时候遇见过村民盖房子挖出以前的墓，只能原样埋了，烧香点纸安顿好，另择地方盖房子。

“碗底泉新村子选在碗底泉驿旁边，这里是清朝民国时的老驿站，经常遭土匪抢劫，死的人乱埋在野戈壁上。以前有户牧民搭毡房住在这里放牧，羊圈在驿站的破墙圈里。晚上一刮风就听见鬼哭嚎，吓得搬走了。这片戈壁地下不会干净。”魏姑说。

第六章

黄牛

~ 25 ~

一大早，李乡长把长命叫到办公室。

“长命你放趟子去石人子牧场打前站，上头领导中午要在那里吃饭，宰的羊我让村支书联系好了，你看看有没有问题，算做个检疫吧。”

“李乡长，检疫要到防疫站，靠设备化验。”

“你的眼睛不是设备吗，你当了几十年兽医，不会只知道骟羊蛋吧，羊有病你看不出来？”

“乡长你不要开玩笑。现在羊患布病多，这是人畜共患病，羊有布病前期看不出来，后期才会发作，尤其母羊得了布病会流产。我们碗底泉的王大厨得了布病，开始只是觉得浑身乏，以为是年纪大没劲了。后来病情严重才去医院看，查出来是传染了布病，在县医院住了十天才治好。”

“我这段时间也浑身乏困，不会有啥问题吧？”

“乡长你白天黑夜地开会，哪能不乏。”

“就是，昨天一天开了七个会，晚饭后又开了两个会，开到凌晨一点。最后一个会就是布置落实今天的领导检查。晚上好不容易睡着，梦里领导来检查了，啥都没准备好，吓得醒过来。”

“你要老是做这样的梦，就找魏姑燎一下吧。魏姑说进到梦里的都是鬼。”

“我梦见领导检查工作也是鬼？”

“这是魏姑说的。你白天干的是工作，拿工资。晚上梦里就是给鬼干活。”

“长命你说正经事。我这个身体发困你看吃点啥药？”

“乡长，我是兽医，只开兽药。”

“你个郭兽医，给我拿架子。”

长命笑着说：“乡长你经常下去吃手抓羊肉，得布病概率大。上次在潘支书家喝酒我就给你说过，没烤熟的羊肉不要吃。上来的凉菜少吃。村民家里伙房小，就一个案板，一把切刀，生熟不分，很容易传染上布病。”

“你别吓唬我。听说你有治布病的老方子，经常给人开药。你还是好好看牲口的病。布病虽然是羊的病，但传染给人就是人的病了，你一个兽医，不要串行给人看病。”

“你脖子上的牛皮癣不是我看好的吗，那是人病还是牲口病？你当初去了几个医院都没看好，我给你弄了团膏药，贴上一周就好了，到现在没犯吧。”

李乡长摸了摸脖子。

“当时我给你说，你这病的名字叫牛皮癣，你找人医肯定不行，得找我这个兽医。”

李乡长起身给长命递了根烟。

“你个郭兽医，把我的牛皮癣当牲口病拿兽药治好的？”

“我们是畜牧大县，人畜共患病多，有时候还得靠兽医。”

“你那个治布病的方子不是兽药吧？你给我抓两服吃吃。我就是困得很。”

“如果只是困，吃药不如吃黄牛蛋，我车里正好有四个牛蛋，昨天在牛圈湾骟的，给你两个。”

李乡长又给长命递了根烟。

“牛蛋你带回去，有空炒了咱老同学喝两杯。不过，骟黄牛蛋的事我们开春就开会布置了，这是每年少不了的工作。兽医站新来的那个畜牧专业大学生，可能连牛蛋都没摸过。这个工作还得靠你。”

“乡长放心，这个工作我干了几十年了。”

“你干了几十年了怎么还没把黄牛蛋骟完？”

“老实说，我骟了几十年黄牛蛋，越来越手软下不了刀子。黄牛那种想把后代留下的强烈愿望，跟人一样。那些年医生不够，抽我去给妇女结扎，人结扎时那种绝望眼神，跟牛被骟掉时一样。”

长命临出门又被李乡长叫住。

“还有个事，我昨天在县上开会，新来的吴书记安排完碗底泉乡三个村庄的搬迁工作，分管搬迁的马副书记当场表态说，吴书记安排的工作我们一定放趟子跑着去办。接着我们乡王书记表态说，吴书记安排的事我们一定要挖奔子跑着去办。吴书记听了问王书记，我到镇野县工作后，经常听你们说放趟子跑，挖奔子跑，到底放趟子快还是挖奔子快？王书记没回答上来。吴书记又问宣传部张部长，张部长也摇头。回来的路上，王书记要我把这个问题搞清楚，到底挖奔子快还是放趟子快。长命你说哪个快？”

长命说：“我也经常这么说，但是从来没想过哪个快。不过，挖奔子和放趟子都是说牲口的，放趟子是驴跑，驴跑起来四蹄趟开跑，所以叫放趟子。马跑起来四蹄腾空，叫挖奔子。”

“那就是挖奔子跑快了。”李乡长说。

“马比驴跑得快，肯定挖奔子快了。”长命说。

“那你挖奔子去石人子牧场安排好午饭，上面领导马上到我们乡地界了，我和书记去迎。”李乡长说。

~ 26 ~

长命开车路过石人子村魏姑家房子，见家门口停了一辆小车，旁边还停了辆摩托车，便没打扰魏姑，直接去了山里的牧场。

石人子村玛吾支书带着村干部在清扫毡房旁的牛粪，一只大羯羊拴在木柱上，见了长命咩咩咩叫。这只羊的蛋是去年秋天长命骟掉的，到现在算是二齿子羊。长命摸羊头，羊甩头不让摸，大概还记他的仇。看毛色和体格，长命觉得这只羊没病。只是眼神阴郁，羊临死前眼神都这样，羊从群里被牵出来拴在毡房前时，就啥都明白了。

长命说:“玛吾支书你不要忙乎了，领导来一坨牛粪都看不到，哪有到草原的感觉。”

玛吾支书说:“李乡长打电话来安排的，说把卫生清扫干净。上次来检查的一个领导，下车踩了一脚稀牛粪，不高兴了，把乡上各项工作都给了差评。”

“领导也长眼睛呢，哪能往牛粪上踩。”

“领导的眼睛都往高远处看，看不见脚下。”

两头黄牛在毡房边吃草，长命吩咐玛吾支书把黄牛吆远一点。“上次接待的一个领导，看见黄牛眼睛发亮，说他小时候喝习惯黄牛的奶，后来喝啥奶都不是那个味道。我让牧民挤了奶端来，领导蹲在锅边看煮牛奶，一层一层捞奶皮子吃。不管多大的官，见了奶子都跟小孩一样。”

玛吾支书说:“黄牛奶子挤好了，领导来了就上奶茶。”

长命说:“你还是把黄牛赶远一点，不要让领导看见了。上次那个领导回去，让秘书给县领导打电话，说是要买黄牛肉。黄牛奶子喝了还想吃黄牛肉。黄牛越来越吃香了。”

玛吾支书说:“你郭兽医把黄牛蛋都骟完了，才知道它金贵。”

长命电话响了，李乡长打来的，说赶紧把羊宰了煮上，领导下午要赶回去，午饭早点开始。

按当地习俗，要宰的羊先让领导过目，意思是专门给领导宰的。现在禁止公款大吃大喝，今天吃的这个羊，乡里不好报账，只有开一张条子，说明哪个领导来吃的。长命看着宰的羊，乡里就让长命签字。

远处扬起一长溜子尘土，车队过来了。从村里到牧场都是土路，长命刚才开车过来时看见路上的几个坑已经垫平。要不是有领导要来，这条路上的坑一辈子都不会有人去垫平。它本来就不是走车的，是羊道。

长命喊牧民赶快宰羊，牧民手拿刀子朝路上望，似乎没听见他的话，拴着的羊也朝路上望。长命又喊了一声，牧民才转过头。那只羊在牧民的迟钝里多活了一小会儿。

长命看着牧民把羊头揽在怀里，嘴对着羊耳朵说话，羊眼睛里的死亡阴影渐渐消散。羊被牧人说通。长命知道牧人给羊耳朵说话，一般都是念祈祷词，羊会在人的念诵声里变得安静。现在说法多了，有的说“老天来取你的命，我只是照办”，还有的说“不是我要吃你，来客人要吃你”，都不想背一条命。

锅里的水烧开了，长命往炉膛里添了两根木柴。这当儿牧人已经把羊皮剥了，肉挂在木架的铁钩上，没听见羊叫一声，就收拾完了。

长命从来不动手宰羊。他骟羊蛋是从羊裆里割走一块对羊来说至关重要、对主人来说不需要它存在的肉蛋，羊的命还在。要羊命的事，长命下不了手。

一块块羊肉卸下来，放进锅里。羊头羊蹄子上的毛被喷灯烧了，洗干净放进锅里。羊肚羊肠子也翻洗好放进锅里。一只全羊在锅里了。长命守在锅旁，把开水中浮起的沫子一层一层撇出来，那是肉里的瘀血，可能也有肉不愿让人吃的怨愤，反正搞不清楚是啥的沫子，从肉里被煮出来。

守着锅煮肉是长命的工作。把锅里的肉煮好，看住。最主要的是肉一定不能少，羊的后盘骨、四个腿、肋条，一个都不能少。这样的场子来服务的人多，俗话说狼多肉少，万一肉端上去少了一块关键的部位，就失礼了。

~ 27 ~

主宴席在毡房大炕上，领导坐条桌上席中间，同来的陪同坐左右。叶县长和乡上王书记、李乡长坐对面。两个女干部倒茶做服务。长命负责把肉煮好端上来，把锅里剩下的肉看住。三十年前长命爹也是做这个工作，那时村里有集体草场、集体土地和一大群牛羊。来领导或村干部想吃肉了，就让长命爹以兽医的名义写个淘汰证明，一只羊或一头牛，就可以宰了放心吃掉。

条桌上摆满干果、炒麦粒、酸奶疙瘩，还有新炸的小油饼。领导喝了口刚烧好的奶茶，说好久没喝到这么香的奶茶了。王书记说这是土黄牛奶烧的茶，吩咐长命给领导端一碗刚挤的纯牛奶。领导说奶茶已经够香了，不麻烦了。李乡长说一点都不麻烦，土黄牛就在毡房后面等着呢。长命悄声对李乡长说已经让人把土黄牛赶远了。李乡长说赶紧再吆回来。

长命把堆成小山的大盘羊肉端上桌，羊头对着领导。

叶县长双手捧着刀子，刀刃朝自己，递给领导。领导熟练地说了几句祈祷和祝福的话，然后用刀子在羊额头上划了两下。叶县长接过领导手里的刀子说，我来给大家做服务。他先将羊头左脸的皮肉削下一块递到领导手里，说领导来给我们全县长面子。接着将各个部位削下的一小片皮肉分给职位不同的客人。然后拿起羊的后盘骨，说这是来了最尊贵的客人才上的。县长将后盘骨上最好的一块肉削给领导，又一一给各位陪同领导削一块肉递到手里。

李乡长说："县长你陪领导说话，剩下的我来削。"李乡长削肉也十分熟练，他把肥瘦相间的好肉削给领导，不时往自己嘴里塞一块肉。乡上王书记忙着给领导汇报全乡工作。领导嘴里吃着肉，耳朵听着汇报。

肉吃得差不多时，李乡长给长命使眼色，拇指食指弯成酒盅朝嘴里倒。长命打开早准备好的一箱白酒，拿出两瓶递给李乡长。李乡长看王书记，王书记看叶县长。叶县长说："王书记到你的地盘了，你有啥话直接给领导请示嘛。"

王书记说："牧民家里备了一点酒，我们吃了肉不喝点酒也过意不去。当地牧民有句谚语，肉和酒是不分家的好兄弟。”

领导说：“酒就不喝了吧？”

叶县长说：“领导好不容易来一趟，也给我们基层干部一个表达感谢和敬仰的机会，我们乡下人不喝点酒不会说话。喝了酒才敢说真话。”

领导看左右陪同，大家都在笑。

“那就少喝一点吧。我们也好听听基层干部的真话。”领导说。

~ 28 ~

毡房里的人喝兴奋了，说话声音高起来。

李乡长陪领导一起出来，让长命带领导去方便。

长命把领导带到毡房后面说：“领导凑合着在草地上方便吧。”

领导四下望望，陪同出来的两个领导叉开腿方便了。领导往前走了几步，然后双手叉腰站着。长命以为他是在视察工作，待转身时发现领导已经方便完了。草地上站着几头土黄牛，挨近的一头朝领导哞哞叫，哗啦啦尿起来。长命闻到一股子牛尿臊味。领导的鼻子也耸了几下。

领导朝黄牛走去，长命跟着过去。

“你去忙，我自己看看。”

“我是乡上兽医，给领导做好服务。”

“你们这还有土黄牛呀。”

“牧民喜欢养黄牛，这里的老品种，多少代人都养土黄牛。”

“你们乡上还有多少头土黄牛？”

长命愣了一下说：“没统计过，我只知道每年骟掉的黄牛蛋有上百个。”

“没骟掉的更多吧？”领导看着长命。

“具体情况乡长跟您汇报，我不好说。”

长命陪领导回到酒桌上时，煮好的鲜牛奶端上来。

叶县长说：“领导喝一碗土黄牛奶解解酒。”领导抿了一口，问王书记：“你们乡还有多少土黄牛？”

王书记说：“我们牲畜统计表上已经没有土黄牛了。”

“那怎么外面的草滩上还有？”

王书记不说话，看叶县长。

叶县长说：“那些土牲口太不要脸了，我们年年开会不让它们生，它们就是不听话。”

大家都笑起来。

领导又抿了一口鲜奶，对叶县长说：“把你们县不在册的土黄牛都统计一下，尽快把数字报上来。就不要隐瞒了，有多少报多少。”

领导说着又喝了一大口土黄牛奶。

王书记吩咐长命给领导再端一碗奶来，大家都看出领导特别喜欢土黄牛奶。

~ 29 ~

送走领导后，王书记留叶县长再坐会儿，满桌子的茶碗酒杯收了，重新布置。锅里留下的肉也重新端上来一盘。

王书记说："县长刚才忙着陪领导，也没吃好喝好，我们接着重新开始。"

李乡长把在外面服务的村支书叫进来，说刚才大家都忙着服务，现在咱们服务一下自己。长命已经在外面吃饱了肉，他掌管煮肉，不时捞一块尝尝。外面锅里还有一些肉，留给做服务的干部，给主人家也得留一点。长命不喝酒，就给大家倒酒做服务。

王书记给叶县长说："刚才领导一连喝了三碗土黄牛奶，看来也是好久没喝到这么香的奶了。他要我们报土黄牛数字，会不会有什么补助和扶持资金。这些年年年让我们骗黄牛蛋，用黑白花种牛替代土黄牛。今天我看上头领导喜欢土黄牛奶，土黄牛可能有好日子过了。"

叶县长说："没影子的事就先别说。不过，我们有多少土黄牛，要心里有数。土黄牛改良是几十年前上面下的文件，上面没说停，我们就得每年都骗黄牛蛋。不过，说实话我当了几年县长，也抓畜牧改良，但我还是爱喝土黄牛奶，别的奶子喝不下去，我们从小喝黄牛奶子长大，胃不认别的奶子。我们都知道黄牛的肉好奶好，农牧民也知道，所以这么多年我们用黑白花牛改良黄牛，每年骗黄牛蛋，黄牛虽然在我们的统计表中早没有了，但在草原上还能看到。”

叶县长举杯跟大家喝了一杯酒，又说:“今天来的这位领导刚当上副主席，主管畜牧，新官上任，还不摸底细，不知道他会做出什么决策。这个领导还管计划生育，我陪他走了几个村子，他表扬我们县计划生育抓得好，走了一圈，村里都看不见小孩。”

王书记说:“村里早就看不见小孩了，走到哪都是老人。”

“牲畜数量倒是猛增了不少。”李乡长说。

叶县长笑着说:“我管的工作，也是跟这位领导一样，一是把人口控制住，少生，不生。二是让畜牧业大发展，让牲口多生，超生。”

大家都笑起来。

李乡长说:“自从叶县长抓畜牧业，我们乡牛羊数都翻番了。我记得二三十年前，村里每户七八口人，养八九头牲口，全乡人口和牛羊头数差不多。现在每户两三口人，还有一口人的，家家都养几十只羊。走到村里到处是羊，看不见人。好多以前人住的房子，都成羊圈了。这样下去以后可能都没人放羊了。”

叶县长说:“我们基层干部，就是要落实好上面的精神。上面怎么定，我们下面就怎么干。就像骗黄牛蛋这个事，上面没说停，我们就一直骗。计划生育也一样，我们只负责把生育降下去。至于以后有没有人种地放羊，那是上面考虑的。我们要坚定贯彻上面的政策，要与上面保持绝对一致。不然一个地方一个主意一个想法，那不乱了吗。”

王书记端起酒杯说:“还是叶县长站位高,我们在下面村子看到全是老人,就想这样下去,没有后代了,以后谁种地放羊。但叶县长从国家整体政策的延续和执行层面给我们上了一堂课,让我们很受教育,懂得什么叫履职尽责。我提议大家共同给叶县长敬一杯酒。”

长命悄声给李乡长说:“我昨天骟的几个黄牛蛋煮上了,要不要端上来让县长尝尝?”

李乡长举起杯给叶县长介绍说:“这是我们乡的郭兽医,他听说县长今天要来,专门骟了几个黄牛蛋,想让县长补补身体。请县长放心,我也在县长领导下分管畜牧和计划生育,黄牛改良和计划生育我们都在一刻不停地抓,从来没有松懈过。”

长命端上煮好的牛蛋,拳头大的四个,冒着热气。

叶县长说:“这个我就不吃了。你们基层干部辛苦,好好补补身子。”

李乡长说:“县长不吃我们哪敢吃。”

叶县长说:“这么好的东西,喝杯酒你们好好吃。”

大家都斟满酒一口干了。

酒喝到半下午才结束,王书记陪叶县长先走了。

李乡长让长命把账结了。长命说:“上几次吃羊我垫付的钱都没报销,我一个月才两千多块钱工资,只够垫付两只羊钱。还有给牧民打的白条子,我都不好意思见牧民,见了就问我要羊钱。”

李乡长说:“等年终乡上有钱了一起报。”

长命给牧民打了张白条。牧民说:“你给我打了十几张白条子了。”

长命说:“乡长说了年终有钱了一起报。”

这时魏姑打来电话，问长命招待领导吃完了吧。

“你咋知道我在牧场招待领导?”

“村上一大早通知说来领导检查，让把路上的羊粪牛粪都扫干净。刚扫干净又在喇叭上喊，说管牧业的领导来看不见羊粪牛粪会认为我们作假，又赶紧吆着羊在路上走，羊一时半会也拉不出羊粪蛋呀。我想牧业上的事你肯定来了。”

长命问魏姑在哪。魏姑说刚被几个人拉到乡政府边看宅基地，是老马介绍来的。

长命上午路过魏姑家门口时看见停了辆摩托车，还有一辆小车。原来老马带着人在魏姑家里。长命心里酸酸的。他跟魏姑交往这么多年都没进过魏姑家屋子，这个马水库却带着人进了魏姑家。

“长命你路过乡政府带我到碗底泉舅舅家。明天还有人请我去看宅基地。”

长命不自在地嗯了一声把电话挂了。

第七章

马五十

~ 30 ~

吃着晚饭，魏姑来电话。长命看了眼父亲，起身到外面接电话。魏姑让长命赶紧送她去石人子，说水库淹死人了。

长命回餐桌三两口把半碗拌汤喝完，给爹说石人子有个事，去一趟。又给吉诗说，我回来晚了你跟爷爷睡东房。

长命到潘伯家门口接上魏姑，车开出村口，问："水库又收人了？"

"去年没收人，还以为今年也平安，这清明没到就又收人。"魏姑说。

"前年收了，是老马雇的那个甘肃小伙子。老马和那小伙子一起下渔网，老马让他站水边拽住渔网一头，自己举着网往水库那边扯，等网扯到头，回头见小伙子不见了，赶紧丢了网游回来，就没找见。过了好久才发现，那小伙子就趴在水库边一丛水草下面，没气了。"

"小伙父亲也讲道理，从甘肃赶来，把儿子埋了，只问老马要了十万块钱。”

“还是我给交涉的。老马请我去跟小伙父亲说，我好赖是乡上的医生，长点面子。我安慰完小伙父亲，说赔偿的事，问给多少钱合适。小伙父亲说没想过儿子值多少钱。我说了老马的苦处，一个看水库的，也没钱。我先说给八万，小伙父亲不吭声，我加到了十万，人家接受了。”

驶过斜戈壁到碗底泉路口。魏姑说：“老马从县城打车过来，我们接上他。”

魏姑到泉边灌了一瓶水，老马坐的出租车也到了。

“你看怪不怪，我今天到县上办个事，水库就出事了。”老马喘着气坐上车说。

“孩子舅舅给我打的电话，说是三个孩子在水库边捞鱼，一个滑进水里。现在的水，冰凉透骨，我下去都受不了，不小心就腿抽筋了。淹死的孩子我认识，经常到水库边捞鱼，会游泳。会游泳也没有用，腿一抽筋，人就像被水绑住，筋缩在一起。其实是人被自己的筋绑住了。”

“老马你被绑住过吗？”长命说。

“我遇见得多，会自己解开。那些孩子哪会。我也遇见落水的，平常都几个孩子一起玩水，有人落水了，就跑去喊我。你看怪不怪，今天出事的时候我不在。听说一个还找来木棍想拉水里的孩子出来，也滑进去，好在爬出来了。然后看着水里的孩子挣扎着沉下去，吓坏了，喊叫着往村里跑。等叫来人，水面早平静了。”

~ 31 ~

车到水库坝上时天已经黑透，刚才一路驶来长命从后视镜看见的天边晚霞，全都变暗。一堵铁黑色的巨大云幕，立在水库西边。

不断有村民骑摩托车赶来，围在水边。车灯光在水面和空中乱晃。

孩子妈见了老马扯住衣服哭喊，让老马赶紧下水救孩子。母亲半身湿湿的，搀扶她的妇女说，孩子妈几次下水捞孩子都被人抱住。谁都知道孩子早没有了。村里来的男人都不敢下水。孩子父亲在矿上打工，电话刚打通，不知道啥时能赶回来。

在晃动的摩托车灯光里，老马苦着脸，眼睛鼻子和嘴都皱到一起。

“老马你要多少钱我都给，求你快下去救救孩子。”孩子妈哭喊着，嗓子都哑了。

老马说：“我不要钱，水太冰，下去淹不死也会冻死。”

“穿水衣下没事吧。”一个村民说。

“水衣脖子处不封闭，下去灌进水就出不来了。”

老马眼睛看魏姑。

魏姑说：“老马你下吧，没事。”

一辆小四轮突突突开过来，灯光照在水里。

老马脱了裤子衣服，只剩下一个裤头。他腿伸到水里，很快又抽出来。水库冰刚消，岸边还结有未消的冰块。老马试了三次都下不去，水冰冷刺骨，水里黑黑的。

长命从车上拿来一瓶白酒，拧开盖递给老马。

老马嘴对着瓶口咕嘟嘟灌下半瓶，剩下的倒在手心往身上抹。

“大家都把摩托车开过来，车灯对着水面照。”长命大声喊。

散乱的车灯聚合在水库边，老马一身精光站在车灯里，水面被车灯照射成金黄色。谁按了声喇叭，接着所有摩托车喇叭鸣叫起来。

老马看看水里，又看围着他的人，目光停在魏姑脸上。

“老马，没事，下吧。”魏姑说。

老马扬起头，把瓶子里最后一口酒喝了，一弓腰下到水里，然后不见了。车灯照亮的金黄色水面上荡起一圈波澜，缓缓平静了。

“老马没事吧？”长命看着魏姑。

魏姑眼睛朝下眯着，嘴唇动着嘀咕什么。

水面猛地鼓起来，老马抱着孩子冒出水。孩子母亲往水里扑，被魏姑和一个妇女抱住。

喇叭声全停住，在刺眼的车灯里，老马左手揽住孩子，右手划水游到岸边，到浅水处，他两次扑倒又站起来，最终把孩子递到接他的两个男人手里，男人又把孩子递到哭喊的母亲怀里。

母亲紧紧抱住一块冰一样的孩子，喊着孩子名字要把他暖热、喊醒。

老马抱着膀子，浑身颤抖地拿起衣服，也不穿，抱在怀里往前跑。滑倒又爬起来。

长命喊老马上车，在车里开暖气暖和一下。

老马没听见似的跑上坝，一辆摩托车将灯照向他，在冰冷的灯光里，老马一路踉跄着跑回他坝上的房子。

魏姑看了眼母亲怀里已经僵硬的孩子，然后默默扭过头。

长命说："老马没事吧，要不要去看看？"

~ 32 ~

长命和魏姑到老马的房子时，老马已经钻进被窝，屋里全是酒味。老马蜷缩在被窝里，浑身颤抖，把床都震动了。

"冷得不行了。"老马说话牙齿打战。

魏姑把沙发上老马的裤子、上衣，还有沙发布都压在被子上。

老马从被窝里露出一只眼睛看魏姑。"冷得不行了，魏姑你焐焐我。"

"让鬼焐你吧。"魏姑说着把几根柴火塞进火炉，从包里掏出一沓纸，把柴火点着。

长命从暖瓶倒了碗已经不太热的开水，递给老马。老马仰头见是长命，又扭过头。魏姑接过水碗给老马喂，老马咕嘟嘟喝下去。

老马头发上粘着水底的枯叶，脸上脖子上糊着水底的淤泥，眼睛浑浊。

魏姑满眼可怜地盯着老马浑浊的眼睛，看得那双眼睛逐渐地清澈起来。魏姑拿毛巾擦老马水淋淋的头发。

连生，我在梦中擦你水淋淋的头发，我在梦中抱着你上岸来，像抱着我未生出的孩子。

长命又倒了半碗开水，暖瓶已经空了。魏姑接过水碗放在老马枕边，从黑包里拿出三张黄纸，点着了在老马脸上燎了几下，嘴里含混地念叨着。然后让老马把落了纸灰的半碗水喝了。

老马渐渐变清的眼睛朝上看着魏姑。

“刚才我一猛子扎到水底，看见那孩子脸朝上，眼睛睁得大大的。我一把抓住他的胳膊往出拉，他却使着劲把我往水底拖。”

“幸亏长命让开的摩托车灯，不然水底黑黑的你哪能看见。”

“奇怪得很，我在水里听见的喇叭声，跟在外面听到的完全不一样。声音像是被水洗过，清亮地传到水底。我才知道人死了家人为啥要大哭，在那边都能听见呢。”

老马牙齿不打战了。

长命给火炉里塞满柴火，又加了几块煤。炉子热起来。

魏姑说："老马你好了就穿衣服起来，我该去办事了。"

老马说："我起不来，冻得要死。魏姑你忙过了再来看看我。我一个人在水库上，死了都没人知道。"

~ 33 ~

一束灯光直照到门口，是刚才的摩托车灯，一直在外面等着。长命和魏姑迎着灯光走过去。

孩子母亲哭得没有了声音，村民拿来一条毯子，让一直抱住孩子的母亲放手，母亲死活不放。

魏姑说："大嫂你把孩子放下吧，他的魂还在水里，我们叫上孩子的魂，一起回家。"

魏姑点着黄纸，刚伸到孩子脸上，惊叫起来。

长命感到魏姑的眼神和表情随着惊叫声走远了，眼前是另一张脸，紧张、恐怖，接下来的声音在她不住抖动的嘴唇里，别人听不见。

连生，我们在梦中生的孩子，他的脸跟这孩子一模一样。在我没生出他的世界里，我看见每个孩子都是他的模样。

魏姑抖动的嘴唇停了一下，突然张嘴吟唱起来，所有声音静下来，摩托车都熄了火，坝上瞬间黑了，只有魏姑的声音响亮。

我们回家了，孩子。

命如落叶轻呀，飘到哪都是家。

命如石头重啊，沉在哪都是家。

水底下太深太冷，你快出来吧，我们接你回村子。

你的身体已经躺在车上了，你魂要跟着啊。

魏姑又续了三张纸，眼睛看着孩子圆睁的眼睛。

我刚在老马浑浊的眼底，看见你躺在水下圆睁的眼睛。老马冒死把你捞出，他是恩人呀，我得把你从他眼底的水里捞出来，不然这个好心帮你的人就彻夜难眠了。他睁眼闭眼你都躺在他眼底，眼睛圆睁。他已经被前几个捞出的孩子吓坏了，你再不要给他恐惧。

魏姑直起身，手里的纸也眼看烧完，她念诵的声音飘起来。

已经看不见路。你从黑走到黑，到那边就不怕了。

你爹在从煤矿赶来的夜路上，他已经赶不上你。你妈哭得有气无力，让她回去睡着吧，让来捞你的亲戚朋友都回去睡着吧。

让这些还有明天的人，天一亮就为你操劳。你的天再不会亮。你去的那边没有白昼，我把太阳给你喊过去。我把月亮星星给你喊过去。

~ 34 ~

所有摩托车发动着，车灯照亮水库大坝上的路。

拖拉机车斗上装着刚买来的玉米种子，没顾上卸。开车的是孩子舅舅，上到车斗把种子袋放平，脱了外衣垫上面，然后把孩子抱到车斗上躺好，又搀扶孩子母亲上车。同村的两个妇女也上了车，坐在孩子母亲旁边。魏姑也跟着上了车。

拖拉机在水库坝上掉转头，车灯扫过漆黑的水面，水库南边的天山亮了一下又沉入黑暗。拖拉机在长长的坝堤上突突突朝东开，摩托车队跟后面，长命的小车跟在最后面。他在后视镜里看刚才被车灯照得一片通亮的坝堤暗下去，老马孤孤的一间房子陷入黑暗，窗户没有灯光，整个夜里水库上的黑是他一个人的。

“老马真是一个了不起的人，若是我，肯定不敢一个人住在这个经常淹死人的水库坝上。”长命说完话，意识到魏姑不在车上。他看副驾驶，又扭头看后座。刚才，他明明觉得车上坐着人。

车灯在库坝尽头左拐，下坡，所有灯光从河岸照向不远处的石人子村，从岸上听村子没有一丝人声，只有几声狗吠远远地传来。

到村头长命停住车，等前面的车队进了村，他右拐开进另一个巷子。他不想跑夜路回碗底泉。那孩子从水里捞出时的面孔，不时浮现在他脑海。他把车停在魏姑家房子斜对面的草垛旁，靠背放倒，在车里躺下，然后给魏姑发短信：我在石人子住下了，明天一早接你。

魏姑问：住谁家了？

长命回复：不会住在羊圈的，放心。

睡到半夜长命听到狗叫，从车窗看见魏姑走过来，挎在胳膊上的包比夜黑。她没看见停在草垛旁的小车，夜色将小车和草垛融为一体。魏姑家的房子没有院墙，她从敞着的院子走向门口时，刚刚升起的月亮照在她身上，她的影子映在墙上。

长命想喊一声，又没张嘴。

多少年前的一个夜晚，他看着魏姑独自回来，也是给一个淹死孩子的人家办丧事，长命和父亲也来了。夜里安排完清早的出丧，魏姑挎着包回家，长命说送她，魏姑不让送，长命便远远跟着。月亮地里，魏姑的影子长长地伸在后面，长命甚至不敢碰她的影子。他隐约觉得魏姑知道他跟在后面。她连鬼都能看见，后面跟个人怎么会不觉察呢？长命没敢跟到魏姑家门口，他站在路对面草垛的阴影里，像今晚一样，看着魏姑的影子移过墙壁，然后开门进去。

那时他年轻，魏姑更年轻。魏姑母亲去世后她成了这一带有名的神婆子，她一个人住在这个没院墙的房子里。因为没院墙，也没院门。但长命觉得魏姑家的院墙、院门都在那里，他过不去，只能站在草垛旁，一直看着魏姑家的窗户变黑。

~ 35 ~

马五十的墓坑天没亮就挖好了。长命过去时孩子已经装在木匠连夜赶制的木盒子里。他一觉睡到天亮，魏姑啥时候过来的他都不知道。她天蒙蒙亮出门时，一定看见他停在草垛旁的车，和车座椅上睡着的自己。

孩子爹马窑洼瘫坐在木盒旁，布满煤灰的脸上划出一道道泪痕。长命拍了拍马窑洼的肩膀，说了几句安慰的话。马窑洼常年在北山煤窑打工，以前村里人拉煤都去找他，叫他马窑洼，真名字都被人忘了。

魏姑喊了声“起来了，走了”。

两个男人把马窑洼搀扶起来，马窑洼摇了摇头，让自己站稳，然后弯腰抱起装了孩子尸体的木盒，放到拖拉机上。还是昨晚的拖拉机，苞谷种子卸了。魏姑叫帮手的男人把木盒挪正，在下面垫了沓黄纸坐稳。

拖拉机开动了。

在孩子妈声嘶力竭的号哭声中，魏姑喊魂的声音仿佛贴着土路，入到长命耳朵里。孩子叫马五十,十二岁，他爹马窑洼五十岁上得的子。长命只听明白她一遍遍喊马五十的名字。连接名字中间的话语含混模糊，好似不让人听懂。

又有一个孩儿来陪你了，连生。他叫马五十。

今年水库收的第一个人，他们说你每年都收人。只有我知道你从没去过水库，你只在没水的河滩里游来游去。

这条河知道背了你的命，自那以后河水再不往戈壁上流。

远处戈壁上的草再没有绿。

我高一声低一声地喊马五十，远一声近一声地喊马五十。

我喊马五十的声音都在喊你。

马五十的魂惊散到四处，他的名字散开到四处，姓和名像落叶被风吹散，姓不认得名，名也找不到姓，名字的两个字也分散了，五和十互不相识。我的喊声也不能把它们找到一起。

马五十的老父亲哭成啥样我不管，他母亲要死要活我不管。

我只管喊马五十的名字。

马五十惊慌落水的瞬间丢了姓名。在水底他眼见水上晃动的人影，嘴大张对着水底喊，他听见他们喊一个名字，知道这个名字是他的。就像那时人们在河边喊你的名字。他在水里挣扎，头一下一下冒出来，像你那时在洪水里一样。他吸的最后一口气在水里用光了，身体拖着自己的命下沉，一直下沉。像你那时一样。沉到水底他不挣扎了，安安静静躺在淤泥上，眼睛圆睁，看见世上有的，水底都有沉没：一层层的落叶，树木，被人喝空又灌满水的瓶子，报废的摩托车轮胎，狗、猫和羊的尸体……跟你当时看见的一样。

~ 36 ~

回村子的路沿着河边走，魏姑眼睛看车窗外，黑眼仁转到一边。长命知道她又在跟那个他看不见的人说话。却不是，她只是看着河滩在说话，像是说给长命，又像是还有一个人在听。

老马救不活的人，我要把水里的魂喊上来，还给身体，一起安葬了。

老马救活的人，也淹得魂飞胆破，人在水里憋得快没气时，魂先跑出来，坐水边看。待人被捞上来时，魂又回到水底，脸朝上看岸上的身体。

不管哪种结果，都得我招魂。

老马希望我把淹死鬼都招走，免得他每次撒网时，看见水底朝上望的人脸。他越来越不敢捞自己养的鱼。投了几万块的鱼苗。每年都投，几十年了。先前投的鱼苗，已经长到一膀子长，有老死水底的鱼，眼睛圆睁朝岸上望。

老马一接到救落水者的电话，立即给我打电话，让我赶紧到水库。落水者的家人是不会先给我打电话的，是死是活，他们把人捞上来才会请我。可我总是在他们想到要给我打电话的时候，突然出现在面前。他们说我神得很，是不是早知道人会出事，在人没落水时就在岸边等着，不然怎么来得这么及时。既然先知道了，咋不阻止，咋不救，能眼睁睁地看人去淹死?

那种场合，我不跟活人说半句话。谁都忌讳我喊到他们的名字。

我只喊死者的名字。

有的魂，我喊不回来。还有的魂，我不想喊回来。

长命安静地等魏姑缓过神来。车开过河滩，开过路边的供销社。

“老马昨晚打电话让我去给他叫魂。今早又打电话。”

“他的魂让你勾走了。”

“他一害怕就让我去给他叫魂，他太孤单了，晚上水库里的魂都跑出来，坝上就他一个人。”

“老马敢一个人住在水库坝上，胆子可比一般人大。”

“再大胆的人也有害怕的事。人往大长，胆往小缩。”

第八章

家谱

~ 37 ~

吉诗打电话，说要回村里看爷爷，让长命去县城接他。前几天吉诗就打电话说不想在省城待，要回村里。长命说，你找的这个工作又不行了吗？你回来能干啥。吉诗说，我帮你骟牛蛋。长命苦笑起来。

吉诗从省府师范大学毕业后，在城里打了两年工，换了三家单位，谈的对象也吹了，长命不知道是儿子工作能力差，还是外面真的不好谋生。他想等儿子回来，跟他好好聊聊。

长命到镇野县城铁板河小区楼下，打电话让吉诗下来。小区的房子是长命给吉诗妈买的，他和吉诗妈已经十多年不在一起过。她闻不得他炒吃牛蛋的味道，嫌他身上有牲口味。有了吉诗后，他们基本上分开住，后来又分开吃。再后来，吉诗到县城上中学，吉诗妈跟着住到县城。从那时起，他们已经算是离婚了，只是没办手续。

吉诗搬了一堆东西下来，光书就装了三大箱子。

吉诗说:“爹，中午了，我们到饭店跟我妈一起吃个饭吧。我跟妈也说了。”

长命说:“回村里我给你炒大盘鸡吃。”

吉诗也没坚持，坐到车上给母亲打电话，说我爹有事，饭不吃了。

“那你回去跟爷爷一起吃吧。”长命听见那边妻子的声音。以前他们在一起时经常吵架，妻子的声音总是比他高。后来分开了，不说话了，连平常的沟通，都是靠吉诗传话。

吉诗说:“爹，我这次回来就不出去了。”

长命看了眼吉诗，知道他是认真的。

“你不是说想在县城开个店做生意吗?你要真想自己干，我这有几万块存款，你拿去开店。”

吉诗说:“我的两个同学，要了父母二十多万元存款，还贷款十几万，开了一家餐饮店，装修好经营了三个月，倒闭了。三十多万块钱打了水漂。做生意风险太大，我不能折腾您的钱。爹您大半辈子才存这么点钱，生意做不好，几个月就赔光了。”

“做啥都不容易，你看镇野那些小饭店、杂货店，开了多少年，好好坏坏的坚持下来，也挣不了大钱，就是守着过个日子。年轻人心气高躁，做不了这些小生意，做大生意又有风险。”

吉诗说:“爹，我想清楚了，回村里跟爷爷和您学中医。”

“你回来学中医，你爷爷肯定高兴。我们家祖传的中医有人继承了。不过碗底泉村要搬迁，上面要求今年全村搬到公路边。”

“我上次回来就知道了碗底泉要搬迁，搬到路边离县城近，去哪都方便。”

“你爷爷不想搬迁。他说他老了，不想挪窝。”

“我爷念旧。那天他指给我看菜地的篱笆墙，说是我奶奶亲手扎的。还指着屋子的土墙说，他还记得小时候看他爷爷带着人用夯打土墙的情景。他说住在这个院子里，能感到走掉的亲人都在。”

“你爷想的是身后事。他说哪天他不在了，搬去的新庄子离祖坟太远。我说现在都用汽车拉，一会儿就到了。他说他父亲也就是你太爷在的时候，谁家有丧事都过去帮忙抬棺材，他积下了功，后来他不在时全村的青壮年都来给他抬棺材。你爷想的是到时候全村的青壮年也能给他抬棺材，这样他到祖先那里有面子。”

~ 38 ~

长命把吉诗带来的几箱子书卸到自己家，吩咐吉诗去陪爷爷住，他要外出几天。吉诗自小是爷爷奶奶带大的，跟爷爷奶奶亲。上大学时假期回来，在县城他妈家住两天，就来爷爷奶奶家。奶奶走后，吉诗过来得更勤了。

长命说：“除了陪爷爷，我还要给你布置一个作业。”

吉诗说：“我都大学毕业两年了，还要我做作业。”

长命说：“以前的作业都是老师布置的，这个作业是老爹给你布置的。”

长命从红柜取出一个红布包，一层层打开，里面是吉诗熟悉的家谱。吉诗上小学时，别人家的孩子学课本上的字，字帖上的字，长命给吉诗教家谱里的字。长命上小学前父亲也这样教他识家谱里的字，他最早认得的字是“仁义礼智信，子嗣万代长”，那是家谱中郭家十代人的辈分排字。父亲给他讲最早一个祖先的名字叫郭仁成，那是他的鼻祖，仁字辈。接下来是他的远祖，义字辈。太祖礼字辈，烈祖智字辈，天祖信字辈。这是上五服。接下来的五服由高祖子字辈开头，就是郭家在老家被灭族后逃到新疆的独子郭子亥。往下是曾祖嗣字辈，祖父万字辈，父亲代字辈，一直到长命自己是长字辈。他听不太懂，只识字。待到上一二年级，他比其他孩子认的字都多。老师表扬长命识字多。长命说，我识的都是我们家的字。老师笑着说，字都是国家的，哪有你们家的。长命说，在我们郭姓家谱里的字都是我们家的。长命也把家谱里的字都教给了吉诗。

长命说：“吉诗你要学医，先把这个家谱抄一遍。家谱后面是药方，那是我们郭家天祖奶留下的方子。”

吉诗说：“我小时候就背过家谱。”

长命说：“这本家谱是我在你这么大的时候，你爷爷让我抄的。你也抄一本自己留着吧。”

长命高中毕业，父亲给他安排一个作业：抄家谱。上小学时父亲就教会他写毛笔字。他照着父亲抄写的家谱一笔一画地写，把所有祖先的名字又认了一遍。他抄到一个名字时会想这位祖先干过什么事，长什么模样。这样想时脑子里浮现的是去世的爷爷的面孔。他照镜子看自己，脸部的轮廓和鼻子眼睛都是父亲的，但更像去世的爷爷。他觉得这些留有名字的祖先不陌生了。每个祖先年轻时都相貌相像，我们是一个模子里出来的。虽然由不同姓氏的母亲所生，但这不会改变郭姓人的相貌。父亲说，他长得像他妈。长命也觉得父亲像去世的奶奶。但长命却长得像爷爷，长命把父亲长偏的模样校正过来，回到郭家人的相貌上。

父亲说我也是在你这个年纪上，你爷让我抄家谱。这本家谱就是我那时候自己抄的。到时候我要带走。当时长命不知道父亲说的“带走”是什么意思，带到哪去。

后来还是母亲告诉他，一九六六年“破四旧”开始，三爷郭万年的大儿子郭代茂参加了革委会，带头破自家的旧，他对郭家哪个叔叔爷爷手里有家谱，清楚得很，郭家家谱搜出来十几本，烧得一本没剩下。那时候人整人，都顾不上祖先了。你们的三爷死得早，这个郭代茂上头没爹自己老大，干了不少缺德事。结果报应了，一九八一年发洪水，郭家祖坟被冲，别的坟都好好的，就郭代茂他爹的坟被冲了，棺材在洪水里散了架。收拾遗骸重新入葬时，竟发现了一册家谱。郭家家谱都烧光了，竟在坟里保存了一本。郭代茂办完丧事，把郭家人聚在一起，跪到地上，捧着他爹墓里发现的家谱，给郭家长辈磕头谢罪。我们现在的家谱，就是照这个孤本抄下来的。从此郭家人有了带家谱归土的习俗。每一代人自己抄一本家谱留着，上辈人会把自己抄的家谱带到坟里。

长命照父亲的吩咐工工整整抄了一份家谱，抄到最后他看见了去世的奶奶和爷爷的名字，是父亲用工整的小楷写上去的。郭家的规矩是人走了的才上家谱。看到爷爷奶奶名字的瞬间，他才真正意识到他们已经到了另一个世界，那个世界不仅仅在墓地，还在家谱中。

长命没有跟吉诗说这本家谱自己将来要带走的话，他觉得说这个话太早，吉诗爷爷还活着，轮不到他说死后的话。有些话说早了，会不当回事。他只是把自己用宣纸订好的本子交给吉诗，让他用毛笔字抄写。吉诗的毛笔字也是上小学时长命爹教的，吉诗上大学时，长命还听到父亲打电话问吉诗写毛笔字了吗。吉诗说他一直在写，还参加了学校的书法班。

~ 39 ~

吉诗用三天时间就把家谱抄好，双手恭敬地递给父亲。

长命看吉诗的小楷字，比自己写得好多了，跟他爷爷的字神似。他爷爷一直用毛笔开方子，即使被贬为兽医那些年，也用毛笔给牲口开药。长命刚学习开方时也用毛笔，后来改为钢笔，再后来图省事就用圆珠笔了。

吉诗说："我给爷爷看了，爷爷说我抄得好，让我自己留着。"

长命翻开吉诗抄写的家谱，上面的名字还散发着浓浓的墨香，跟许多年前父亲翻看他新写的家谱时，名字散发的墨香一样。

长命指着排列整齐的名字，给吉诗一一介绍，这是他在吉诗这个年纪时父亲给他讲的。

长命说：“这本家谱是我们郭家那位天祖奶口述，我高祖父郭子亥执笔写成的。天祖奶识文断字，会开方子，在老家时抄写过家谱，记住了家族上下五服十代的名字排行。到我这里刚好十代人。我下面的五代辈分排列是吉祥永安康，你叫郭吉诗，你大伯的大儿子郭吉瑞，他生了两个儿子叫郭祥和、郭祥平。郭祥和生了一个儿子叫郭永恒，我们家永字辈已经有人了。”

说到这里长命郑重地看着吉诗说：“郭家男子历来都结婚早，以前十八九岁就成家生子了。因为你天祖父郭子亥是劫后余生的独子，对传宗接代有紧迫感，十八岁便成家，十九岁就有了你高祖父。”

“爹，您是希望我也早结婚生子吧。我爷昨天说，我奶走前说过她没福气抱重孙子。”

“你爷是借你奶的口，说他想要抱重孙子。你爷问过我几次你有没有对象。”

“我想找一个能跟我一起在村里生活的对象。”

“现在年轻人都进城打工了，哪有愿意留在村里的女孩子。”

“等我学到像您一样的医术，不愁没有对象。”

长命苦笑起来，本来想说你爹我现在也是光棍一条，又没说出口。

“爹您放心，我一定会让我爷爷抱上重孙子。昨天我爷爷跟我说家谱的排行，他让我以后多生几个孩子，农村让生二胎，我超生了他来缴罚款。他说我有了孩子就是祥字辈，名字他来起。我爷说，他没出生时，他爹郭万水就给自己没出生的儿子起好名字，排序是世道太平，结果他爹只生了两儿一女，大儿子叫郭代世，二儿子是他郭代道，余下的郭代太郭代平都没有出生。”

长命说：“没出生的孩子多了。那时正搞运动，我们郭家解放前有药铺有耕地，被划成富农，成分不好，经常挨批斗，我爹就给还没出生的我们起名‘革命到底’四个字做排行，向着革命队伍靠拢，少挨些批斗。我前面有一个哥哥，名字郭长革，早产没保住。我出生后，我爹跟我妈说，现在二儿子成大儿子了，原叫郭长革吧。我妈说，那孩子已经成人形，死了也得有个名字。这样我叫了郭长命，你姑姑郭长红是女的不在排行中。剩下的郭长到、郭长底都没生出来，我成了郭家独子。等到了你这一辈，你爷给排的名是诗书传家，结果赶上计划生育，我和你妈只生了你一个，后面的郭吉书、郭吉传、郭吉家都给计划掉了。”

“爹，我小时候就知道我有几个起了名字没出生的弟弟，我做梦时还经常梦见他们，我在梦里看见他们跟我一起玩，我喊他们的名字，他们不应。那时睡在土炕上，半夜醒来，恍惚觉得那空着的半边炕上躺着两个弟弟，细看是我脱在那里的衣服。”

长命想起小时候也做这样的梦，他在梦里被人追打，他早夭的哥哥赶过来，他知道他的名字叫郭长革，个子矮矮的，拿一根没长粗的树枝，朝着打他的人拍打。那人挥一下手，哥哥郭长革像一粒尘土飘远了。

“我是你爷的独子，你姑姑嫁出去就是别人家的人，我只有你一个孩子。你爷跟我说过几次，让你结婚了多生几个孩子，不能再独子往下传。绳子从细处断，万一有个啥的，郭家这一支血脉就断了。”

“我对象都不知道在哪呢，跟谁生？”

“你爷说了，先把名字起好等着。后代知道自己有了名字有人等，就来得快。”

长命说话时想起前天水库淹死的马五十，魏姑一遍遍地将他的名字引到墓地。埋了后，母亲说给孩子立个碑。父亲说，没成人立个碑干啥。长命知道马五十是马窑洼的独子，马五十妈早过了生育期，这孩子后面再不会有跟来的人。

第九章

潘家的爷

~ 40 ~

潘五打电话让长命过来一下。长命问啥事。潘五说你过来，我爹给你说。

长命进屋见魏姑也在，屋里有点暗，长命把一包中药放桌子上说："伯父，这是我爹给您开的治哮喘的药，里面有几味补药，您煎服了。"

潘伯说："让你爹别给我开药了。我爹在的时候，有个啥病你爹就给送药，从来不收钱，说是孝顺长辈的。我跟你爹同辈，用不着这样了。"

长命说："您是潘家岁数最长的，年龄比我爹大，长兄如父。给您开药是应该的。"

潘伯说："我们潘家白吃了郭家多少药也算不清了，死了到地下去算吧，反正坟地都挨着。"

长命打开药包，里面五小包草药，吩咐潘五每天煎熬一包。潘五跟长命是同学，岁数差不多，相互都叫名字。

潘伯说:“你们都在，长命也来了，有个事你们都听听。”

潘伯在方桌旁坐正，长命、潘五、魏姑都坐下。这是要讲正事，每个人都端正地坐着。

潘伯咳嗽了一声说:“昨天牛圈湾马家弟兄俩来家里，说他们的父亲是我父亲的三弟，也就是我三叔，你们的三爷。我小时候见过这个三叔，人称潘三，长得细高，头发茬直立。你们三爷二十多岁时跟大爷二爷闹翻，我听说是分家产的事，他上面两个哥哥先后成家分出去单过，他嫌父亲给两个哥哥分的家产多了，给自己留的少，就跟父亲和两个哥哥都闹翻，有天夜里吆了家里的一群羊走了。家人沿着地上的羊蹄印朝西追过五条沟，再没追。后来听说你们三爷到镇野城里当了兵。其实没当兵，用家里的羊在镇野换了一杆枪和半褡裢子弹，在秋天扛着枪回来了。有了枪的潘三，像吃了枪药，跟家里人更是不和。有一次跟我爹闹翻后，潘三举枪朝门口那棵榆树上放了两枪，就离家出走了。榆树上枪打的印子现在都在。”

潘伯出门指着门前大榆树说:“就是那道斜疤，以前疤口没这么高，树长了，疤口跟着长高了。”

长命看着树上的斜疤，在房顶高处，斜疤再往上的树杈上，横担着一根碗口粗的梭梭柴，他小时候跟潘五上树掏鸟蛋，还脚踩在那个横木头上，它的两头正好夹在两个树杈中，已经跟树长在一起。

“昨天马家兄弟也说了他爹离家前朝门口榆树上放了两枪的

事。说他们父亲在的时候说过，有一天他们来认亲，就指着树上枪打的印子做证据。树上的伤疤会越长越大。我爹不在前那两年，经常说起这个叔叔，说他觉得潘三没走远，他让我们去镇野县城，去周边打问，若是找到了，就领回来。如今朝代都改了，那些旧社会的怨就过去吧。没想到你们三爷的儿子找上门了。”

“有亲人找回来归门，是好事。”魏姑望着树上的斜疤说。

长命说：“我小时候经常听人说潘三爷的事，说他枪法准，敢一个人骑马扛枪闯土匪窝子，一段时间因为三爷在，土匪都不敢骚扰碗底泉。”

潘五说：“三爷的后人来认亲，当然是好事，得跟我叔我哥他们都说说，听听大家的意见，别认个假亲戚。”

潘伯说：“这个假不了，昨天人来你也看了，模样子对着呢，一看就是我们家人。他们说明天要来上坟，带个羊过来在坟上宰了吃，通知大家都去吧。”

长命说：“牛圈湾我经常去，就两户马家，是兄弟，老大养了不少羊，不过他们不是汉族。该不是他们家吧？”

“他们来也没说，带了些礼物，倒水也不喝，留下吃饭，说不吃了，明天在坟上一起吃。”

~ 41 ~

长命回家把潘伯家的事说给父亲，说潘五担心认个假亲戚，让我帮他到乡上查查牛圈湾马家的户口。

父亲说:“潘家以前认过一个假爷，现在又来个三爷的后人，得谨慎。潘家这个事，给你说了，是没把你当外人，你听着就行了。要查户口，让潘五自己去查，你不要多事，尤其不能提潘家那个假爷的事。”

潘家认过一个假爷的事，长命很早就知道，他小时候跟潘五一起玩，有时和村里小孩吵架，他们就对着潘五喊“潘家的爷是马二哥”。长命回家问父亲，才知道潘家早年发生的这件事，跟自己家也有关。

当年长命家天祖奶带着五岁孩子郭子亥逃到镇野碗底泉村，那时潘家是碗底泉大户，也是肃州钟塔县人，在清乾隆年间来新疆，再没回过老家。听说郭家母子是钟塔县人，离潘家老家的庄子不远，是近老乡，便热心收留了，腾出一间房子让母子住下。天祖奶会开方治病，潘家还帮天祖奶开了一家药铺。

天祖奶住到潘家后，潘家大爷生病，天祖奶去号脉，竟然认出这个潘家大爷，是钟塔县潘家的长工马二哥。潘家是大户，马二哥常去郭家给主人抓药，也赶车陪潘老太太来看过病，天祖奶对马二哥很熟。

马二哥自然也认出天祖奶。

号脉时马二哥拉住天祖奶的手，天祖奶把手指按在他手腕的脉门上，示意他安静。

马二哥说，您在老家是有名的女大夫，虽然您掌柜把脉开方子，但人都说您从来不按方子抓药，但您抓的药总能治好病。

天祖奶说，我听人说病，就知道该服啥药。我管药柜，每个药都尝，会看病的不一定亲自尝药。

马二哥说，我的命全在您手里了。

天祖奶说，我们河西村遭殃前，就听说潘家村也被匪徒屠村了，村里的潘家人恐怕也没剩下的，你能改姓潘，也对得住你家主人了。

马二哥说，您说到我心上了，我虽是潘家长工，但潘家把我当一家人，我改姓潘，就是报答潘家的恩。

天祖奶说，潘爷你放心，能活着跑出来，都不容易，服了药病会好的。

马二哥又请天祖奶看了几次病，给天祖奶讲了他来潘家的经过。

匪乱时周围的村子遭血洗，马二哥听见风声早早逃出来，往关外跑。他一个人，说走拔腿就走了，潘家人却没有走掉，遭了殃。马二哥一路要饭走到碗底泉，打听到村里大户潘家也是钟塔人，而且跟他主人家是一门，就改名潘寿元，腰挺直走进潘家大门。

马二哥记性好，不光记住潘家老少的名字，因为常赶牛车拉着潘家人上坟，把墓碑上祖宗的名字都记下了。到了潘家，他按辈分把潘家前五代祖宗的名字都说出来。那时碗底泉潘家迁来新疆已经四五代人，一百多年，早跟老家断了联系，但辈分排序没有忘。祖上离开老家走口外时，记了家谱，后五代人的名字排序都列好了，辈分依次按“福寿德贤良”起名，当时的掌门叫潘贤贵，他父亲叫潘德清，不在了。突然来了个叫潘寿元的，跟潘贤贵的爷爷一个辈分，家人就叫他爷，当爷一样供养。

天祖奶一直替马二哥保密，可是，几年后从钟塔县逃来的另一户潘家远亲，却认出了马二哥，并说给潘家人。潘家一直压着这件事，怕说出去丢人，但还是传了出去。潘家怀疑是天祖奶说出去的，天祖奶早就知道潘二爷是马二哥，但一直不给潘家说，却又在外面说。

长命从小就知道闭口不说潘家的这件事，但村里人却从来没有忘记，时不时地，就被人说起来。长命爷在的时候，就听他跟父亲说，潘家怨我们，我们跟潘家没有怨，只有感恩。爷爷跟长命父亲说的时候，知道长命也在听。郭家世代从医，郭家在碗底泉的第一个药铺子，是潘家帮助开的。潘家的长辈永远免费看病吃药。这个也是爷爷说给父亲时，长命听到耳朵里的。

~ 42 ~

上坟的人从几个巷子出来，有开摩托车的，开小车的，开小四轮拖拉机的，陆续聚到坟地。长命开车拉着潘五和魏姑到坟上，潘伯身体不好，好几年不上坟。长命爹也好些年不上坟。人到了一定年纪，就不往坟上去了，烧纸祭奠的事交给儿女。潘家祖坟在村南一片平坦台地上，和长命家的祖坟挨着，背靠天山，面朝村子。在自家院子能看见村外坟地。早几年，长命跟潘五商量，在两家坟地北面栽一排树，遮挡一下。出门一抬头就看见坟地，总觉得不好。但潘伯不同意，说能让先人看见我们，我们也能看见先人，生和死相互照看着，多好的事。长命把栽树的事和潘伯的话给父亲说了，父亲说，你潘伯说得对，死和生在一起呢，我们把脉时，脉象里有生脉死脉，死伴着生，生伴着死。长命也经常能从患者的脉中摸出死亡的信息，就像他能从病人身上闻见不好的气味。

一个人的生命里自带着死亡。

死不是最后才来的。

~ 43 ~

马家兄弟俩早到了，用拖拉机拉来一只羊，还有野外用餐的灶具。土炉灶也盘起来，大锅里的水冒着热气。长命认识马家老大马富成，每年都去他们家骟牲口。

长命说："原来你跟我们潘伯家是亲戚，就隔着几条梁，咋不早一点来认亲戚。"

马富成说："以前时机不成熟。"

潘家大人小孩陆续到了坟地。

潘五和潘支书把马家兄弟介绍给潘家的人。关于三爷后人来认亲的事，家族里都知道了。马家兄弟给潘五说好，上坟吃的东西他们全带，不让这边操心。潘支书用拖拉机从村里拉了一张大帆布篷布，铺在地上，就席地当餐桌。马家兄弟把一次性盘子、碗、筷子、水杯摆在帆布上。

潘五介绍魏姑:“她是我爹妹妹的女儿，在石人子村。”

马富成说:“魏姑有名得很，在我们牛圈湾做过法，把一个勺子都治好了。”

魏姑说:“我治好的那个年轻人不是勺子，只是受惊吓，魂不守舍了。”

马富成说:“我们牛圈湾地硬得很，民国时一个连的国民党兵死在那里。说是连长带着部队进山剿匪，到牛圈湾遇见山匪，那些兵打仗没经验，看见马匪在山梁上，老远就放枪打，结果子弹早早打光，骑来的马也吓跑了，一连的兵被困在牛圈湾，硬是被土匪拿大头棒一个一个打死，尸体扔在那里，几年时间人都不敢进牛圈湾。”

魏姑说:“那些魂都没安稳。”

潘五给魏姑说:“你会念叨，给先人们都说说，三爷的后人来了。”

魏姑说:“不用念，都知道了。”

马富成把几块餐布铺在地上的帆布上，从拖拉机上取下几大包东西，摊开放在餐布上，有馓子、麻花，还有葡萄干、杏干、大枣。

马富成说:“都是我们家媳妇准备的。”

潘五说:“弟媳和孩子咋没来？”

马富成说:“我们媳妇都不是汉族，不方便来。”

马富成弟弟马富功牵着羊从坟前走过。

马富成说:“我们带了只大羯羊，大家看看，就宰了。”

潘支书说:“地下祖先也看见了，三爷的儿子来给你们献牲了。”

马富成挨个给祖先坟上垫了纸，用土块压住。然后捡了些柴草，点着烧纸，边烧边念叨着。大家跟着一起烧纸，每家人都带着自己买的烧纸，有一百万元一百亿的冥币。潘支书说，这一下子烧掉几千个亿。

长命点了几沓自己带来的黄纸，跪下给潘家祖先磕了三个头。

马富成也磕了头，起来忙锅灶上的事。大锅里的水已经烧开，马富成把开水盛到带来的大茶壶里，丢进砖茶，放到餐布旁。

马富功已经把羊牵到拖拉机旁，按倒，前后蹄子交叉绑住。他左腿跪地，右腿膝盖压住羊肚子，把羊脖子上的毛拨开，嘴里念叨着，手在羊脖子上撸。挣扎的羊像是听懂人嘴里的念叨，很快安静下来。刀子突然抹过羊脖子。羊蹬几下腿，慢慢又安静了。

长命在牧区见牧民宰羊，都是一个人，把羊拉到一旁，静悄悄地宰了。可能羊也不希望一群人或一群羊围过来看自己被宰。

烧纸的烟一会儿朝东飘，一会儿又朝西飘。不定向的风带着烟气和烧焦油食的味道，在每个坟头每座墓碑上缭绕。

潘支书对着长命家祖坟在地上画一个圈，点了几沓纸。长命知道，那是烧给一旁自己家祖先的。长命听爹的吩咐年年随潘家人上坟，潘家人却很少跟长命去上坟，只是朝着郭家坟地烧几沓纸，也是礼行走到了。

接着潘支书在西边又画了一个圈，边烧纸边说，四下里的野鬼都来领烧纸吧，请你们保佑我们潘家安宁。

马富成招呼大家过来喝茶。潘支书媳妇接过马富成手里的茶壶说："有我们肃州媳妇在，哪能轮到男人倒茶。"

潘五从长命车上抱下一箱镇野古城子酒，打开一瓶递给潘支书。潘支书倒了两杯酒，一杯递给马富成，自己端一杯，跟马富成碰杯。

马富成说："我们在家里也不喝酒，今天就喝两杯。"

潘五另开了一瓶酒，挨个倒上。

马富成端起酒杯说："我给各位家人敬杯酒。我爹在的时候，经常跟我们讲旧社会的事，那时候苦得很，现在大家的日子都好了，让祖先保佑我们的好日子。"说完一口干了。

接着潘五给马富成敬酒。

潘五说："真没想到，我们三爷离家后就住在旁边的牛圈湾村，多少年来我们都不知道。"

马富成说："当年我爹离家后本来要回老家肃州。虽然跟老家早没了联系，但我爹怀里揣着本手抄家谱，上面有老家人的名字。我爹往东走，到石人子时枪被官兵没收了，石人子山口那时驻着国民党部队。我爹没有了枪，胆子也小了，跟着一辆牛车过石人子，身上的银子藏在牛车辕木里，那车户是专门送人过石人子的，牛车辕木上开有槽子，路人的金银财宝藏进辕木里，封住口，遇到土匪劫不到财，也就放过了。但是那次土匪耍了花样，让一个土匪装扮成商人过石人子，车户的秘密被发现，一起坐牛车的七个人，被抢得精光。土匪杀了车户，尸体扔到牛车上，掉转头让牛拉着尸体回到石人子村。”

一旁坐着的魏姑突然站起来，眼睛看着马富成。

“你说的那个赶牛车的人就是我爷，我爹在时给我讲我爷的故事，说我爷是唯一敢运商客过石人子沟的人，他后来被土匪杀害，尸体扔到牛车上拉回来。没想到咱们三爷就在我爷赶的牛车上。”

潘支书说：“咋这么巧合，我们潘家和魏家，早就结下缘，后来我小姑嫁给石人子魏家，有了魏姑。”

马富成说：“我爹被抢得一身精光，没法回老家，就和被抢的其他人一起，跟着牛车往回走。牛知道回家的路，一直走到石人子村头，几个人看着牛拉着主人尸体的车回家，然后继续往西走。走到碗底泉驿，我爹撇开他们朝南走，那是碗底泉村的方向。其他人原回镇野，说是挣了银子再回老家。都说镇野古城子，跌倒拾银子，拾了银子也难带回去。

“我爹走到碗底泉村头天黑了，坐在山梁上看自家院子，看到老父亲关院门前朝路上望，又朝出村的山梁上望。我爹没脸回家，沿山梁绕过村子，一沟一梁地走了一夜，天亮前听着头遍鸡叫，走到深山里的牛圈湾，敲开一户人家的门，本想讨口饭吃，结果做了人家的入赘女婿。这户人家姓马，家里男的都不在了，只有一个媳妇带着女儿。我爹改姓了马。”

~ 44 ~

长命招呼马富功过来喝酒，马富功说要看着煮肉，让大哥陪你们喝。马富成对长命说：“郭大夫咱们认识得早，我爹病重时，请你到家里看过病。本来想请你爹来，我爹信服你爹的方子，但怕你爹认出他。号脉时，我爹还向你打问潘家的事。”

长命说：“那是几十年前的事了吧，我都忘了。”

“我爹吃了你开的药，又活了一个冬天，眼看天热了，树发芽了，想着他能熬过去了，没想到突然就走了。”

大家又互敬了几杯酒，话也多起来。

马富成说：“我们懂事起，我爹就安顿我每年清明过来烧纸，我是家里老大，他只安排我过来。你们过的是早清明，我晚几天过来，在你们烧过纸的灰堆上，再烧一茬纸。我爹说，他没脸来见先人，他改了姓和族，但祖宗改不了。他让我来替他烧纸。我爹说他的孝尽到我这里就到头了。今天我们来，也是我爹、你们的三爷在时安顿的，让我选个日子，到坟上去跟你们聚聚。

“我爹在的时候也常骑马下山来。他可能经常站在山梁上看家里的院子，看他的老父亲一年年变老。我爹的父亲、你们的太爷去世时，我爹跪在远远的山头上，给他老人家磕头。”

潘五说：“我小时候经常看见有个骑马的人站在山梁上看我们家院子，那时我爷还在，他天天坐在院子里晒太阳。我给我爷说，有个骑马人站在山上看我们家院子。我爷说，是不是土匪盯上我们家了。我说都解放了，哪有土匪。现在想来，那个骑马的人就是三爷。”

马富成说：“我爹是一九八五年去世的，活了九十一岁。本来想下山来给你们说一声，人不在了，过去见最后一面，剩下的小辈好好处。那时候我们家境也不好，怕请你们上去也没啥吃的好招待的。还有，我们也不方便让你们过去，你们都知道的。”

马富功端上肉来，满满的两大盘子。马富成招呼大家吃肉，长命也给马富成敬酒。

马富成说：“这个酒应该我敬你，感谢你每年都去给我们家骟牲畜。”

长命说：“这些都是我的工作。你家是养殖大户，过些天我还得去你家骟几个黄牛蛋，完成今年的公黄牛去势任务。”

马富成说：“现在土黄牛的肉好卖，价格也比其他牛肉高。听说上面要补助土黄牛，不让再骟黄牛蛋了。”

长命想，也许上次那个领导爱喝土黄牛奶的消息，传到了养殖户耳朵里。

长命问马富成岁数。马富成说:“我父亲结婚晚，我的岁数比潘支书稍大一些，但长了一辈，你们也不用叫叔，就叫名字吧。”

潘支书说:“辈分是不能乱的，你是长辈我们就叫你叔。”

马富成说:“我爹改了姓，但名字排行没改，他以前叫潘广财，后来改成马广来，中间的广字是代表在潘家的辈分。”

~ 45 ~

酒喝到最后，马富成又跪在坟前磕了三个头。他弟弟马富功站在一旁，只给大家削肉，沏茶。然后，马富成端酒杯给坟上祭酒，祭完了回到酒席上，倒了一满杯酒，让大家都倒满酒。

马富成说:“刚才我代表去世的父亲，给土里的同宗祖先磕了头，祭了酒。这杯酒，我们敬给郭家的亲戚。我想说句话，今年上过坟，见过亲戚，也是给我爹了了心愿，以后我们就不来上坟了，毕竟我爹改了姓和族，我们有自己的讲究。我想，这个你们都能理解。但我们还是亲戚，打断骨头连着筋，有啥事需要相互帮助的都通个气，我们现在养殖做得不错，生活也不差。”

潘支书说:“我们三爷因为特殊原因改了姓，改了族，但还是亲戚。我们尊重你们的习俗，以后也多往来。亲戚越走越近。”

马富成端起酒杯喝了，家里人都喝干了杯中酒。

马富功发动着拖拉机。马富成挨个跟大家握了手，上到拖拉机车斗上，又朝地上的人招手。然后，拖拉机开动了，扬起一股尘土。长命见马富成转过身，戴上白帽子，脸朝前，再没有回头望。

第二部

长命

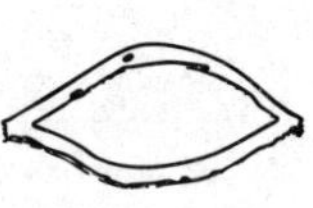

第十章

出碗底泉

~ 46 ~

东边有了曙色，天还黑着，地更黑。

村南的天山渐渐清晰起来，先是山的轮廓，一个巨大的躯体突然从黑暗中走出来，耸立在眼前。山顶的积雪泛出幽蓝色，天山即使立在身边也依然那样高远寒冷。

头遍鸡刚叫，这时候人的瞌睡正香，梦正稠。长命没开车灯，看着稀疏星光里模糊的道路，把车开到魏姑舅舅家门口。

魏姑黑黑地站在车前，黑让她的身影变小，像是缩到黑里了。

长命下车把魏姑的布包放到车后座，打开前门让魏姑坐上去。魏姑眼睛黑亮黑亮，像是能把夜里的什么都看见。

车转头往巷子里开。就在车一转弯工夫，天空显出薄薄的一层曙色来，路和房子清晰了一些。天山也更清晰，能看见山体褶皱里更暗的松林。

一条狗蹿出来，追着汽车咬，很快，又有几条狗应声撵来。

长命头伸出车窗低声呵斥，狗听出是自己村里人，都住嘴回去了。

到出村的岔路口，魏姑说停一下。她拿样东西下来，让长命车开到山口等，不要开车灯，也不要按车喇叭。

不要开车灯的话魏姑昨天就给长命说了，她让长命接她的时候黑着来。

长命从车窗看魏姑沿路往上走，路两旁一幢一幢的房子一直排到北边的山腰处，那里是以前的庙，现在只剩下一棵大榆树，孤立着，浓黑一团的树冠像一口钟罩在那里。树上挂的钟丢了，树坐成一口钟。

路旁树梢上有了一抹曙色，魏姑散披的长发上也有了曙色，这缕曙色里有长命看她的目光。长命一直看着魏姑的身影走到他爹家门口，她站在那里，像要走过去推院门，又没动。

长命小时候经常梦见一个黑影走到家门口，他惊恐万分，嘴大张，但喊不出来。那时他像在别处，替睡在屋里的自己担心，他大喊，声音不在他那里。

~ 47 ~

高处的天空已经有薄薄的晨光，越往上天色越淡，黎明正踩着树梢、屋顶、院墙，一层一层地降落在山洼里的村庄。

魏姑蹲下身从院墙边取什么东西，应该是土，昨天傍晚长命带魏姑去坟上，她从高祖郭子亥坟头上取了土，用布包好，嘴里念叨着，放进黑布包。这会儿她走到菜地前边，探头朝院子里望。此时院子空空的，父亲和吉诗睡在屋里。魏姑在望什么长命不知道。但他知道这个看似住了他们一家人的院子里，可能还住着一些他看不见的人。他小时候半夜醒来，听见院子里有人走动，脚步声有一下没一下，一会儿在牛圈旁，一会儿到了窗台边，他吓得不敢翻身，也不敢把听见的告诉家人。

长大后他知道那些响动，可能是猫、狗、鸟、老鼠，还有风在黑暗中不小心造成的。随着长大成年，他的胆子大起来，不再关心夜里的声音。即使夜里听见响动，他也知道那没什么。直到母亲去世后，他陪父亲过夜，父亲说的他一闭眼就能看见的那些人长命看不见，但他重新对夜里的声音敏感起来，他又听见了有人走动的声音，蹑手蹑脚的，伪装成鸟划过树枝、风刮过地面的声音，疾步走过院子时又伪装成猫捉老鼠狗又追猫的声音。

这时二遍鸡叫了，在村口山梁上，清楚地听出鸡一窝一窝地叫，长命在一村庄的鸡鸣中辨认出自己家的鸡叫声。那是他们家那只大红公鸡在叫，声音独独的。去年入冬前母亲养了八只公鸡，往年夏天养十几只公鸡，入冬后都宰了，留一只公鸡打鸣，八九只母鸡下蛋。那时母亲身体已经不太好，长命担心母亲每天出来进去喂鸡会冻感冒，就说把鸡都宰了。母亲不让宰。

结果她喂的鸡用在自己的后事上。八只公鸡宰了七只，剩下那只红公鸡吓坏了，飞到羊圈棚上两天没敢下来，也没敢打鸣。

过完母亲后事，长命才听见这只公鸡叫。

这个时辰父亲早已经醒了，陪他睡觉的吉诗应该还在呼呼大睡。昨晚长命睡在自己家，他开车经过父亲院门时，知道父亲会听到他的汽车声。也可能听不见，他耳朵里现在全是过去的声音。父亲每晚前半夜把瞌睡睡完，后半夜眼睛闭住躺着，等头遍鸡叫。鸡叫他能听见。长命睡在父亲身边时，听见父亲在头遍鸡叫声里翻身。那是他醒来的声音。长命知道父亲早就醒了，他只是在静静躺着等鸡叫。鸡一叫，他就不装睡了。鸡把那些他闭眼看见听见的人都叫走了。

~ 48 ~

魏姑折回到院门前，面对院子站着，手天上地下地挥动。长命想，这时路上要有人过来，一定会被她吓住。

然后，她朝村口走，走几步回一下头，像在喊后面的一个人，长命担心她把狗叫出来，却没有，狗都静悄悄。路上也没有早起的人。

走过水渠，她又回头看，像在等那个人过桥。渠里的水哗哗地朝西流。水是从上游河里引来的，浇灌西边山洼里的地。碗底泉村西边的山洼宽敞平坦，四周山也矮，全村的粮食都种在那里。

她在渠边等了好一阵，长命看不见她等的那个人。

就在魏姑从桥头往上走的瞬间，四周的山亮起来，房顶也清晰可见。

长命从后视镜看着魏姑走到车旁，拉开后车门，脸对着路说着什么。她在招呼那个他看不见的人上车。长命头皮发麻。后视镜里的魏姑像是另一个世界的人，她手拿一个红布包裹的东西，那是昨天他带魏姑到高祖郭子亥坟上取的土。她又从父亲家门口取了土。两处的土包在一起。

坟上的土，门前的土，都是一把土。

镇野碗底泉的土，老家钟塔县的土，都是埋人又长庄稼的土。

土连着土。死连着死。

土里的先人，高祖郭子亥，你动动身，跟我们走一趟远路。

这条路一百多年前你一步步走过，你留在土里的脚印还没被风吹灭，你断在夜里的一口气还在子孙们的嘴里呼进呼出。你的魂曾顺着脚后跟指的方向，一次次地往回走，你不想回到胆子吓破的那个黄昏，你只想回到老家的墓地，跟祖先归为一处。可是，你每次走到石人子都被拦住。雕着人面的石头人站满山谷，只许人通行，不让鬼过去。

今天没有谁会拦你，郭子亥高祖，我把你藏在土里带回去。

你生前踩过的土，耕过的土，身上抖落的土，都是你的土。

你在世上最大的动静，是踩起一阵阵土，又落回原地。

遍地的土都是你，郭子亥高祖。

你前面走过排序为仁义礼智信的五辈祖宗，你身后是子嗣万代长、吉祥永安康的代代子孙，你连接起祖宗和子孙，就像土连着土，地连着地，死连着死。在死的间隙，生像草木一样广阔茂密，像花朵一样灿烂，像太阳一样光明。

今天，你的玄孙郭长命要带你回趟老家。

你的半个胆子吓丢在老家了，我们带你去找回来。

高祖郭子亥，我知道你的魂跟着来了，我们一起上路。

魏姑念叨完，目光从路上缓缓移到车旁，又移到车后座上。长命从后视镜里，看着魏姑一声声唤着的高祖郭子亥的魂上到车上，他突然感觉到后座上坐了一个人，相貌跟他相似，猛地朝后望，只有魏姑的黑布包。

到碗底泉驿，魏姑说停车，长命把车开到泉眼旁停住。魏姑从包里取了三个矿泉水瓶子，下去灌泉水。

长命说:“我买了两箱矿泉水，够我们路上喝了。”

魏姑说:“这个水不是给你喝的。”

长命从车窗看魏姑弓腰蹲在泉边，用自己包里带的那只碗舀水，灌在塑料瓶里。碗底泉正如它的名字，泉水从一个如碗底的小坑里渗出来，每次只够舀半碗底水。没人舀水时，泉水顺一条细小的渠沟流向远处，小渠沟两旁长着绿草，其他地方都一片干黄。

太阳还没出来，但曙光已经从远处石人子的山里放射出来，有一缕光照在魏姑脸上，亮盈盈的。石人子村的鸡叫声隐隐传来，这是今天的第三遍鸡叫，天开始蒙蒙亮。碗底泉村的鸡叫被山梁挡住。那是一个深陷地下的碗，别处的声音传到那里掉下去。碗底泉人和动物的声音，从来不会传到外面。

第十一章

石人子沟

~ 49 ~

小车迎着渐渐露出的朝阳开进石人子山里。过石人子驿站后，路开始围着山转，太阳一会儿在前面，一会儿到了右边。

魏姑点着一支烟，问长命抽不。

长命说："车里空间小，你抽等于我抽了。"

"以前过石人子就是过难关，一路冤死鬼多，抽烟就当烧香，保平安。"

"怪不得司机在路上一根接一根抽烟，都在烧香呀。"

魏姑吐了口烟，眼睛眯住，抽了一半的纸烟夹在两指间，她依然细嫩的手指上戴着一枚老银子戒指。

"戒指是老货呢。"长命说。

"你眼睛看路。"魏姑头仰到座椅背上，长命以为她困了，就不再说话。

"这个戒指是马尔瓦给的。他给盗墓人当向导。每次分了盗的东西都找我来烧纸燎燎，才敢往家里拿，他说这些东西上有鬼。”

“这个马尔瓦派出所抓过，我开车带警察去铐的他。搜家什么都没找到，问他以前盗的东西卖哪了，他交代说自己从来不挖坟，只是领着外地人去看他们挖，挖出来他分一点，他只要墓里的女性首饰，拿来给相好的女人。这个马尔瓦，交代了好几个同村相好的。”

魏姑白了长命一眼。长命赶紧说：“他交的相好年纪都大了，他的金镯子金耳环，都送完了，忙活大半辈子，啥都没留下，现在没一个女的理他。”

“我妈说，我爹年轻时也挖坟，他胆子大，遗传了我爷。我爷就胆子大，民国时赶一架牛车，在石人子山里拉客，他死在这条路上。”

我妈讲我爷，都是从死后开始讲的，就像我从你淹死那一刻讲你。你死了我和你才有故事。连生。

我奶看见躺在牛车上拉回来的我爷尸体，大喊着“叫你别去，叫你别去”，然后昏厥过去。她昏睡三天三夜，我爷的丧事办完后她醒了，醒来就跟我死去的爷说话。

我奶十七岁嫁给我爷，十八岁有了我爹。我爷被杀时我奶二十三岁，那时我爹五岁，已经记事。我奶天天倚在门口望路上。旁人指着牛车说，你男人早回来了，你看牛车和牛都在。我奶说，牛车的声音还在石人子的山路上，她男人吆牛的喊声也在那里，都没有回来。

有一天，我奶在供台上插七炷香，点七刀纸，把我爷留在远远近近的声音都招回来，收在一碗清水里，一仰头喝了。从此她成了神婆子。那时老奇台有个神婆子，听说我奶的事后找来了，见过我奶，说我奶降神了。

一个神婆子降神，得另一个神婆子确认。

我奶活到四十五岁，说要去见我爷，那是我爷死去时的岁数，她不想活过这个年纪。我奶说，我爷送过石人子的好多人，在苦泉子戈壁上遇了土匪，那一段是有名的苦八站，泉水都是苦的。那些没走掉的人，都来找我爷，让把他们的尸骨藏在牛车辕木的暗舱里运回老家，归祖坟。他没办法，还得接生意，一趟一趟往疆外运尸骨。我奶得一次次送他出远门又等他回来。她不想过这样的日子，要坐着我爷的牛车一起走远路。

我妈嫁给我爹的第二年，我奶走了。我和她前脚跟后脚，她走了我来了。

我妈说，那天我奶换了一身新衣，高高兴兴坐在她男人的牛车上，两个粗笨车辕的暗舱里，装着白银般的尸骨，那辆牛车躲开白天，在有星星和月亮的夜晚，车轮离开路，牛蹄离开路，前半夜一路向东，过嘉峪关，过肃州凉州，过黄河。后半夜一路朝西回来。

后半夜的路都是上坡。

因为白天在高处，临近白天的后半夜越来越高。

~ 50 ~

车在上一个坡，长命把油门踩到底。发动机费劲地轰鸣着，像一个喘着粗气累坏的人。魏姑停住嘴不说话了。她的话不是话，因为没说出来，只是心里的嘀咕。长命只模糊地听见最后一两句。

“你刚才说后半夜是上坡？”

长命想起前晚跟父亲过夜的情景。

“我跟我爹睡觉，感觉他在后半夜睡得很费劲。要么睡不安稳，要么就醒着。我知道他醒了，他也知道自己醒了，但天没亮。他只得闭眼躺着。我也闭眼躺着，醒来了也不吱声。我爹忌讳在后半夜说话。他喜欢在前半夜跟我说话，灯熄了，我们黑躺着，有一句没一句地说。说到他鼾声起来。我的鼾声紧跟着响起来。”

魏姑点了支烟，吸两口又掐灭。

“你的鼾声跟着你爹的鼾声，往深夜里走，这是最好的陪伴和照应。人老了，夜晚才是最难过的。有个亲人睡在身边，比什么都好。”

“以前我们都想着白天来看望父母，我妈在的时候，我妹妹每次来我妈都留她住一晚。我妈不在后，我妹妹哭着说，她最后悔的是没有跟妈妈多睡几个晚上。”

“我们都以为人一睡着就啥也不知道，其实，睡在旁边的亲人，都在相互陪伴着度过夜晚。就像你跟着你爹的鼾声，多深的夜你们都不会走散。”

“我爹跟我说过，我小时候喜欢跟他睡，他总是忍住瞌睡，等我睡稳了再睡，怕他的鼾声吵着我。现在我像我爹小时候陪我时一样，忍住瞌睡听他说话，听他的鼾声响起，然后我再睡着。”

“你爹有个孝顺儿子，也有福了。我见过许多老人，都是在夜里走掉的。夜太难过。尤其后半夜，就像人的后半生，在上坡，难过得很。”

~ 51 ~

拐过一个山弯，长命和魏姑都朝左边看。路边突起一块大石头。长命的车速不由得降下来，又猛地加速跑起来。

魏姑看了眼长命。

去年夏天，这里出车祸死了一家三口，小车撞在路边那块凸起的大石头上。长命和魏姑都过来给处理后事。出事小车变形破损的样子一直留在长命脑海里。

前面好几辆拉煤的大车，长命几次超车都没超过去。

“耐心跟着走吧。”魏姑说。

跟了几公里，一条朝左的岔路把大车引到山沟里，道路一下空旷了。长命知道从这里进山是煤矿，他前几年还去煤矿拉过煤，马五十父亲马窑洼就在那里当挖煤工人。石人子最远的牧场也在那片山里。一户石人子村牧民，常年居住在煤矿边的石头房子里，养了一大群羊和上百头土黄牛，供煤矿的人食用。长命去年秋天开摩托车去骟那家的黄牛蛋，男主人举着赶牛鞭对他说："你个管球蛋的兽医管到天边了。"

那地方确实到天边了，再往前是铁丝网拦住的边境线。

看见苦泉子驿站路牌，魏姑说拐过去看看。

长命说："下去还有一大截子路。"

魏姑说："不远，我知道呢。"

白茫茫的盐碱滩上一条土路，车轮把虚土扬起来，从后车镜看，一条土龙腾起在戈壁上。

苦泉子汪着不大的一窝水，水边长一丛芦苇，新生的芦苇芽从去年前年甚至多少年前的枯朽芦苇丛中长出来，泉边满是动物蹄印，几只黑鸟在泉边汲水，看人过来飞开了。

魏姑用空矿泉水瓶灌了半瓶泉水，用嘴唇抿了抿，把瓶子递给长命。

长命摆摆手。

"你高祖郭子亥肯定喝过苦泉子的水，当时这里是驿站，戈壁上的泉水大都是苦的。"

"那我尝尝。"长命嘴对着水瓶喝了半口，一股苦涩味，在嘴里含了含咽下去，那苦涩顺着食道一直走到胃里。

魏姑点了张纸，对着苦泉子燎了燎，嘴里念叨着，把纸放在地上烧完。

坐到车上长命问魏姑啥时候来过苦泉子。

魏姑说："七八年前，镇野老城的一个年轻人在苦泉子丢了魂。那天煤矿挖煤的四个人，坐煤车回家，天黑了，走到苦泉子司机打瞌睡，车翻到沟里，司机被方向盘顶在胸口挤死了。坐在煤车顶上的四个人全被煤埋了，那个年轻人命大，自己爬出来，然后拼命扒煤块救埋住的另三个人。扒出一个没气了，又扒出一个没气了，三个扒出来，都死了。那时候这段路上夜晚很少有车，那青年跟四个死人过了一夜，又冷又怕。等到天亮才有汽车过来，年轻人哑巴一样一句话不会说，浑身煤黑站路中间招手。他被好心的煤车师傅送到家就傻了，一天到晚只会一个动作，左手握住右手腕，使劲拽，嘴大张，什么都喊不出来。

"我让他家人租车拉我和那青年到出事的苦泉子，那青年一下车，看见地上一摊煤末子，当场就跪在上面，嘴大张着喊，左手撕扯右手。我让他父亲抱住他，我拿桃树条抽打，让缠住他的鬼魂出来说话。那青年大张的嘴里突然有了声音，是一个四川腔中年男人的声音。那个声音说，本来我可以出来的，这个龟儿子，他先扒到我的一只手，我以为有救了，我使劲抓他的手。可是，他抽手回去扒压在我身上的另一个人，他拉出那个人后，塌下来的煤灰把我鼻孔捂住，我的耳朵眼没捂住，听见他喘着粗气把那个人拉到一边，他的脚步声在那人身边停了停，然后过来拉住我的手往外拽。我身上的煤太重他拽不动。我的手在他手中软下去的时候他知道我不行了，他大声喊我的名字。我跟他在煤矿同舍，一起下漆黑的煤井。他胆子小，下到井里就害怕，握住我的手不放。他熟悉我手上的力气、温度。我的手软下去吓住他了，他一下丢开,又很快抓住我的手往外拉。他一声接一声喊我的名字。四周都是回声。

“听到这里我清楚了。我点了张纸燎了燎。我说，这位四川大哥你听着，你怨他放下你去救压在你身上的另一个人，你想过没有，那个人压在你身上，他只有把他移开才能救出你。你的死不怨他，你们是好工友，他已经尽力了，你快松手。那青年左手死死握住右手，我拿桃树条在左手上抽打，只听一声四川腔的哎哟声，左手软软地松开右手。然后那青年就好了，他像是从睡梦中醒来，突然说自己咋在这里。”

~ 52 ~

车开到柏油路上，魏姑侧脸望路边，她的左手放在大腿上，离挡位很近，长命加了挡，手指冲动地想握住她的手。

魏姑觉察到长命的眼睛在她手上打转，瞥了长命一眼。长命鼓足胆子的右手一下软下来。

一路都是要回家的魂，头朝东，脖子朝东，膝盖骨和脚指头朝东。

从石人子到嘉峪关，六八四十八个驿站，有苦八站，甜八站，野八站，荒八站，每一站都要人的一口气。

人来时迎面西风夹着沙土塞满牙齿。回去时只剩下魂。

魂走回去只要一场风。一场一场的风，在石人子山里转向，在八百里风区迷路。

魂尝到风中的苦涩，想着熬到苦泉水变甜，带着嘴里的甜水味回去。

但苦八站太长，再过一站水还是苦，魂喝了第七站的苦泉水，便知道苦海无边。

苦八站的风声里满是魂诉苦的声音。魂的眉毛结着白色盐碱，看人的空洞目光是咸的。被魂看过的人，舌根发咸，身上起一层白盐碱。

连生，你的魂不走苦泉子路。你装在我心里。

~ 53 ~

过伊州、瓜州再没停留。路上车也少。长命和魏姑在车上喝矿泉水吃馍馍，算是午饭。到嘉峪关休息站，太阳已经西斜，嘉峪关城楼高耸在戈壁中，像一座不真实的梦中城堡。长命去加油，魏姑从布包里拿了几沓纸，走到路边停下来。长命加好油，把车开到路边停下来。

魏姑面朝不远处的嘉峪关城楼，点着纸天上地下地燎，然后蹲地上念叨。

韩连生，我送你到嘉峪关。

关内阳光道，关外戈壁滩。出了嘉峪关，两眼泪不干。

嘉峪关外，风吹乱石满地走，大石头走得慢，小石头走得远，粗沙子细沙子刮漫天，贼沙子吹进人眼，泪不干。

韩连生，当年你淹死在石人子河，安葬你后，你姑姑找到我妈，说这孩子的尸骨我带不回去了，请您让我把他的魂带回去。他死去的爹、小时候最疼爱他的爷爷奶奶，都在老家的坟园等他呢。

我妈点纸烧香收你的魂，你不从。我妈知道我在留你。

我妈说，姑儿呀，过两年你就到出嫁过日子的年龄，你是跟人过呢，还是跟魂过。

我说，妈我跟韩连生过。

我妈听了眼泪唰地流下来。

我妈说，你陪韩连生的魂送他姑姑一程吧。

我妈让我躺床上，她点着一张纸，叫我的名字。又用这张点着另一张纸，叫韩连生的名字。她把两张纸合一起烧完，纸灰落在我头边的水碗里，水灌进瓶子，拧好盖，交给你姑姑。

那时我闭住眼睛，呼吸轻得似乎不在了，又分明跟你没有的呼吸在一起。

我妈说，你就陪他到嘉峪关，看见关楼，韩连生的魂若不回头，就跟他姑姑出关口走了。若回头，送不走，就带他回来。

我妈俯身对我的耳朵说，我最远只去过嘉峪关，往前的路是黑的。

我妈早年说，嘉峪关城楼墙上摞了一层一层鬼，有朝关外望的，有朝关内望的。城墙门楼年年修年年塌。鬼没轻重，但鬼踩过的土变成尘，风一刮土城墙矮一寸。

韩连生，那次是我的魂陪你来，这次是我带你来。

你看看东去的路，没走过的路都是黑的。从天津来的路你走过。当年你坐汽车一路西行时，你的魂不安地脸朝后，魂不愿来。

魂知道你会在哪把魂丢掉。

人有命，魂知道。

韩连生，你站在关口城楼上朝天津望望吧，你母亲或许早不在了，你姑姑当年四十多岁，到现在也七十多了，她应该还在，你就当她还在，或许她也不在了，我刚才在心里想她时，感觉凉凉的。她或许已经在土里。在土里就回家了。你也回那个土里的家。他们都等你回家。

韩连生，你往东一路走，走到有海的地方就是天津。你大江大海都游过，你熟悉水，胜过熟悉戈壁。你要躲着车，躲着人，别把路走岔。这个季节西风多，东南风也多，你在西风里没有走到天津，就在东南风里再回来。石人子是一个风口，天底下的风都从石人子山口进出。

你回来了我原带你去石人子供销社买烟，那个牌子的烟就你在抽，那个供销社也只有你一个客人。

上到车上长命说：“魏姑你还挺忙的，说是来给我爹招魂，还顺便送一个人的魂回老家。”

魏姑说：“魂没斤重，不压你的车。”

第十二章

钟塔

~ 54 ~

到钟塔县太阳已经西沉，晚云散淡地堆在天边，颜色形状都跟在碗底泉看见的一样。

长命说："我们天不亮上路，跑了上千公里，到这里黄昏的景象还跟我们碗底泉一模一样。"

魏姑说："你走到下辈子黄昏就不一样了。"

"下辈子在哪？"

"到老家你就知道了，你是你先人的下辈子，你先人是你的上辈子。"

钟塔县跟镇野有点像，街旁的房子模样差不多，高低错落的楼房，间或夹一片老旧平房。街上人的模样也像。

长命在一家街边旅馆门口停车，进去开房间，过了会儿又出来。

"有双人间，五十块钱一晚。要不开一间吧，省点钱。"

"你缺那点钱呀？"魏姑白了长命一眼。

“也不是，就是睡个觉，各睡各的，睡着了啥也不知道。”

“你想得美。”魏姑要掏钱自己开房，长命连忙拦住，转头去开了两个单间。

两人在楼下馆子吃了碗兰州牛肉面，便各自睡觉了。长命开了一整天车，颠簸得骨头都散架了，头挨到枕头时还想着去看看魏姑，说下明天的事，只是想了一下，眼睛就闭实了，一觉睡到天大亮，魏姑敲门才醒来。

早饭换了家饭馆，跟昨天那家挨着，还是卖牛肉面。长命要了两碗加肉清汤牛肉面，两个小菜和四个韭菜鸡蛋包子。吃好付账时向饭馆老板打问去河西村的路，然后又问了句钟塔县的塔在哪。

“旅馆后面，转过去就是。”老板甩了下头说。

长命和魏姑转过楼角，塔突然出现在眼前，就在旅馆后面的空地上。昨夜长命住的三楼房间窗户，正对着塔尖，他竟没顾上朝窗外看。

塔前一方空地，新铺了砖，前后的庙都像新修的。长命沿塔身转一圈，找到一个半掩的小门，锁斜吊着，像是刚刚被人打开。大清早，四周没有人，稍远的庙前一位中年男人在扫地，他挥动芨芨草扫帚，唰唰的扫地声从地面传过来。

长命本想过去问问能否进到塔里去，又想问了也许就进不去了，干脆不问，给魏姑说了句你在外等着，然后一探身钻了进去。

门洞里黑黑的，台阶朝上盘旋，上头有一束光亮，高悬着，像不属于这个世界的。沿窄窄的旋转台阶往上爬，手摸着两边的砖墙壁，凉凉的。不知爬了多少个台阶，到一方小窗洞旁，刚才看见的那束光，就是小窗洞照进来的。窗洞又窄又深，往外看一片虚空。

向上爬又经过一个更深的窗洞，比前一个小，探头看去，虚空下地上的房子小小的，行人也小小的，像没长大的孩子。

终于爬到顶，圆形穹顶下悬一口钟，小窗洞投进的光，正好照在钟口下方的地上。钟体上密密麻麻全是人名。碗底泉那口钟上也铸满人名，都是铸钟时捐了款的人，长命高祖父郭子亥的名字就铸在那口钟上面。铸钟那年郭子亥七十五岁，多捐了一份钱，把他母亲，也就是长命的天祖奶刘氏的名字也铸在了钟上。长命听老人说，铸在钟上的名字能随钟声传扬四方。长命眼睛凑近看，钟上竟然有一个郭姓名字：郭义雄。长命想郭义雄或许是他义字辈的某个先祖。算下来跟他这个长字辈隔了八代，有二百多年，那时候是清朝，当年他的这位祖先给庙里捐钱把自己的名字铸在钟上时，一定知道他的名字会随钟声传远，也知道他的后人将来会在钟上看见他的名字。

长命手抚摸铁钟转了一圈，又回到写有郭义雄的地方，手举起来想敲一下钟，还没敲下去，脑子里轰的一声巨响，长命赶紧闭住眼睛。

~ 55 ~

往河西村走的路上，长命说："太奇怪了，小时候我经常梦见自己爬一个高塔，我每上一层，就趴在小窗口朝下望。一直爬到顶，塔楼中间悬一口钟，每次我都举手去敲，但手没挨到，钟便轰的一声巨响。刚才我看见钟塔时，突然认出跟我梦见的塔一模一样，我竟然找到那个上塔里的小门，里面的台阶也和梦里一样窄窄的，还有钟也和梦里一样。更奇怪的是，我在那口钟前不由得举手去敲，我的手臂像是被早年梦中的那个我控制，又像是我从那个梦里举起了手臂。发生的一切也和梦里一样，我的手没挨到，钟便轰地响起来。我像梦中一样闭住眼睛。”

魏姑没有搭话，她眼睛眯着，露出一丝白眼仁。

长命感到自己的脑壳像被一口钟罩着，里面还在嗡嗡嗡响。他往脑壳上拍一巴掌。

“我从没来过这里，不知道这个塔和钟怎么到了我梦里。只记得小时候爷爷说过钟塔县有个塔，说塔底下埋着金子。塔是啥样子我爷爷也没见过。今天见到它的一瞬间我就认出来，小时候我在梦中无数次地爬过的塔，就是这座我从没见过的塔。”

魏姑依旧眯住眼睛，长命知道她在听他说的事情。而且，她的神在他说的事情里。

“我们小时候玩跑钟声游戏，几个孩子站在村口，留一个孩子在关公庙前的榆树下敲钟。从村口能看见大榆树下挂着钟，看见树下敲钟的孩子举起木棒。钟声一响我们便开始奔跑，看谁能跑过钟声。”

“人咋能跑过钟声？”

“是跑不过，但钟声刚敲响时我们跑在钟声前面。钟声从耳朵后面响过来，钟声往前跑，我们也往前奔跑，有一阵子钟声跟我们在一起，直到钟声盖过头顶，远远地跑过斜戈壁，跑到石人子山前，我们才停住脚步。”

“我小时候来舅舅家玩，经常见一群孩子在斜戈壁上奔跑，以为他们在追羊，追兔子，原来是追钟声。”

“那时候玩追钟声游戏，我总是听见钟声里还有一个声音，村里的钟声往远传，那个钟声往回传。刚才我在塔上听见脑子里轰的一声时，我知道早年听见的可能是这口钟的声音，它一直从钟塔往口外传。碗底泉那口钟一响，它便找到了方向和路，逆着这口钟的声音传过来。相聚千里的两口钟的声音，在嘉峪关口外和伊州间的茫茫戈壁上相遇，在石人子山里相遇，在出石人子山口的斜戈壁上相遇。我们追着村里那口钟的声音跑远，又在另一个远处传来的钟声里汗流浃背跑回村里，回到那口大钟下。”

“我小时候听见东来西往的钟声在石人子山里回响。石人子是往东出疆唯一的山口，人从这里过，风从这里过，声音也从这里过。钟声响成一条来来往往的路，每一口钟都会听见远近所有钟的声音，它们在同一条声音的道路上。那时候，钟声连接着嘉峪关口内口外。如今连接这两个地方的，只有从荒凉吹向荒凉的风声。”

第十三章
河东

~ 56 ~

柏油路坑坑洼洼，跟镇野乡下的路差不多。那些忙碌的拖拉机、汽车，不知道从乡下拉走多少东西，把路都碾坏了。路边修有水泥防渗渠，比路面高。渠边林带长着高高的白杨树，也跟镇野林带的树一样。到一个村子，长命停车问去河西村的路，问了三个村子的人，都说跟着水渠走。

走到河西村口，水渠朝东去了，路边一大片被挖得乱糟糟的荒地，路口停着三辆警车，闪着灯。几台推土机正从河滩边朝这里推过来。警车喇叭对着村庄喊："赶快迁坟了，赶快迁坟了。再不迁就推平了。"

一辆拖拉机停在路中间，十几个人往车上抬棺材。几个披麻布举白幡的人站在车前。坟地挖得大坑小坑，烂棺材板扔得到处都是，烧纸的灰堆，没烧尽的黄纸钱四处飘。有几伙人在里面挖掘，几辆拖拉机正从村子里开过来。

"我们另找路过去。"魏姑说。

“这车装好就走了，要不等等？”长命说。

“不走这条路了，你看这里在迁坟，一大片坟地都挖了，亡灵被惊扰，都挤到路上。”

长命听得头皮发麻，赶紧掉转车头。

过来一个骑摩托车的，长命问是否还有路进村。那人朝北指了下。一条土路穿过棉花地，两排白杨树立在路边，像高举的幡。

“开慢些，路上都是人。”魏姑说。

“你不要吓人。你可吓了我一路。”长命说。

“我没吓你。”魏姑说，“亡灵都扰醒了。有后人的被招领走，没人管的都在路上，不知道往哪走。”

~ 57 ~

车绕了一圈，过一座桥，长命发现还是那条渠，淌着半渠水。他们本来从村南头进村子，却到了村北边。

一户人家在盖房子，路边码着砖头木头，几个人站在房顶，往上吊一根大木梁，路上一片放过鞭炮后的碎红纸屑。

“今天事情多。”魏姑说，“又是迁坟又是盖房子上梁，都遇上了。”

“好还是不好？”长命问。

魏姑没吭声，示意长命往前开车。墙根坐一位晒太阳的老奶奶，腰挺直端坐在小木凳上。长命觉得她像自己去世的奶奶，早年奶奶就是这样端坐在墙根晒太阳，等他放学回来。

长命开车缓缓行到老人家跟前，停住。

魏姑下车问了声好，给老奶奶递一根烟。老人家竟接住点火抽起来。

“这是河西村吧？”魏姑问。

“是呢。”老奶奶吐着烟说。

“我们想找个姓郭的人家。”长命说。

“我姓郭。”老奶奶的话和一嘴烟同时冒出来。

“姓郭人家多吗？”

“河西没姓郭的，绝了。”

老奶奶的一句“绝了”，让长命心里一震。当时父亲让他抄写家谱，抄到“河西郭姓绝户”时，还没有感觉，仿佛是很远的跟自己没有关系的事。现在他觉得这种关系近在眼前。

“我是从河东村嫁过来的，河东郭姓多。”老奶奶说。

“河东的郭家和河西的郭家是一门吗？”

“是一门。早先两个村庄都是我们郭家人。闹匪乱的时候，正好发洪水，匪贼没过去河，东村保住了。”

“那我们去河东找谁，郭家谁管事？”

“找郭代表，他是村主任。过河滩进村第二家，红铁皮院门，就是他家。”

~ 58 ~

一条沙石路穿过干河床，伸向河东边的村子。

魏姑眼睛看着蜿蜒向远处的河床说:“这条河很像石人子河，就是河床上没有大石头。”

“这是河下游吧，河流了很远的路，把大石头滚小，小石头磨碎成了沙子。石人子河在上游，石头没有滚多远的路，都很大。”

又赶上拉棺材的拖拉机，站在车斗里的人往天上撒纸钱，跟在后面的两个小四轮拖拉机上站着人，车上装满纸房子、纸车马、纸衣服等祭品。

“不急，跟着慢慢走。”魏姑说。

几片纸钱飘到小车前玻璃上，长命启动雨刷，有一片纸钱贴在玻璃上刷不掉。前面拖拉机碾起的尘土随纸钱弥漫过来。长命刹住车，跟拖拉机拉开一股尘土的距离。

魏姑眼睛微眯，嘴里嘀咕着，像是不愿看见什么。

纸片儿铺路纸车行，纸爹纸妈纸儿孙，纸灰儿四处飘零。谁收到了吭一声。嘴不能动你托一阵风，腿不能行你托一阵尘。草叶儿摇摇，纸片儿飘飘，都是你显灵。

拖拉机终于过了干河床，朝左往一片棉花地开去。长命照直开车进村子，按那个老奶奶说的，在红铁皮院门口停住车。院门朝外扣住，没锁。

过来一个骑自行车的中年男人，长命招手，那人停下，像是知道他要问什么，手指着路东边的棉花地说："郭主任在地里干活呢。"说着看见长命的车牌，"新B，新疆来的呀，我给你喊一嗓子。"

他响了下自行车铃铛，然后对着棉花地大喊："郭主任，新疆来亲戚了。"

"你咋知道我是郭主任家亲戚？"长命问。

"你长着郭家人的模样。"那人咧嘴笑着骑自行车走了。

~ 59 ~

棉花地里的人直起身子，朝这边望，长命朝他们招手。三个人从田埂子上走来，前头两个老年人，像是老兄弟俩。后面跟着女人，包着红头巾。走过地边水渠，到路上了，长命迎上去。

"是郭代表叔叔吧？"长命问头发花白的老人。

老人龇牙一笑，嘴努向后面。

"我是郭代表，这是我爹。你们是？"

"我叫郭长命，从新疆来找亲戚，问到你们家。"

"我咋没听说过新疆有亲戚。"郭代表说。

"我爹叫郭代道，代字辈，我叫您叔。"

"那你爷叫啥？"老人问。

"我爷叫郭万水。您老人家也是万字辈吧？我该叫您爷。"

"我叫郭万成，是你爷爷辈，辈分排对着呢。是一门子。"

长命双手握住老人家的手叫了声"爷"，又握住郭代表的手叫了声“叔”。

“这是婶婶吧？”长命跟包着红头巾的女人握手。

“快屋里，代表，让做饭。”郭爷说。

郭代表把长命和魏姑往屋里让。

“这是侄儿媳妇吧？”郭代表看着魏姑说。

“不是，她是魏姑，待会我给您说。”

长命从车上搬下一箱镇野古城子酒，又拿出一袋子干果。

郭爷说：“来就来，还拿这么多东西。”

~ 60 ~

进院子一方照壁，壁面黄泥抹的，有些斑驳。照壁后面是堂屋，比两边的房子高。

“跟你舅舅家的四合院一样。”长命对魏姑说。

“我舅舅家大门朝南开。”魏姑说。

“以前家里大门也朝南开，整村规划过以后，道路成南北走向，门得朝路开，就朝东了。”郭代表说。

进了屋，郭婶到厨房烧茶做饭，长命让魏姑从包里拿出家谱，自己双手递给郭爷。

郭爷翻看了几页，起身去堂屋拿来一本老旧家谱，翻开跟长命一起看。

长命在郭爷拿的家谱序言中，读到“河西村郭姓清同治年间遭灭族，无一幸存”，而长命带来的家谱序言中写道“河西郭姓百十口人被杀，只一母刘氏和五岁男孩郭子亥逃出”。

郭爷说:“我们郭家人命大。都以为河西郭家绝了，没想到竟有一个独苗活下来。”

长命说:“我们来的时候也不知道老家有没有亲人了。早些年我在派出所查到河西村电话，打过来找姓郭的亲戚，人家回答说没有姓郭的，一百多年前绝了。后来也就没再问过。没想到河东把郭姓延续下来。真是我们郭姓族大命大，绝不了。”

“郭姓是大族，哪能轻易绝。现在我们东村郭姓就有一百多口。要不是计划生育，该好几百口了。”

长命给郭爷递烟点着，然后说:“我这次带着魏姑来有一件事，她是我们那里有名的神婆子。”

魏姑起身给郭代表和郭万成两位长辈行礼。

“我妈去世后，我爹得了恐症，眼睛一闭就看见亡人来跟他说话。魏姑知道我们家遭遇后，说我爹害怕的根子在我高祖身上，说我高祖当年吓破了胆，剩半个胆魄逃到新疆，那以后我们郭家人胆子都小。她说把我高祖的半个魄从老家招回去，就能把我爹的恐症治好，我们郭家后人胆子也会大起来。我们来就是给老先人招魂。”

魏姑说:“刚才在西村的路上，看见好多人在迁坟，真应该烧纸念叨念叨，让亡灵安息。”

郭代表说:“我们这里也有道士和神婆子，上面不让搞迷信活动。”

长命说:“这个我知道，我们那里也一样，这次来钟塔，我和魏姑是偷偷来的，谁也不知道。”

魏姑说:“郭叔您放心，我们去上个坟就行。不会声张。”

长命说:“就是不知道我们那边的祖坟还在不在。”

郭爷说:“匪乱剿灭后，我们河东郭姓过去看，整个村庄没一点人声，到处躺的死人。到了郭家，院门敞开着，里面死了一地人，大人、小孩、老人，惨不忍睹。我们河东郭家人去给收了尸，埋到祖坟。渐渐地，坟地长满红柳芦苇，坟头塌了，墓碑也倒了。再后来，河西迁入了外姓人，那块坟地要开荒种粮食，当时人还讲礼数，过来跟我们这边郭姓打招呼。我们过去捡了些尸骨，装了些土，把河西郭家先人归到我们这边的祖坟。都是一个祖宗的，分开又回来了。前年村里号召平坟，我们家的祖坟占地多，让迁。村委会在北沙漠规划了坟地，谁家都不愿意把祖先迁到那里。最后，我们在自家农田里腾出块地方安葬了祖先。”

郭代表说:“平坟本来是给村民增加土地，死人给活人让地。但是，我们这里人谁家都离不开祖先，都把祖坟迁到自家庄稼地，反而占了更多土地。你们过来时在河西看见迁坟，那是最后一块老坟地，平掉恢复成村民的口粮地。”

郭婶烧好茶端上来。长命看碗里的茶梗，跟碗底泉自己家一样的砖茶，烧得很酽。

郭婶说:“家里也没肉，剁只鸡吧。”

长命赶紧说:“别杀鸡，吃个家常饭就行。”

郭代表也说:“那就晚上宰鸡，叫几个亲戚过来一起聚聚。”

郭爷说:“今天过午了，你们明天一早去上祖坟。堂屋里有祖先灵位，先给请个安。”

第十四章

灵位

~ 61 ~

堂屋有点暗，郭爷点着供桌上的蜡烛，长命看见靠墙的供桌上立着一尊尊木牌，自已在家谱中抄过的按“仁义礼智信”“子嗣万代长”排行的列祖列宗的名字都在这里，仁字辈的祖先靠墙，在最上边。最外边有两个代字辈的名字，跟长命爹同辈。再往前有一个写着“郭长初之灵位”的木牌，跟自己是一辈的，已经归入祖先了。

郭爷点了三支香，插在供桌的香炉里。长命跟着点了三支香。

郭爷后退两步，双臂张开，然后收拢，跪在供桌前。

长命和郭代表跟着跪在地上，魏姑也跟在后面跪下。

“各位列祖列宗，我们郭家有好消息了。一百多年前被灭族绝后的河西郭姓一脉，竟然活下来一棵独苗，已经在新疆碗底泉繁衍成几十口人。今天，他的第五代孙郭长命从新疆来认祖了。各位先祖，你们睁开眼睛看看吧，我们郭家人丁兴旺了。”

郭爷说完磕了三个头。长命和郭叔跟着磕头。

郭爷起身说："长命，你给祖宗念叨念叨，求个平安吧。"

长命一时不知说什么，就说："请祖宗保佑我爹的恐症早日康复。"

说完又磕了三个头。

磕完头突然觉得有话说了，竟跪在那里说起来：

"各位列祖列宗，我们郭家在肃州钟塔县河西村时是中医世家，遭灭族后剩下一个独苗郭子亥，跟母亲一起逃命到新疆，靠中医养家，祖上的方子没丢，抄在我们天祖奶亲自编写的家谱后面。我们郭家一直是那一带的名医，远远近近的人都来求医。到我爹这里，曾遭批斗，被贬为兽医。我爹一直气愤不过，觉得对不住祖宗，家传的中医到他手里成了兽医。好在他后来恢复当了中医。但我却一直在乡政府当兽医，我把给人治病的方子，剂量加大变成给牲口的方子，我治好了成群结队的牲口，也在治畜病中，积累了不少治人畜共患病的偏方。请祖先放心，我回去后，一定专心学习，把家传的中医拿起来，我的后半生，一定把郭兽医的身份扔了，变成郭大夫。"

长命说得满脸泪水，说完又头抵地点了三下。这些话他从没有给谁说过，给他爹没说过，也没给他妈说过，也没给魏姑说过，也没给儿子吉诗说过，他觉得给谁都说不成，没法说，今天终于找到可以说的对象了。

郭爷说："你有话就多给祖宗说说吧，以前我们家里生活过得苦，有几年饭都吃不饱，我养着几个儿女，上有老下有小，苦死也改变不了命。那时候我给谁说去。我不能把苦诉给年老的爹妈，也不能诉给没长大的孩子。幸亏有祖宗。我过不下去了就一个人跪在这里给祖宗诉苦。有一年村里村外的树皮都被人扒吃了，那时候郭代表才几岁，家里最小的孩子刚出生几个月，饿得整天哭。你们在新疆可能不会饿肚子，我们村里好多人逃荒去新疆。我有老有小走不了，当时想死的念头都有。但是，一跪在祖宗面前，就觉得这个念头羞耻。我得把儿女养活大，我的儿女也是祖先的后代，我得给祖先有个交代。”

郭代表说：“我也是，村主任当得不顺，有些事不能跟上面领导说，也不能跟家里说，就过来跟祖宗念叨。”

长命站起身，抹了眼泪，后退两步。

魏姑过来对长命低声说了句话。长命点点头，从兜里掏出五百块钱，双手捧着放在供桌上。

“郭爷、叔，这是我的孝心，就是一点香火钱，爷和叔给祖宗上香时，也帮我给上个香。”

魏姑给长命说：“你爹给你起名长命，你知道你的命有多长？看看郭爷家的灵堂，牌位上有名有姓的祖先都是你，你能记住多少辈祖先的名字，你从前的命就有多长。等你的名字也立在牌位中，你的命便由后人延续。在你有生之年，做好两件事，上对得起祖宗，下对得起子孙。这样你短暂的百年，便朝祖宗和子孙那里延续了千年。有祖宗灵位有家谱和祖坟的人家，每个人都有千岁龄。死去的祖先在被后人的念记里活着，活着的人因为念记祖宗而知道自己的血脉将源远流长。你每做一件事，都是做给祖先又做给子孙。”

~ 62 ~

午饭后郭爷去卧室休息，长命跟郭代表坐客厅聊天，郭婶进屋说屋子收拾好了，让长命和魏姑去午休。

郭婶带长命和魏姑到西房，说是儿子的新房。儿子去年结的婚，蜜月度完带媳妇外出打工了。郭婶让魏姑住在大间的卧室，长命住隔壁房间。

“大中午外面热得很，我们都睡到太阳偏西才下地。你们也多睡一阵。”郭婶说。

长命在郭婶铺好的床上躺着，听见隔壁房间的水声和脸盆放在地上的声音。过一阵那边安静了。长命睡意全无，出来在院子外走，确实如郭婶所说，大中午村里人都午睡，路上、田地里看不见一个人影。头顶燥热的太阳和碗底泉一样。长命看看手机，这个时间父亲也在睡午觉，陪伴父亲的吉诗不会睡午觉，他小时候就不睡午觉。大人睡了后他和村里的孩子在外面玩耍，狗和猫都跟着他们在玩耍。尤其在夜晚，孩子们聚在一起玩耍的喊叫声不断。

河东村的路上没一个孩子，碗底泉的白天黑夜里也早已没有孩子的喊叫声。

~ 63 ~

下午郭代表没去下地，说带长命见见郭家的寿星三太奶奶。

“我爷那一辈有四兄弟，我爷是老四，叫郭嗣发，三爷叫郭嗣有。你三太奶奶今年一百岁了。我三爷七十岁不在的，三爷的两个儿子一个女儿也活到七十多岁去世，你三太奶奶把儿女都活没了，她现在一个人过。我们郭家的太奶奶，大家都过去照顾。”

三太奶奶家的院子扫得干干净净，一架葡萄做凉棚搭在院子。三太奶奶正坐在葡萄架下乘凉。郭代表介绍说，长命是河西郭家的后人。

三太奶奶睁大眼睛看长命。“河西郭家不是绝了吗？咋还有后人？”

长命把自已天祖奶的经历又给三太奶奶说了一遍。

三太奶奶说：“我爹五十岁上有的我，他给我说过河西的事。河西被屠村时他有十二岁，都记事了。匪乱闹了十年，这里的人熬了十年，死的人都没数了，好不容易等到朝廷的军队开到肃州，说是把肃州城围了起来，有一股匪徒没进去城，被朝廷军队追赶，窜到河西开始屠村。当时河里水大，河西的人逃不过来，土匪也被挡住了。我爹说河东的男人都拿着刀枪农具守在河边，那边人惨死的喊叫声隔着洪水的翻滚声传过来。那条河一有洪水就宽得很，看见对岸的人被追着跑，跳到河里想游过来，游不到河中间就被冲走了。”

长命听得浑身发麻，仿佛自己也在那些死去的人里，也流着血跳进洪水里被冲走。

长命问三太奶奶："您爹是子字辈吧？"

"叫郭子福。名字早归到祖先灵位里了。就我没出息，死皮赖脸地活着，把儿女都活没了。"

三太奶奶说着抹了下眼睛，长命以为她会伤心流泪。三太奶奶的眼角却是干的，她只是做了一个抹眼泪的动作。

长命握住三太奶奶的手，她身体微胖，手也绵绵的，不似一般老人的手干枯。

长命说："我们河西活下来的那位高祖叫郭子亥，也是子字辈，这么一算，就离得很近。"

"可不是嘛，才过去一百三十多年。"郭代表说。

"就是的，也就四五代人。"长命说。

"我们都忘掉了，你还算得这么清楚。"郭代表说。

"我是来寻祖才看了历史。我们那里解放前战乱多仇杀多，都不让提过去的事。忘记是一个好方子。以前相互仇杀过的后人，现在都一起生活。一个时代过去了，你不能去报旧社会的仇吧。大家都忘掉过去，一起好好生活。"

郭代表说："我们这里也一样，不让提匪乱的事。我侄子在县文化馆，说以前县志里有这段历史，后来都删了。文史馆也收集过很多口述资料，也都处理掉了。"

长命拿出五百块钱，给三太奶奶。三太奶奶不要，说没处花钱，吃喝穿都有小辈们给，连重孙子都工作了，来孝敬她。

长命说:“我也是您的重孙子，这是我孝敬您的，您一定收下。”

三太奶奶从缝纫机小抽屉里，拿出两双绣花鞋垫，给长命和魏姑各一双。

郭代表说:“这是你三太奶奶自己在缝纫机上扎的鞋垫，花都是她亲手绣的。都没给过我。”

三太奶奶说:“你当村主任鞋都有人送，不缺鞋垫。”

~ 64 ~

晚宴摆在郭代表家堂屋里，主桌并了三张八仙桌。坐正中上席的是郭代表堂兄的父亲，叫郭万明，八十二岁，比郭代表父亲郭万成大，长命都叫爷爷。两旁挨着坐着长命叔叔辈的人，长命算孙子辈，坐最下位。魏姑被安排在一旁妇女坐的一桌席上。

长命问郭代表太奶奶咋没来。郭代表说:“这样的场面你太奶奶都不出面，她说都是后辈们的事，就当她不在了。”

酒席由郭万成郭爷主持，他先给亲戚们介绍了长命一家的经历，大家听了都惊讶不已。后又给长命介绍在座的各位亲戚。

郭爷举起酒杯说:“今天是我们郭家的大喜事，我们以为已经绝后的河西郭家，竟然有人活下来，在新疆繁衍成一大族。郭家人命大、命长，就像郭长命的名字，祝大家都长命百岁。干杯。”

郭爷敬完酒，坐上席万字辈长辈挨个说话提酒。

有人让郭代表讲话提酒。郭代表说:“我爹讲话了我就不讲了，让我们新疆的亲戚郭长命讲个话吧。”

长命先自己斟一杯酒端起来说：“我们那里小辈在长辈面前喝酒，得先自己喝一杯赔罪酒。”说完一口干了。

郭代表说：“这里也一样，讲究没有变。”

接下来长命用新疆带来的古城子酒，挨个敬在座的爷爷叔叔，几杯酒下肚，大家都话多起来，那些叔叔辈的也都忘了辈分过来给长命回敬酒。

长命又斟满一杯酒说：“这杯酒代我父亲郭代道敬在座的爷爷、叔叔们。”说完挨个过去跟大家碰杯。长命说：“我父亲郭代道今年八十岁，跟郭万成爷爷您的岁数差不多。我到这里就发现，你们河东村郭家跟我同龄的人辈分都比我高。郭代表叔叔的年纪跟我一样大，我要叫叔叔。在座的叔叔们，还有比我小的。我想，原因正是那场屠杀，我们河西郭家剩下我高祖郭子亥一人，未成年，而当时成年的子字辈人都被杀了，郭子亥一个五岁孩子，往成年里长，到十八岁成人结婚，十九岁有儿子，这期间的十几年，河西郭姓一族没有出生嗣字辈的人，断了十几年就落下一代。”

郭爷说：“辈分落后不打紧，赶紧生育，几辈人就追上了。长命你回去也代我们给你爹问好，请他来老家看看。河西没人了，河东的郭家都是亲人，那边郭家的祖宗都请到这边在一起了。”

长命站起来给郭爷鞠躬，说一定带父亲来老家看看。

郭爷喝了三杯酒，脸上泛着红晕，喝了口茶说：“长命呀，有一个事，你不来我都快忘记了。也是跟你们河西郭家有关。河西遭屠村时，我们河东一个年轻人正好去那边看亲戚，郭家最后的惨状全被他看见了。”

郭代表说：“爹您又提这个事，您好不容易不做噩梦了。”

郭爷说：“匪乱时我们河东郭家一个青年书生正好在河西郭家大院。乱匪把全村人都屠杀了，郭家大院被攻破是迟早的事。族人知道过不了夜晚了。外面发生的残杀和凌辱，他们站在房顶都看见了。家里掌事的父亲做出了全族喝大烟水自尽的决定。书生没有喝药，他趁天黑翻到院墙外，在河边芦苇丛藏了几天，等洪水稍缓，村子安静了才游回到河东。他把所见所闻写成了文字。后来我们郭家又出了一个文化人，在县文化馆工作，他把这位先人用毛笔写的文言文册子改写成现代白话文，打印装订出来。我这有一本，给你拿去看。”

郭爷起身在供桌的一摞瓷盘下面，拿出一个泛黄的复印册子，递给长命。

“早年我也听老人讲匪乱的事，听了觉得都是故事。看了这个册子里的文字就不一样，可能也是我们郭家的事，看了就忘不掉，做梦梦见的全是被杀掉的人，自己在梦里也被匪徒追杀。”

郭代表给长命说：“我爹到现在还经常做梦魇住，喊快跑、快跑。”

郭爷说：“早些年县上知道我们家有这个本子，派人来收，说是不让外传。因为那个事已经过去。当年乱匪杀了很多人，自己也被朝廷灭了。现在社会环境好，就都不提了，影响团结。前人作了孽，后人还要在一起好好生活。”

郭爷把本子递给长命说：“给你带走吧，你们家族的事，自已保管着。”

长命接过本子要翻看。魏姑过来说：“长命你先别看，也别带回家。给我保管着。”

长命觉得自已喝多了，朝邻桌望，见魏姑也看他。长命斟满酒杯，过来给奶奶婶子们敬酒。碰到魏姑的茶杯时，魏姑说：“长命你慢点喝，脸都红了。”

回到座位，手机上显示魏姑发的短信：长命你不要再喝了，明早有要紧事。

长命见魏姑看一眼他，又看周围，眼睛飘到供桌上立着的一个个灵牌，黑眼仁突然地转没了，嘴唇嚅动着，知道魏姑又在跟他看不见的人说话。

酒席外围了一层一层人，长相和酒席上的人一模一样，他们眼睛看着这些熟悉的人，鼻子闻见只有逢年过节时才会祭奠给他们的酒和油香。他们把人世的饭吃完，不再饥饿。你也不饥饿。连生。

第十五章

招魂

~ 65 ~

坟地在郭代表家棉花地中间，圆圆的一块。周围长着正含苞的棉花，地务习得很好，没有缺苗，也不缺肥，每一株棉花都长得茁壮。中间这一块啥也不长，鼓着些土堆。

郭代表说："我们家五亩地，祖坟被平后，迁来的坟占了将近三分地。也没法都迁来，五服外的老祖先归到一个坟里。五服内的祖先也没办法聚在一起，就各迁各的。我爷有三兄弟，坟都挨着，按大小排得整整齐齐。我只能把我爷的坟迁到自家地里。二爷三爷的坟，他们的后人迁去。没办法，把他们老弟兄分开了。不过离得也不远。你看，每家地里都起了一片坟。谁家都愿意空出几分地给祖宗。"

郭爷说："从河西迁来的尸骨原来归到我们郭家祖坟里，平坟时也一起迁过来了。我查了家谱，你们河西这支郭家，是距今九代前分出去的，正好是一个鼻祖的。啥叫鼻祖？就是过去九代几百年，你的鼻子还跟祖先长得一样。你看，你的鼻子跟我和郭代表的鼻子多像，都一个鼻祖的。”

长命摸摸自己的鼻子，又看郭爷郭代表的鼻子，都长得像，鼻子长短，鼻头形状，都一样。

长命想着归到这块土里的祖先，都长着跟自己一样的鼻子，又下意识地摸了摸鼻子。

~ 66 ~

顶东头的墓前立了两块墓碑，一块上写着“河东郭氏祖先之灵位”，另一块写着“河西郭氏祖先之灵位”。

郭代表说：“坟迁过来有人说不立河西郭家的碑了，都绝后了立给谁看。我爹还是让我立了。真没想到天不绝人，河西郭家的后人就找来了。”

长命跪下给自家亲祖宗的墓碑磕头，又给郭代表家的祖宗磕头，又转着圈给身边的坟都磕了头，然后跪下，面对着“河西郭氏祖先之灵位”的墓碑。

郭婶把从家里带来的蒸馍、油香、水果摆在坟前一块青石祭台上。

魏姑拿出装有碗底泉泉水的瓶子，口打开，往坟前洒了一些，剩下的倒在祭台的瓷碗里，又兑了一半从郭代表家灌来的清水，然后从包里拿出红布包解开，里面包有碗底泉村祖坟上的土和长命爹家门口取的土。魏姑把红布里的土一小撮一小撮地撒在坟上，剩下一些撒在其他几座坟上，然后抓了坟地的土包在红布里，一起放在祭台上，又取出长命爹的旧内衣，叠整齐在墓碑前举了几下，原放到布包里。

“你爹胆子小，他的内衣就放在包里吧，它能听见。”魏姑给长命说。

郭代表在供台上点了七支香，前面立五炷，后面立两炷。七缕烟直直地升起来，升到人头顶时袅袅地汇合在一起。

魏姑在祭台前把黄纸一叠靠一叠斜立起来，像在搭起一个房子，里面是空的，还留了门，然后她天上地下地望几眼。

长命见魏姑黑眼仁斜到一边，白眼仁占了眼睛一半，知道她要出神了。

魏姑点着一叠纸在碗上燎，燎一半放在她搭起的纸房子上，房子随之着起来。她又拿一沓纸点着，在水碗上燎，边燎边含混地说着话，身子也随之轻飘起来。长命知道魏姑入了神，赶紧跟着魏姑的声音磕头。魏姑声调开始还平常，说几句，嗓音突然变尖拉长，变成唱腔：

祖宗郭子亥，你的长子郭嗣文，次子郭嗣武，三子郭嗣润，四子郭嗣安，五子郭嗣有都归土了。你的孙子郭万年、郭万景等都归土了，你的重孙子有一半也归土了，在世最小的重孙子郭代道都八十岁了。今天，我带着郭代道的儿子，你的第四世孙郭长命来领你的一半魂儿回新疆的家。

郭子亥祖宗，你五岁时全家人遭大难，家族百十口人被乱匪杀害，就你和母亲刘氏侥幸活下来，你的半个魂在那时被吓飞，你的身体带着另半个魂逃难到新疆，你靠半个魂长大活了一辈子。你的后人也都只有半个胆。我得把你吓丢的半个魂胆招回去。

祖宗郭子亥，长得跟你一模一样的后人回来了，他在给你磕头呢。你认了这个不肖子孙吧，他这么多年不来看你。新疆路远呀。再远的路他都该来看你。你咳嗽一声让他头磕出血来。那是你的血脉。你看看红不红。你闻闻浓不浓。你摸摸亲不亲。

郭子亥祖宗，我还要给你的上辈祖宗说一声，你爹郭信天，你爷郭智慧，你太爷郭礼熟，上五服排行仁义礼智信的先祖，都在这里。你们郭家遭劫后唯一逃生的独苗，已经在新疆繁衍成一片郭姓的树林。在那里每年清明都有子孙上坟烧纸，每年年三十都有亲人祭奠油香。

祖宗郭子亥，今天，你的第四世孙郭长命来领你的魂回家了。他是你后代中胆子最大的。你放心跟他走。他吃了几十年牛蛋羊蛋马蛋猪蛋骆驼蛋。再黑的夜他都敢一人走。遇见的鬼都怕他骟牛蛋的刀子。

郭子亥祖宗，我看见你的半个魂胆了。你起身跟我们回家吧，路上再无匪徒，世道早已平安。你的后人又繁衍成百十号人的大家族。

长命额头上的血流进眼睛，不敢去擦，又从眼睛流过鼻子淌到嘴边，他尝到一丝血的咸味。他在魏姑的念叨声里不住地磕头。魏姑让他把头磕破他就磕破。烧黑的纸灰在头顶飘，往头上落，他脑子里刮起一场风，风中飘着一百个秋天的金黄树叶。魏姑念到一个人的名字，他眼前便活来一个人。那些名字唤醒的人，一个个地走出来，坐在一棵哗哗落叶的大树下面，每个的模样都像自己。或是自己迟早会长成那样。

叠好的纸烧完，魏姑把碗里落了纸灰的水往地上洒了一些，剩下的装进瓶子里，盖拧住，小心放到手提包里，又抓了些地上的土，红布包好，放进提包里。

“长命起来吧。”魏姑的话回到了清醒状态。

长命又磕了三个头，站起身来。

郭代表说：“从河西收祖宗尸骨过来时，我爹也私下里请了当地神婆，一路念叨着把先祖的魂引到这里。”

魏姑说：“我刚才给所有郭家祖宗都请了安，我要带着郭子亥当年被吓飞的半个魂胆回新疆，那里也是郭姓繁衍五六代的老家，郭家人也该壮着胆子过日夜了。”

长命说：“但愿我爹晚上再不会害怕。”

魏姑说：“害怕并不是件坏事。要紧的是知道在怕啥。”

~ 67 ~

魏姑看看天色，说我们得走了。

郭代表说：“再住一晚上吧，昨天晚上叫了个别亲戚，大家知道新疆来亲戚了都想见，有两家亲戚说晚上要请你们吃饭。”

魏姑说：“我们得赶紧带郭子亥的半个魂回去，不能耽误。”

长命说：“郭叔听魏姑的。电话我都留给您了，等农闲了叔您带着郭爷去新疆，我们郭家在那里也已经是百十号人的大家族，能管你们吃好喝好。”

郭爷说：“你方便了再来老家吧，你们这脉先祖的坟都归一起了，我们逢年过节的都会一起祭。”

长命握住郭爷的手，想说句感谢的话，又没说出口，觉得说一声谢谢太轻了。自己的直系祖先被别人祭奠觉得不好意思，又想也不是别人，就是远了点，而且会越来越远，但都姓郭，是最早一颗郭姓种子出的苗，后来分杈了，也还在一棵树上，往上越走越远，往下根还在一起。

临走了，郭爷又握住长命的手说：“长命，回去问你爹好，让你爹保重身体。我是没力气去新疆看你们了。你爹怕也没力气来老家祭祖。你爹虽比我小一辈，但我们俩年纪一般，都快要归土了。长命你下次来了，我不在家里，就在这地里了。”

长命听得眼睛潮湿，他知道郭爷说的地里，不是长着棉花要人劳动的地里，是鼓着土堆的这块地里。长命不由得朝棉花地里望，地中间的坟头也像在望他。

~ 68 ~

一行人走过棉花地，沿田埂回到郭代表家门口。

郭婶准备了三个塑料袋子的东西，给长命说是家里做的粉皮，一袋子是她家的，另两个袋子是昨晚一起吃饭的你三叔四叔家的，带回去让你爹尝尝。

长命不好拒绝，就一个一个提上车，立在后车座上。

魏姑把提包放车上，回身给郭爷郭叔一一道谢。

郭代表说："你们到县上吃个午饭吧。昨晚上我给钟塔县工作的侄子打电话，他在县文化馆，一直研究我们家族的历史，他听了你们来寻亲的事，就要开车回来看新疆亲戚，我说你们今天要走，他说让你们在县城住一天，他招呼你们吃住。"

长命看看魏姑，对郭代表说："叔，我们还是赶路回吧，不在县上停留了，代我谢谢他。"

郭代表说："我已经把你电话发给侄子，他会联系你，吃个午饭走也不误事。"

回来路过河西村，几台链轨拖拉机在推土平地，靠路这块他们昨天过来时还挖得大坑小坑的墓地已经推平整，只需浇一遍水就能播种庄稼。几台拖拉机并排朝远处推过去，红柳芦苇和杂草中鼓起的一座座坟堆随之被推平。正如郭代表叔叔所说，那些无主的野坟，就直接推平了。长命记得小时候碗底泉村周围也有许多野坟，不知道是谁家的，多少年没人来烧纸，村里扩地时也平掉了。

“很快，这里就是连片的庄稼地。庄稼也一定长得好。多少辈人在土里使劲呢。”长命望着拖拉机掀起的一片尘土说。

魏姑表情肃穆，一句话不说。长命想，在她眼里这轰鸣的拖拉机声中，有多少无主的魂在乱窜。他们在土里的房子被毁，本来死安宁，又扰醒来，该有多少魂站在路上张望。幸亏他看不见。若看见了，车都没法开。

长命说：“魏姑你在我爷家中堂，说我的命也在牌位上的祖先那里？”

魏姑说：“你看到的是一个个写着名字的牌位，我看见的都是人，一个一个活生生的人，坐在那里，都看着你。他们长着跟你一样的鼻子，一样的耳朵轮廓，一样的眼神，你看他们，他们也看你。过去多少代，眼神不会变。你在白天看不见，在梦中会认出他们。他们知道你迟早归到那里。等到你知道自己迟早要归到那里时，你便跟祖先想到一起。”

长命电话响了。接通后那边说：“是长命哥吗，我是郭长岁，郭代表的侄子，你们走哪了，我在钟塔县等你们。”

长命说：“长岁兄弟好，谢谢你的好意，我带着魏姑，到坟上招了魂，魏姑说中途不能停，怕走神了。”

长岁说:“就吃个午饭，我带你们去看钟塔，去敲敲钟报平安。”

长命看魏姑。魏姑摇头。

长命说:“长岁兄弟，我们确实要急着赶回去，就不进县城了，请长岁兄弟有空了去新疆，我们招呼你。”

那边说:“饭馆都订好了，还叫了在县城的亲戚，你看咋办？”

长命又看魏姑。

魏姑说:“不能停，赶紧走。”

第十六章

返途

~ 69 ~

回来的路是上坡，长命觉得车子比来时跑得费劲。其实车上还卸下一箱酒和一袋子干果，只装了三袋粉皮，应该轻了。

从钟塔县过肃州、瓜州，赶到伊州时太阳已经偏西。

长命说："我们咋赶也赶不回去，剩下全是夜路，不如在伊州过一夜，明天一早走。"

魏姑说："在伊州过一夜也好，当年你高祖郭子亥也在伊州停留过。"

"你咋知道的？"长命问。

"前晚上住钟塔招待所，我翻看家谱，看到后记里写了郭子亥和母亲一路逃往新疆，在伊州母子俩住庙里。"

长命说："魏姑你真细心，这个细节都看到了。"

魏姑说："我看到的是情景，有这个情景，里面的都能看见。"

"你到底看见了啥？"长命话说出来，又觉得不该问，他不想或者不敢看见魏姑看见的。

“离开河西村往回走时我一直想，你天祖奶和高祖父，当年也走这条路。只是他们步行，或坐牛车，得把好多个白天走黑，又把黑夜走亮，才走到这里。这样想时我就进入到那时的情景里。”

长命不想让魏姑把他带进她看见的情景里，便说：“我好些年没看家谱，这次来肃州前，我让吉诗抄家谱，他说晚上做噩梦了。我们祖上没留下值钱东西，只留下一部让人害怕的家谱。祖上给啥，我们就接住啥。害怕是我们的命吧。”

~70~

长命在伊州老城墙下找了家小旅馆，问价钱，老板说，正好有一间大床房，跟单间一样价，一晚上五十元。长命看了眼魏姑，见没反应，给老板说，开两个小单间吧。

吃过晚饭，魏姑说在城墙边走走，城墙东边有一座老庙，荒废了，不见和尚，也没香客。

魏姑说：“当年你高祖和天祖奶应该就住在这庙里，那时候庙里香客不断。越是战乱，烧香求平安的人越多。”

两人在老城墙边走了会儿，看四下无人，魏姑说：“就在这里吧。”她从布包里掏出一沓黄纸，在地上画了圈，又在路旁拽了一把干草叶，跟黄纸一起点着，从黑包里拿出那瓶收了高祖魂魄的泉水，放在地上，然后念叨起来。

高祖郭子亥，当年你随母亲从肃州逃难，过瓜州，在伊州的庙里留住多日。你母亲说，儿啊，我们在这里等等你吓丢的半个魂魄，它也到处找你。

你一路往西北走，夜里的梦往回走。

梦回去领你丢掉的魂胆。

梦里你走的路比醒来长。

可是，你没有等来另半个魂，却等来一群匪徒，烧庙杀人，母亲带你往深山里躲藏，往戈壁深谷里躲藏，最后躲到镇野县碗底泉村。那是乱世，你身体里的半个魂不安，另半个魂便不敢回来。现在太平了，高祖郭子亥，你看夜色里安详走动的人影，一百年里的魂，都该安稳了。

魏姑收了水瓶，又取出几叠纸点着，朝旁边烧。长命知道这是烧给孤魂野鬼的。魏姑这样烧纸时，附近的野鬼都围过来。长命浑身阴森森的，他能感觉到那些围过来的野鬼了。

~ 71 ~

晚上长命没睡好觉，半梦半醒间好似自己一直在那片棉田中间的坟地，又好似在那片芦苇丛生的荒坟中，耳畔是推土机的轰鸣。四周围了好多人，只听见在说话，看不清是谁。长命醒来一次，想到一墙之隔的房间里睡着魏姑，踏实了一些。睡着又是同样的梦境。他在那里四处找魏姑，他知道她在那里，却看不见。

第二天开车出城时，长命从内后视镜看魏姑的脸，想这个白天在身边的人，怎么梦里却找不见。

魏姑扭头看后座上的黑包，长命以为她要取东西，她只是朝那里看。黑包在长命座椅后面，长命看不见，他从内后视镜只看见立着的三个袋子，两个大袋子中间夹一个小袋子。

"你高祖郭子亥跟我们一起呢。"

在老家祖坟作法念咒时，高祖的魂被魏姑收在瓶子里。长命相信高祖的魂就在那个瓶子里，瓶子装在魏姑黑包里。现在那个黑包放在他身后的座位上，三个塑料袋子立在黑包旁。

"当年你高祖被吓飞的半个魂魄站在院墙上，看着一家人横七竖八躺满院子，而他在院子里没看见自己，也没看见自己母亲。你高祖被眼前发生的事吓傻了，母亲拉着他的手爬出水洞时他都不知道。后来，半个魂飞到祖坟来给先人报信。先人说，你只半个魂，另半个还在身体里，有半个魂在人就没死。先人让他回去找那半个魂，他不敢回去，就在祖坟里半死不活地冥着。如今我们把高祖郭子亥吓丢的半个魂招回去，他就在车上，你说啥他都听着呢。"

长命回头看，方向猛地歪了一下，又稳住。

~ 72 ~

来时经过的驿站一个个闪过。进石人子山区时正是大中午，路上运煤的卡车多，这一段路不好，被大卡车碾轧得大坑小坑。长命放慢车速，遇到坑赶紧刹车。长命觉得自己比去时车开得慢、开得稳了。他不时从后视镜看后座，怕包里的水瓶颠坏了。

转过一个山弯，魏姑说停一下。

长命知道又到了那一家三口出车祸的地方。去年他帮那家人收尸时血肉模糊的样子又浮现在眼前。长命没听魏姑的，一脚油门，车子轰的一声猛蹿一截子。

长命说："这里路太窄，又有弯，不好停车。"

魏姑没再说话，只是扭头看车窗外面。车祸地已经转到山后，看不见，魏姑还扭头看。

长命也从后视镜看，眼角突然看见后排坐着三个人，两大一小，吓得手一抖，车险些拐到沟里。再看，是老家人给他的三袋子粉皮，两个大塑料袋子，中间夹一个小塑料袋子。

魏姑注意到长命的异常，看一眼长命，问没事吧？

长命头上冒汗，降下车窗玻璃说没事，太热了。

左前方一个小坑，长命一脚刹车，自己也觉得猛了点，内后视镜里那三个塑料袋前倾过来，又后仰过去。

~ 73 ~

车行到苦涝坝驿站，魏姑去上厕所。长命下车把后座的三个塑料袋放倒，一个摞一个，靠在后座上。

魏姑上车注意到后座的变化，车开起来后她扭头看后排。

"放稳当了吧。"魏姑说。

长命没吭声，也扭头看后面。两人收回的目光对在一起，眼睛离得很近，只对视了一瞬间，魏姑戴上墨镜，靠在座椅上睡觉了。

后面驶来一辆黑色小汽车，像要超车，却一直不超过来。长命看后视镜的目光从魏姑皮肤白皙的耳后经过下巴和嘴唇。他的目光让魏姑觉察到了，睁眼朝他一瞥，又闭住。

长命看右后视镜的眼神总是让魏姑觉得是在看她。

魏姑的呼吸变得悠长。长命减慢车速。

那辆黑色小车还跟在后面，他减速，它也不超。

车轮轧在一块石头上，后座上发出塑料袋摩擦声，长命从内后视镜看，突然觉得那三个摞起来的袋子像三个睡一起的人，一个压着一个，最底下的那个脸是扁的。

长命又是一惊，方向盘抖了一下。

魏姑睁开眼睛，好似觉察到长命有点不对劲，也朝后座看，又看长命。

“还真应该把那一家三口的魂招回去。”魏姑眯着眼睛说，“我刚才看见他们在路边招手，他们知道我能看见他们。”

车一颠，内后视镜里上面的袋子晃动了一下，下面的也动了一下，像一个人在睡梦中要翻身。长命想起父亲在梦中翻身的情景，就像这样，似乎他身上压着什么很沉的东西，长命看不见，没法给他挪开。

长命扭头看后座，那三个摞一起的塑料袋子并没有动，袋子上印着“尿素”字样，长命家日用的也是这样的尿素袋子，尿素撒在地里，袋子装粮食，装草。它们怎么会在内后视镜里像三个人呢。

“你招他们回去往哪安置？”长命说。

“他们家已经没人，父母早不在了，儿子是独子，儿媳妇也是独女，媳妇父亲不在了，母亲一个人在县城。连个上坟的人都没了。”

“你刚才说他们在路边招手，就你能看见。”

“开车的司机路过那里都会不由自主扭头看。”

长命想起刚才经过车祸地点时，他有意看右边，但头却不由自主扭向左边，车窗外那片被撞出一道印子的石头赫然在目。

第十七章

入魂

~ 74 ~

到石人子休息区，已经半下午。长命给店老板说点两个过油肉拌面，魏姑说她要家常拌面，长命只好要了两个家常拌面。

吃完饭魏姑让长命去商店买纸，回去坟上用。

长命问:“买多少？”魏姑没吭声。

过了一会儿，长命提一大袋黄纸放后备箱。

“小商店里就这么多，都买来了。”

魏姑扒开袋子看了眼。“你可不能都买来，得留下几刀纸。”

“为啥？”

“刚才你进商店时，几个野鬼就跟后面。你得给他们留下点。”

“魏姑，你可不能再吓我了。”

“我没吓你。这地方以前野坟多，那些没人给烧纸的野鬼，清明前都围在商店，眼睛盯着一沓沓黄纸被人买走，没有人给他们买一沓纸去烧。待清明过后，商店老板就会拿卖剩下的纸烧给野鬼，也有时卖完了，没的烧。”

“那我还回去几沓吧。”

“不用了，赶紧走吧。到坟上给野鬼烧几张纸就行了。”

“他们不会跟着我们吧？”

魏姑笑了笑说：“你真信了？”

“我不信咋会跟你跑这么远路来招魂。”

~ 75 ~

在碗底泉驿，魏姑下去灌了一瓶泉水，上车后说：“咱们还是去趟县城，你买的东西不够。”

碗底泉驿离县城十几公里，长命车开到城东，加油站旁一排卖白事用品的商店。镇野公墓在城北，白事商店都在东边。这些年长命开车帮亲戚朋友买过很多次白事用品，买了开车穿过半个县城，这是该走的路。不能拉着寿房在县城转一圈，但穿的寿衣、供品会在县城转一圈。

魏姑让长命依祖先的名字，买了黄纸、金元宝、衣服、冥币，每个祖先一份，小车后备箱、后座都塞满了。

往碗底泉走时车头朝东，太阳正落向县城西边，到碗底泉村时太阳已经落山。长命把车开到村南台地上。从这里看，坑洼里的碗底泉村笼罩在山阴里。魏姑从车上拿下黑包，放在一沓纸上，然后跟长命一起卸下买的烧纸供品。

魏姑说：“长命你回家取件你父亲的旧衣服，最好是贴身的内衣。”

长命说:“车上有一件我爹的内衣，你让带的。”

“你爹那件内衣跟我们回了趟老家，算是跟老祖宗见面了，你拿回家去。再拿一件旧衣服来，你高祖的半个魂招回去要入土，你爹的衣服跟着去。”

魏姑从黑包里拿出长命爹的衣服，托在手里朝各个坟头递送了几下，然后装回布袋里，平放在地上，点三张纸，在布袋上面燎了几下，她燎纸的时候眼睛扫过高祖郭子亥的墓，又挨个扫过其他墓，然后眼睛收回到布袋上。

纸燎完了，魏姑双手捧起布袋递给长命。

“拿回家放你爹枕头下面，最好让他睡觉时穿上。本来把魂招回来，直接给你爹燎一下，让魂回到你爹身上更好。但你爹肯定不会让一个神婆子在自己脸上燎纸。我燎了衣服也一样，以前裁缝照人形裁衣，现在人照着形体买衣。衣形就是人形。”

长命想起那天他睡得晚，见父亲的衣服放在凳子上，便拿起挂在墙上。半夜起来解手，蒙眬看见挂在墙上的上衣，吓一跳，好像父亲贴墙立着。长命赶紧取下来，原放到凳子上。长命想起小时候，父亲不让家里人挂衣服。上衣、裤子都叠好放炕头旁。他多年不跟父亲一起睡，把这些讲究忘了。

长命把装有父亲内衣的布袋平放在副驾驶座上，然后说:“魏姑你一个人待在坟地行不行？”

魏姑说:“我摆放一下供品，顺带跟你家先人们坐会儿，聊聊天。”

~ 76 ~

长命停车到家门口，想着如何把父亲的内衣拿进家，不让父亲知道。这件内衣是父亲睡觉时穿的，他出去这三晚上，父亲肯定到处找这件内衣。好在长命给父亲买了件新棉内衣，放在父亲枕头上。他想，还是把这件内衣放车上，等晚上回来再拿进去，那时父亲已经睡了，他把内衣压在床单下，父亲天亮就会看见。父亲喜欢穿旧内衣，柔软，有自己的味道，睡得安稳。但长命又想把这件内衣再带回墓地不合适，便拿着布袋进了屋。

父亲坐在过厅餐桌旁，端着碗正喝拌汤。

吉诗说："我给爷爷熬的洋芋拌汤，还做了一盘葱炒鸡蛋。爹，我给您盛饭。"

长命看着父亲心里有些愧疚，他跟魏姑跑上千公里去老家给父亲招魂，父亲却什么都不知道。

长命说："你们先吃，我取个东西就走，还有事。"

长命到里屋，见给父亲买的新内衣原样叠放着。长命朝门外看，父亲还坐在餐桌旁喝拌汤，他拿出布袋里的内衣掖到炕单下面，顺手拿了件父亲的旧内衣装布袋里。出门时给父亲打了声招呼，说乡上有接待，晚点回来。父亲扭头看他一眼，长命看着父亲的脸，突然觉得他跟老家的郭爷郭叔长得那么像，睁眼看人时眼皮朝上翘、略带三角的动作，都那么相似。再过些年，自己也会长成这样，鼻子、眼睛、嘴、耳朵、像一朵半开半枯的花一样的笑，都不会走样。

长命说："爹，吉诗做的饭好吃吗？"

"好呢，跟你妈做的一个味道。"

"吉诗小时候吃奶奶做的饭，早在锅头旁看会了。"

吉诗说："我还跟长红姑姑学会了做拉条子。姑姑说，她做拉条子是跟奶奶学的，我跟姑姑学，做出来也是奶奶的味道。"

长命爹说："你妈从小带吉诗，带到中学毕业，她都没吃上吉诗做的饭。"

长命听了一阵心酸，从小到大，都是他吃母亲做的饭，好像做饭就是母亲的事，他从来都没有做一顿饭让母亲吃。

~ 77 ~

回到坟地时天已经全黑，晚云布满在西边天幕，长命觉得跟昨晚在伊州、前晚在钟塔县河东村看见的似乎一样。

魏姑跪坐在高祖郭子亥坟前，眼睛微眯。长命想，他离开的这段时间，魏姑一边叠着要烧的黄纸，一边跟高祖的魂说话。这会儿她身边坐满了他看不见的人。

魏姑已经把买的祭品摆放到高祖坟前，纸房子是魏姑特意让买的，她说你高祖以前半个魂魄，在阴间只分得半间房。现在另半个魂回来了，得烧个大的整间房子给他。金元宝，金条，绫罗绸缎的衣服买七件，一万的冥国钞票买了七大沓，都围着纸屋子摆好。

长命小心地把父亲的内衣拿出来，递给魏姑，然后看着魏姑把父亲的衣服跟祭品放在一起。想着这件衣服要跟着高祖的半个魂一起到那边去，这么大的事都没跟父亲商量一下，就像回老家招魂的事没有跟他商量。也许商量了什么都办不成。

天更黑了。

长命问啥时候烧纸。

魏姑仰头看天。

“等北斗星出来。”

“魂也要北斗指方向吗？”

魏姑没有回答。她面南而坐，脸仰向背后的星空，头发长长地垂在地上，长命冲动地想双手托起她的长发，又忍住了。

长命跟魏姑并排跪坐在墓前，也学她的样子仰脸看背后的星空，他看见北斗星中最亮的那颗星星，接着又看见其他六颗。

“北斗星出来了。”他俩几乎同时说。

长命觉得自己很久没看过北斗星了，他早年骑摩托车去牧场给牛羊看病，回来晚了，出发前会看一眼北斗星，定好方位。牧场的路都不正经，七弯八拐的，他要看着北斗星，保证自己大方向不会走错。

随着夜色加深，北斗星清晰地斜挂在村庄上面，夜空低得几乎挨着屋顶。北斗的长勺伸进碗底的村子，仿佛往外舀亮起来的灯光。

长命被自己的发现感动。他转过身，北斗的勺正伸到自己家院子，那里汪着一洼灯光，是他爹院子里的灯，只要他晚上不回来，院子里的灯便一直亮着。在他回来很晚的夜里，整个村子只有他家院子的灯亮着，北斗的长柄勺子，伸进他家院子，一勺一勺，舀起院子里只为等他而闲亮的灯光，泼到那些暗淡的星星上，就像魏姑舀起碗底泉水，祭洒在他看不见的魂身上。

~ 78 ~

魏姑在高祖郭子亥墓前插了三支香，让长命点着。然后，魏姑点着一叠纸，天上地下地挥舞着，烧着的纸落在祭品上，火着起来。

魏姑对着火堆，依家谱念每个祖先的名字，念着念着声音变调了，像是土里的人出来在说话，长命赶紧跪下磕头。

今晚的北斗好亮啊，夜里迷途的魂，北斗指方向。

北斗指向失魂落魄的北方。

魂朝南走，天山阻挡。魂朝东走，不见星光。走到山转弯，石人站岗。

西来的魂头碰到风头上，东去的魂头撞在石头上。

高祖郭子亥，你的魂一路通畅。每个关口都给你打开。

你左眼里天山由黄转绿，右眼里斗转星移，戈壁黄沙，枯木发芽。

村子里最亮堂的院子，为你彻夜点着灯。

祖坟上最耀眼的星星，给你通宵照着路。

天底下唯一的路，早被土里的祖先走熟。

郭子亥高祖，我们把你引到碗底泉的祖坟了，你的另半个魂在土里等候你。

土里的高祖郭子亥，你的半个魂回来了。你起起身给他腾半个被窝，挪挪头给他空半边枕头，睁开眼相互认认，你们在醒时惊飞的另一半，要在睡梦里弥合在一起。

魏姑从包里拿出从老家带来的那瓶水，拧开盖一点一点洒在火上。

长命看着父亲的衣服在火堆里烧起来，一个袖子烧起来时，另一个袖子卷曲朝前，像是父亲伸手给人号脉，又收手回来拿起笔开方子，衣服在燃烧中犹如身体般活过来。长命想，这件衣服真的带着父亲的气息，带着父亲的身形去了祖先那里。而此刻在家里，院子屋子亮着灯等他回去的父亲，不知道他已经以一件衣服的形到了高祖跟前。在那里，他的衣服复原出他的身形，衣服领口上是衣服记住的他的脸，袖口伸出来的是袖子记忆里的一只手，他领着高祖的半个魂，到了另半个魂跟前。也许一半魂已经不认识另一半。郭家人在碗底泉靠半个胆子也过了一百多年，靠半个魂魄也繁衍了百十个子孙。从老家招回来的半个魂，会对这个陌生地方胆怯，在老家祖坟里，他是家族最后的半个魂儿，依偎在那些早年安稳入土的先人怀抱，跟那些最后入土喝了大烟水神魂颠倒不知死活的魂魄在一起。他想安宁了就往更远的祖先那里跑，那些寿终正寝的先人，魂魄安好地沉睡着，偶尔一个魂睁开眼睛，看见长命高祖的半个魂儿，朝后看已经再没有后人来顶脚后跟，先人便知道郭家绝后了。但高祖的半个魂儿还没安宁，或许另半个魂儿活着呢，先祖这样想时，高祖的半个魂儿也觉知到先祖的念头，知道自己的另半个魂儿流浪在世上。

长命在冥想中又浮现出和魏姑在河东叔叔家棉花地拜祖坟的情景，高祖的半个魂儿，就在那时倏地被魏姑唤醒来，跟他们一路到了郭家碗底泉的祖坟。长命似乎看见一对魂儿在一明一灭的火光里，忽近忽远地相认着。这两个残魂儿，合一起会不会更胆小呢。就像他早年半夜跟胆小的父亲一起出诊，两个胆小的人走一起更加害怕。这样想时，他和父亲已经走在深夜的荒路上，一前一后，前后都是不安的声动。

此刻被衣服摄了魂的父亲，已经躺在炕上，他每晚这个时候上炕躺下，能不能睡着是一回事，躺在被窝里是另一回事，这是父亲说的。长命还是孩子时，晚上跟村里孩子玩耍，很晚才回来。有时被父亲逮住按在被窝里。长命说睡不着，要出去玩。外面路上是其他孩子的喊叫声。没睡着的孩子都被喊起来。父亲说，不进被窝怎么知道睡不着。长命养成了按时进被窝的习惯。确实如父亲所说，进被窝是一回事，不一定要睡着。现在如果父亲睡着了，他会梦见自己的曾祖吧，他在无数的梦中看见的只有半边脸的人，显出一张完整的脸来。他的微笑将左右两边的脸连在一起，但很快恐怖的表情又将一张脸分成两半，左脸惊慌往西跑，右脸拼命往东跑。惊成两半的魂各逃各的。那是多恐怖的世界，魂都知道逃不脱，只有分成两半，逃出半条命，半个魂。

魏姑似乎知道长命心里想什么，她点着一张纸，转身对着山窝里的村子燎了几下，她是对着睡在被窝里的长命爹燎的，也是对着村子上头的北斗星燎的。

~ 79 ~

烧纸的火焰熄灭了，地上一团纸灰还红着，墓地瞬间黑下来。

就在他们烧纸的时间里，阴云厚厚地自对面山顶压过来。起风了。长命抬起头，猛地看见高祖郭子亥的墓上坐着一个人，定睛看又不是，是远处山顶的一块黑云，人一样站着。

魏姑依旧跪坐地上，长命看不见她的脸，只见一个模糊身影，或者什么都看不见，只有一团气息。

这样待了好一阵，魏姑说："走吧。"

长命看着父亲那件变成灰烬的旧内衣，不肯起来。

魏姑说："你高祖的半个魂，是光着身子来的，借你父亲的衣服体面地归到祖坟。你父亲的旧衣服，也会把两半魂合一的消息带给你父亲。"

长命眼前浮现的是两半魂见面的情景，从老家招来的那半个魂圆睁着一只惊恐的小眼睛，这里的半个魂微眯一只大眼睛，他们合成一张郭家人的脸。长命小时候就知道，郭家男人都是左眼小右眼大。小时候尤其明显，待长大长老了，眼角有了皱纹，倒看着一般大了。

长命感到魏姑的身体在晃动，伸手过去，想搀扶起她。可是，什么都没摸见，长命想自己手臂没够到，又往前伸，也没有。他摸见的是魏姑的呼吸，他的呼吸一时紧促起来。

“起来走吧。”

魏姑的话音从身后传来。长命仰起脸，头顶的云层又黑又厚，刚才亮着的星星不见了，只有北边的天空还晴着，阴云还没有移到那里。北斗星还挂在那里，他只看见五颗星，另两颗被魏姑的身体挡住。魏姑就站在他身后，他的头仰过去，感觉就要倒在她怀里。

从山坡下来，长命从后视镜看见坟地上一团火光一明一灭地闪着，刚才他们离开时纸已经烧成灰，都灭了，怎么又死灰复燃。

魏姑身体松弛地靠在座椅上，像是用完了神。她这两天确实耗神了，长命只开车，跟见面的人说话，她跟看见看不见的人打交道。那个装在水瓶子里的魂，肯定也装在她心里。现在她卸下这些，身体松软地靠在车座上，眼睛眯着，像是睡着了。

~ 80 ~

阴云像巨大的盖子，彻底把碗底泉村笼罩住。

车停在潘伯家门口时，魏姑醒了。长命提下两袋粉皮，给魏姑说一袋给潘伯，一袋她带回去吃。魏姑说我一个人吃不了多少，留下给潘伯的一袋，从另一袋里抓出来两把粉皮塞进自己包里，剩下的原让长命放车上。长命看着魏姑的身影进了院门，院子左边的窗户亮着灯，那是潘五住的房子。右边窗户黑着，魏姑舅舅已经关灯睡了。

像三天前来接魏姑时一样，长命没开车灯，在黑暗中掉转头，往下走一段路，拐一个弯，进到自己家住的巷子。就在车拐弯的瞬间，长命一回头，看见后座上黑黑地坐着两个人，一高一低，他头发茬唰地竖了起来。

院子灯亮着。长命手伸进两扇院门的缝隙，从里面取开门闩，打开门把车开进院子。长命把魏姑拿剩的半袋子粉皮塞进另一个袋子里。关车门时他又看了眼后座，然后拉灭院子的灯。提下的袋子立在过堂条凳上。吉诗睡的西房灯还亮着。长命推开门缝，见吉诗躺在床上看书。

"吉诗你没跟爷爷一起睡吗？"

"昨晚前晚都跟爷爷睡的，今天您回来了，我就睡西房。"

父亲睡的东房灯黑着，长命推门进去时，父亲咳嗽了一声。长命拉开灯，父亲仰躺着，眼睛睁开看了眼房顶，又闭住。

父亲的一只胳膊露在被子外面。长命惊讶地发现，父亲穿上了他压在炕单下那件去了趟老家的旧内衣。

长命铺好被褥，拉灭灯，他着实累了，觉得自己头挨着枕头就能立马睡着。父亲显然没睡着，他一动不动，长命听出他醒着。长命强忍住瞌睡，想让父亲睡着了他再睡，他今天太累了，鼾声一定很大，那样父亲就很难入眠了。

这时听见父亲侧了下身。

“你走这三天，家里发生了怪事，我穿的内衣咋都找不到，见你给我买了新内衣，以为你把旧内衣拿走扔了。我从柜子里找了件旧内衣穿，今天那件旧内衣又不见了，找时才发现前几天不见的那件内衣放在单子下面。”父亲的话像是从房梁上落下来的。

长命也侧了下身说：“爹，我怕您舍不得穿我买的新内衣，就把那件旧的藏起来了。”

~ 81 ~

睡到半夜，长命被父亲的喊声惊醒，叫了声“爹”。没应。父亲的喊声一声比一声急。长命手伸过去想摇醒父亲，却没摸到父亲，他的身体不在发出喊声的地方。长命以为自己也在梦里，愣了下神，伸手摸墙上的开关，没摸见，却摸见了手机。按开屏幕看见父亲身体滚在被子外面，头也不在枕头上，那样子像是跟谁扭打在一起。长命看不见跟他扭在一起的那个人，他在父亲梦里。长命无法把手伸进梦里帮父亲，他唯一能做的是把父亲喊醒。可是，他嘴张开又闭住。他在手机屏幕的微光里，看见父亲身上的蓝色旧内衣，好像那件内衣跟父亲的身体扭打在一起。前天上午在老家祖坟上，他拿出叠放整齐的内衣递给魏姑时，突然意识到父亲的身体就折叠在这件内衣里。这件去了趟老家祖坟的内衣，并没有给他安宁。现在它包裹在父亲扭曲的身体上。好像一个穿着蓝色内衣的人在跟父亲扭打在一起。父亲显然打不过他，被他压在身下。父亲怎么挣扎都没用，他被完全控制住。父亲扭动着头，脖子朝上挺，突然大喊一声，安静了。长命不知道他在梦中挣脱了别人，还是他被那个梦中的人彻底制服，不再动弹。长命难过地看着父亲蜷缩在炕上的身体，想着这件跟他去了老家祖坟的内衣，到底带回来了什么。

吃早饭时长命问父亲昨晚梦见啥了，大喊大叫。父亲说好像跟一个长得像自己的人打架，他的拳头打进我身体里，头顶进我胸脯。

吉诗说："前天晚上爷爷也在梦中大喊，我吓得坐起来开灯叫醒爷爷。"

"我这两天的梦都怪得很，前天梦里我浑身精光，到处找自己的衣服。我看见以前穿过的衣服，都变成人形，站起来朝远处跑，我在后面追。后来衣服又全掉过头来追我。"

吉诗说："爷爷说晚上做的这个梦不吉利。人到世上，穿衣吃饭两件事，缺一件人就没了。"

长命说："梦是反的。爹您前夜换内衣了，才梦见自己没穿衣服。"

第十八章

安稳

~ 82 ~

早饭后长命去单位上班，车开出村口时，长命想起四天前魏姑在这里把高祖的魂引上车后座的情景，不禁朝后看。

斜戈壁上的草又绿了一层。车轮碰到一块石头上，猛地一颠簸，后座上发出他熟悉的声音，看内后视镜，脑子里浮现的是那三个塑料袋前倾后仰的情景，扭头看后座上什么都没有。

上午乡上开搬迁情况汇报会，王书记主持，搬迁村的村主任、支书都来了。要搬迁的村子有三个，王书记负责牛圈湾，李乡长负责碗底泉，另一个副书记负责南沟村。王书记说，三个村庄搬迁完成后，将在公路边以乡政府为核心形成一个村庄集群，也就是一个集镇，到时候靠公路上的车流人流，做餐饮、开旅馆，生意都能做起来。绝大部分村民都很拥护搬迁。有的村民已经迫不及待整理房基地准备盖房子了。但仍有个别不愿搬迁的，接下来，工作组要把主要精力用在这些住户上，要耐心做工作，不能硬来。王书记把以前工作组的成员做了调整，抽调了两个跟村里不愿搬迁户有亲戚的乡干部，去做工作。

散会后李乡长把长命叫到办公室，问长命爹的工作做得怎样。长命说："我爹的工作我做不了，他不搬迁，我也没办法。我是他儿子，我听他的，不会反过来让他听我的。"

李乡长说："反正你们家搬迁的事你负责，这次搬迁是县上的决定，谁也阻挡不了。"

长命说："李乡长你跟我爹也熟，上中学时经常去我家，我爹听说你当乡长了，说他自小就看出你是当官的料。我爹对你有好印象，你去做工作，他或许听你的。"

李乡长说："我会抽空去看望老人家，给他做工作。你爹有眼光，看得远。"

长命说："我爹给人看病又给牲口看病，啥人啥牲口没见过，当然有眼光。"

李乡长说："你个郭兽医，又不说人话了，转圈子糟蹋人。"

谈完工作，长命起身要走了，李乡长说："长命你骗的牛蛋呢，不是说周天喝两杯吗，也没接到你电话。"

长命周四给李乡长说下牧场去骗牛蛋，李乡长说，牛蛋带回来我们周天炒菜喝两杯。长命嘴上答应着，周五一早跟魏姑驾车去了钟塔。长命得意地想，自己出疆去了趟口里招魂回来，竟然谁都不知道。也幸亏周末乡上没有会，以往上面安排的工作多，休息日开会是正常的事。

长命说："那些牧民见我开车下去，都挖奔子把土公牛藏起来，一个蛋没骗上，也就没给你打电话。”

~ 83 ~

魏姑来电话说她在乡政府旁碗底泉新宅基地，让长命过来接她。

紧邻乡政府办公楼的野戈壁上，已经平整出两条南北道路，路两旁规划成一块一块的，每一块都是一户人家的宅基地。已经有人往宅基地上拉红砖。

魏姑和碗底泉村的胡家老大、老二站在新修的石子路上。长命车停在一旁，看魏姑说话，她的手天上地下地指着，跟她在老家坟地招魂时的动作一样。待说完了，给长命招手，长命下车跟胡家老大、老二打招呼。

魏姑说："我坐长命车回去了。"

长命见胡家老大把一个红包塞进魏姑提包里，魏姑也没看，招招手上了车。

"村里有几家来看过宅基地了？"长命问。

"请我来看的有十几家，有些人家也没叫我看。他们自己来看了地方。他们主要是看邻居，邻居好才是好。"

"他们看邻居，那你给人家看什么？"

长命扭头看魏姑，魏姑接住长命的眼神。

"我看他们看不见的邻居。这块地方以前死的人多，不太干净，有些地方被占了，我得把他们请开，让土里的魂安稳，地上的人才会安稳。”

长命说:“我爹这两个晚上睡得都不安稳，还是做噩梦。”

“这次招魂用了你爹的两件内衣，那件去了老家祖坟的内衣上，也附了你高祖的魂，现在你爹穿了，会感觉到不安。不过很快会适应。另一件你从家里拿来的内衣，陪着高祖的半个魂先入到碗底泉村的祖坟，让先人们知道，郭家活着的后人，把高祖散失的半个魂招回来了。你高祖的魂合一了，头顶着他脚后跟的一代一代后人的魂，也会安宁。地下的安宁会传到地上。”

魏姑的话又让长命入到前晚他脑子里的情景中，他想的是，那件代表他父亲的内衣，领着高祖的半个魂到了地下，认了另半个魂后，那个被内衣代表的父亲，还能不能回来，或是留在里面了。多少年后，父亲也去了那里，会有一件烧过去的内衣，早早等候在那里。

长命没把这些说给魏姑。自从跟魏姑相处以来，他觉得自己脑子里的胡思乱想多了，仿佛一道关着鬼魂的门被打开。

长命说:“从老家回来后，我爹的恐症没见好，反而传染给我了。我开车经常觉得后面坐着三个人，两个大人，中间坐着一个小孩。我回头看，什么都没有。”

“是那出车祸的一家三口上你车上了。”

“你早知道了？”

“你从老家带回的那三个袋子，立在后座上，魂见三个可以藏身的形，就上车了。”

“你在路上就看见了？”

“我看你时时回头看，你不也看见了吗。”

长命后颈发痒，下意识地伸手去摸，摸到了一把汗。“我昨天拉着李乡长去县城，李乡长坐后排，路上一个坑车颠簸了一下，我看后视镜，眼角的余光看见后排挤着四个人，把李乡长挤到最右边。又定睛看，只有李乡长坐在那里，满头大汗。我问李乡长怎么了，他说突然热得流汗，最近身体虚得很，是不是真的得了布病。”

魏姑扭头看后面。长命也扭头，方向盘跟着朝右转过来。车子颠簸几下，在路边的戈壁上停住。

长命满头大汗，好像刚才他说的李乡长的那一头汗瞬间淌到他头上。

“这个车我开不成了。你得给我把他们请走，不然我把车卖了。”

魏姑给长命两张餐巾纸，让他把汗擦了，又递给他矿泉水。

“你先安静下来，我们去趟石人子。”

~ 84 ~

长命车开得很慢，一路上不断有拖拉机和汽车来来往往。每当有拖拉机经过，长命便听到一堆烂铁的哗啦声，因为车向东行驶，他不用看右边的后视镜。他的注意力都在左边。

过石人子河滩时，魏姑的眼神又不对劲了，长命加速开过河滩石子路。

魏姑让长命开车到石人子驿站，在商店买了几刀纸。然后车开进村，绕到一院废弃的房子前，魏姑下车对着空院子嘀咕了一阵。

“这是他们家的房子。”上车后魏姑说。

“男的是独子，父母都不在了，也没啥亲戚。出车祸后村里来人把他们拉回来，埋在了父母身旁。可是，魂没回来。一家人的魂一直手拉手站在路边上望。”

“魂咋不跟着回来？”

“说了你也听不懂。”魏姑斜眼看长命，她的黑眼仁又转得找不见了。

连生，这些话我只能给你说。这一家三口的魂，在车祸发生前一秒惊飞到路边。魂站在路边看着车翻滚，自己和亲人压在车底下。魂知道没救了。女儿看爸爸妈妈的魂，爸爸妈妈相互看。小女孩的魂左右拉住父母的手。女孩说，我们朝回走，回到转过山弯我们还活着的那段路上。

就是在那段路上，女儿让爸爸讲一个童话。妈妈说，好女儿，到家了再讲，让爸爸安心开车。女儿不愿意，撒娇让爸爸讲。爸爸说，你想听什么故事。女儿说，我想听你没讲过的故事。车就在那时出事了。

妈妈看着拉自己手要往回走的女儿，没有半点埋怨，只是说，我们等等吧。他们等到天黑前，来了些人清理现场，三个人的身体从破损的车厢里拉出来，分装在三个袋子里，放到拖拉机车斗里。女儿的魂说，拉回去后我们三个人会埋在三个墓坑里。女儿看见过爷爷下葬，又看见奶奶下葬。

拖拉机走远后，三个魂影留下来，女儿拉住爸爸妈妈的手，往回走。往回走的那段路上他们还活着，车祸还没发生，他们在车里说说笑笑。他们天黑时沿路边走到苦泉子，在那里喝一口苦水，天亮走回到车祸地站在路边。一直这样走。小女孩的天真固执，让父母的魂有了方向。

~ 85 ~

一条隐约的碱土路通到北边的荒野，那里是石人子村坟地。

“去钟塔路过那段车祸地时，我看见他们手牵手在路边，跟我们的车走了好远，有一阵我以为甩掉他们了，拐一个山弯，他们又走到车窗旁，还探头往车里看。那个小女孩的魂知道我能看见她，她牵着父亲的手追着我看。回来路过那段路小女孩又追我们的车，拐一个弯，我知道他们三个上来了。”

长命以为魏姑在说给他看不见的那个人。她嘴里嘟囔着，全让他听到了。

那天中午，我刚要上炕午休，门咯吱一声响了，开了个缝，风刮开的。一个人身体扁扁地从门缝挤进来，脸也是扁的，进来坐在靠门边的椅子上，拿血肉模糊的眼睛看我。

我认出他是石人子村的窦阳贵，他爹早不在了，他妈大前年走的，当时也是这个时候，门被风吹开，我看见他妈进来坐在门旁的椅子上，望着我不说话。我觉察她走了，过来给我打招呼。过了半个时辰，窦阳贵推门进来，说他妈不在了，请我过去看看。

我说我都准备好了，就等你来叫我。

他说你咋知道我要来叫你。

我说你妈刚才来过。

他说我从昨晚开始一直守在我妈身边，她怎么会来你这里。

我说你妈的魂早离开身体，来跟我说话了。

这才过了几年，窦阳贵的魂就来了，跟他妈一样，坐在椅子上望我，不说话。

我说你咋了。他说完了，都完了。

他给我讲自己开车带着妻子女儿从伊州回石人子，到山里正是中午，可能自己有点困，看见前面一个女人站路中间，他一把方向，车翻到路边，碰到大石头上。

我说，那地方以前碰死过人，山里打工的小两口，想拦个便车回河南老家。卡车司机见是两个人，就不停车。小两口沿路边走边搭车。女的说，我到路对面搭车，搭上车了你过来。

结果，女的过公路时被一辆卡车撞死。

此后经常有司机看见有个女的在过马路，车刹住却不见人。

有个老司机被吓过两次，不敢走这条路了。开车带我来看。我告诉他是那个被撞死女人的魂在过马路。她快走过马路了被一下撞死，她的魂一醒来就回头往马路那边走，她是从马路那边走过来的，她丈夫在路边等她，走过马路她就回到丈夫身边。可是每次，都有汽车从路上疾驰过来。

老司机说，她为啥不等没车时再过马路。

我说车来时她的魂才惊醒过来，第一个念头就是过马路，她的丈夫在马路那边，她的命也在马路那边。

我带着老司机在出事故的路边烧了纸。我说，闺女，你别再过马路了，你丈夫不在路那边，他把你葬了，拿一笔赔偿金回老家，很快又娶了媳妇，比你年轻美丽。

我以为把她安顿好了。没想到她固执得很，还是一听到汽车声就过马路。

这次被你开车撞上，是她看见你和妻子女儿一家人坐在车里，她若不被车撞，他们夫妻俩也有一个这么大的孩子了，她在路中间愣神的当儿，你急打方向，拐到沟里。她本想让你的命撞上她的命，她想替换掉自己的命。可是你急转弯了。你把自己妻子、女儿的命一起拐到了别处。

窦阳贵安静地听着，没有表情。

我说你回去吧，你妻子孩子还在路边。好几辆车停在路边，有人下去看，有人在打电话报警。

他说没用了，他、妻子、女儿都死了。他没有兄弟姐妹，没有叔叔姨姨，一个亲人都没有。他想带着妻子女儿回到父亲母亲身边。他流血的眼睛看着我。

我说有村委会，你放心。

过了一个时辰，村支书找来说出大事了，窦阳贵一家出车祸了。村里安排了拖拉机，棺材也叫人去碗底泉赵木匠家买了。你去给招个魂吧。

我说知道了，他们家没亲人，烧的纸我都备好了。

~ 86 ~

魏姑的黑眼仁转向长命，嘴里的嘀咕声瞬间变得清晰。长命知道她要给他说话。

"窦阳贵爹不在后，我带窦阳贵看墓地，临出门窦阳贵妈说，魏姑你选他爹的墓时，把我的也选上。到了村北的坡地，好地方都占了坟。我给窦阳贵爹选了稍远点的一块平地，能望见村子，望见他家的房顶的烟囱。我说这里给你爹，旁边给你妈留着。窦阳贵看了问，我的在哪？我指着下坡的疙瘩地说，你爹你妈的地是天给的，你的得自己雇推土机平整。窦阳贵雇挖掘机给他爹挖墓坑时，把我指给他的那块疙瘩地也平好了。"

车子驶过一大片墓地，在最里面的几堆墓前停住。从这里望回去，墓地尽头是村子，从村子望过来，房子那边就是墓地，连在一起。墓地比村子大，这里的人也比村里的多，而且会越来越多。

长命从车上拿下烧纸，递给魏姑，看着她点着纸，打开后车门，嘴里念叨着把那一家三口的魂往出引，他忍不住盯着看车门旁的地，他知道鬼没有脚印，但还是想看见点什么。魏姑一遍遍念叨着三个人的名字时，长命突然听进去，感到那一家三口的魂，就在魏姑反复的念叨里下了车，踮脚尖轻踩在他和魏姑留下的脚印上，回到各自身体所在墓地。

回来路上长命不时看内后视镜。后面土路上只有扬起的尘土。

魏姑眯着眼睛说，别看了，没有了。

长命在等魏姑的这句话，她说没有了，就是没有了。

一年前长命开车来给这一家三口奔丧，他是乡里兽医，但人不行了不在了也都叫他。那时魏姑坐在灵车前面的副驾驶，灵车上没有撒纸钱的人，这家在世上没亲人了。现在他和魏姑把这一家三口的魂引到了家坟上。这里安睡着独生儿子的父母，儿媳的公公婆婆，他们独生女儿的爷爷奶奶。他们后面，只有荒野。

第十九章

暖圈

~ 87 ~

王大蓄给长命打电话，说赵木匠给你爹的寿房做好了，他去看了，美得很。赵木匠让拉回家，他那里要腾地方。

长命一听把寿房拉回家，就觉得硌硬，虽然他见过别人家空房子里放的寿房，小时候玩捉迷藏，还掀开盖板藏里面。现在不敢了，见了隐隐害怕。上次从赵木匠家回来，做梦扛棺材板，又厚又大的一块板子压在背上，他不知道扛哪去，头压在板子下，看不见前面的路，他就这样在梦中一直走到天亮，眼睛睁开看见父亲坐在炕那头看他，好像他刚才的梦全被父亲看见。

长命不知道咋跟父亲说这个事，觉得咋说都不对劲，就说：“爹，我叫吉诗从县城来，给我帮忙。”

父亲说：“吉诗昨天才回县城，你叫他回来帮啥忙？”

长命才说：“爹，您上次让做的寿房赵木匠做好了。”

“做好了就在赵木匠那里放着吧。”父亲语言平淡。

“赵木匠说他那里挤，要腾地方。再说最近做寿房的活多，一天到晚叮叮当当的也不安宁。”

父亲不说话。

“要不拉回来放在暖圈里。”长命话一出口觉得不对，赶紧说，“我把老房子重新收拾出来。”

父亲依然没吭声。

暖圈是长命太爷在时家人住的老房子，干打垒的土墙上裂开几道大口子。长命爷爷结婚时，在一旁盖了新房子，太爷在新房子住了几年走了。老房子便做了牲口过冬的暖圈。

长命推开暖圈门进去的瞬间，感觉里面关了一屋子的黑被放出来。以前家里养了一头母黄牛和七只羊，都是长命妈喂。长命妈生病后，羊卖掉五只，剩下两只没卖，母黄牛刚好怀孕，也没卖，长命每天过来喂。剩下的两只羊长命妈不在时宰了招待客人，母黄牛在她不在的当晚生了头牛犊。王大蓄说，你妈辛苦一生，转世为黄牛了，你以后好好对待黄牛，人一旦转世到牛里，不知道来来回回转多少回。说不定哪头牛就是你妈转世的，你认不得她，她能认得你，不要对牛做坏事。

长命妈不在的第八天，父亲把母黄牛和牛犊一起卖了。那天长命下班回来，见一辆拉牲口的汽车停在门口，车厢后面斜搭着带护栏的铁皮通道，几个人正把母黄牛往车上赶，小牛犊跟在后头，回头望长命，眼角流着泪。长命本想把王大蓄说的话告诉父亲，又没说。母黄牛和小牛犊已经赶上车，和车厢里的七八头牛站在一起。父亲卖牛的交易已经结束。母亲如果真的转世为牛，也只能照牛的命去活。长命要上班，没法按时喂牛，父亲更不会喂养牛，他年轻时候就不干这些粗活，说手干笨了，号不准脉。长命也想学爹不干粗活，但是没这个命。

圈里还是老样子，只是从墙角到屋顶，布满蜘蛛网，也看不见蜘蛛，可能都老死了，密密麻麻的蜘蛛网，只网住累累灰尘。长命举扫帚扫了一遍屋顶墙角，跑出来，等灰尘落下再进去扫地。扫到屋子中间的立柱时，突然觉得那头被父亲卖掉的母黄牛还拴在柱子上，小牛犊站在它身旁，朝他望。

母亲去世的第三天，父亲不吃饭，长命拿着母亲用的搪瓷盆，进圈来挤了小半盆牛奶，烧开端给父亲。以前这个活都是母亲干的。每天一早，母亲到圈里喂牛，然后挤牛奶，烧开了端给父亲。父亲喝了奶，碗放桌子上，等母亲来收走。父亲那时连牛圈都不会进，现在要把他的寿房放进牛圈棚。长命觉得对不住父亲。家里也没别的房子存放父亲的寿房。

~ 88 ~

长命把圈棚收拾干净，洒了水，然后给魏姑打电话，说给我爹的七星寿房做好了，赵木匠让拉回来，我说拉回来放到牛暖圈里。我爹不跟我说话了。

魏姑说："你爹不会生气。好多人家的寿房都放在牲口棚里，一方面谁家也不会有一间空房子专门放寿房。另一方面，放到牲口棚里也可以迷糊阎王爷，意思是我都当牛做马了，饶了我吧。”

长命说：“我怎么能把这个意思说给我爹。”

魏姑说：“你爹当这么多年大夫，生和死的事，早通晓了。不过，你晚上去拉吧，不要大白天的往家里抬寿房。”

“这有啥讲究吗？”

“没啥讲究，避开人眼。”

长命想问为啥要避开人眼，又觉得自己知道，他在路上遇到拉运寿房的也努力避开眼睛不去看。

长命就要挂电话了，那边魏姑又说：“我去给燎个纸吧，一个寿房做好，多少野鬼趴上面，躺里面，你不能都拉回来。”

长命说：“我把王大蓄也叫上。”

~ 89 ~

长命到潘伯家接上魏姑，车开到赵木匠家门口。

长命说：“你进去该做啥做就行了，跟赵木匠说事费劲，他的耳朵多少年前就被自己锯木头的声音震聋了。”

魏姑说：“他耳聋了好。不然晚上会吓得睡不着。”

长命看魏姑，想听她说下去，魏姑头扭向大门，赵木匠家的红漆大门咯吱吱开了。里面却没有人，风刮开了门。

风刮开的门，魂出进。

连生，你的魂也曾进过这扇门。在河里找见你那天，大队派人到碗底泉来给你定做棺材，你的魂就跟到赵木匠家。赵木匠父亲说棺材做好了。大队的人说，我们刚从河里把人找见你就做好棺材了。赵木匠父亲说，我三天前听说石人子河淹进去人，就抓紧做棺材。大队的人说，你都不知道人死活就给人家做棺材。赵木匠父亲说，万一人死了再做来不及。赵木匠父亲活到七十岁，他最后做的一个棺材是自己的，做好后就把木工活交给儿子，现在的赵木匠。

白天赵木匠一个人在院子干活。晚上关灯后远远近近的人都来了，拉锯的、砍木头的、拿墨盒吊线的、凿卯锯榫的。装在他做的寿房里走了的人，晚上过来拆寿房，他的斧子、锯子、锛子、凿子都闲不住。他们剥果核一样把一个个钉死的棺材拆开，里面躺的人都不是自己。不是自己好。死本来是别人的事。都是别人在死。自己从来没死过。待到自己也在其中，别人的死都成了自己的。死在无数的死人中间，得找见那个死了的自己。鬼干的事情跟人不一样。我们朝前走，他们往后退。退到赵木匠做的寿房还是板子，退到板子还是树，枝叶繁茂地活着，那时候他们也还活着。

鬼后退一步，人前走五步。坡上的麦苗往前走，树上的枝丫往前走，小孩和大人的岁数往前走，鬼要退回去的地方越来越远。鬼固执，夜夜来赵木匠家拆寿房板。赵木匠黄昏时合的卯第二天早晨松懈了，一个活他干两遍，累增加两层。半夜长满野草的路上走着抬寿房的鬼，赵木匠家的院门被风悄然刮开又关住。赵木匠家有凿子、锯子、斧头，哪合的卯在哪打开，哪钉的钉子在哪拔出。

连生，你不会跟那些死鬼过来闹腾。你知道那个木匣子装不住你。你只跟石人子河过不去。你一次次地游过那条你生时没游过去的河。你给那条已经没水变成干石头滩的河说你游过来了。你想让水倒流回去，回到你没游过来的那个时节，你只有那一次没有游过来，之后许多年无数次你都游过来了。你游过来时只有我看见。那个发洪水季节河边站的所有人都知道你没游过来淹在河里了。只有我站在岸上，等你一次次地游过来。

~ 90 ~

王大蓄站后面安静地等魏姑念叨完，然后说："魏姑，我想着请你去看看新庄子宅基地，你就来了。今天就给我去看看吧。正好坐长命的车去。"

魏姑说："你干白事的，往村西头住。"

"我前面问了一个懂阴阳的，他让我往村东头住。说干我这一行阴气重，住在村东，晒第一缕阳光。"

"那你听懂阴阳的。"

魏姑扭头看了眼太阳，刚过中午，太阳将院子中间做好的寿房照得发亮，寿房的影子方正地印在地上，比人的影子黑。

长命也注意到地上的影子，他想起魏姑说自己家门口那棵榆树的影子里满是以前的人，父亲这口寿房的影子里有什么呢，魏姑都驱走了吧。

赵木匠一直看魏姑做完这些，然后问长命现在要不要拉走。

“晚上拉。”

长命把剩下的钱数给赵木匠。

长命说：“赵木匠你数一数。”

赵木匠说：“将来到下面去数。”

“谁跟你到下面去数，你现在数清楚。”

“将来我跟你爹到下面数。”

王大蓄说：“都在上面就不要说到下面的事了。现在要紧的是要搬到新庄子，到了新庄子，赵木匠你得修个大一点的木工房。”

“我不搬。”赵木匠说话跟他用斧头砍木头一样硬。

王大蓄给长命说：“上次李乡长来，找我动员赵木匠，说因为赵木匠不搬，村里几个老人都不想搬。”

“他们不搬迁跟赵木匠有啥关系？”

“他们都在这里定了寿房。赵木匠搬过去，他们就跟着过去了。赵木匠不搬，他们守在这里。”

一旁的赵木匠听清楚了，大声说：“我上了年纪，没力气在戈壁上盖一院新房子。我这一房子的木板，死沉死沉，搬进来的时候，叫了好多人帮忙。我不想再搬出去。”

“搬迁是县上定的，不由我，也不由你。这是硬的。”王大蓄说。

“还有我的斧头硬？”赵木匠抡起斧头砍在一块木板上。

长命说：“李乡长也让我做赵木匠的工作。我连我爹的工作都没做通，哪好意思做别人的。”

第二十章

人形

~ 91 ~

魏姑没去给王大蓄看宅基地。

“他请别人看过了，我就不看了。”魏姑说。

长命送魏姑到她舅舅家门口，临下车她问长命父亲最近身体怎样。

“我爹的梦安稳多了。好几晚我没听见他做噩梦说梦话。”

“他再说梦话你记住告诉我。你进不到他梦里，不知道他做啥梦，但只要有一两句话传到梦外，我就能大概知道他梦里发生了什么。”

“我爹梦少了，但大白天有些恍惚。前天下午，他指给我说，东边山坡上站着一个人，一直望我们家院子。我说那是一棵榆树，长多少年了，爹您是不是眼睛花了？我爹说他眼睛没花，那里确实站着一个人。我再看，果真像站了一个人，高高的，有身子、头、两条腿，越看越像。记得小时候我看山上的树，也像站着的人。后来一次次地走过去看，知道不是人，只是一棵树。”

"小时候看见的，老了会再看见。"

"昨天一早，我提镰刀上山坡，我知道那是一棵树。我年轻时在山坡放羊，经常爬那棵树，随手砍它的枝条，以致它长得怪模怪样。走到树跟前时我清楚它为啥像人了，树干中间一长溜树皮早年被剥了，形成一个长沟槽，把树干分成两半，远看就像人的两条腿，树身像人的腰身，树冠像头，加上树四周的野草在微风中晃动，远看就像站着一个人，而且在动。我花了点时间把树朝我们院子这边的草割倒，又拿镰刀砍掉了两个树枝。回到院子我再看，它就是一棵树了。喊我爹出来看，他说，咋换了一个人，昨天那个人走了，新来了一个人。"

"你爹看见你妈了。你妈知道自己不在了，不好意思回来，就跟树站一起，朝院子望。你爹眼尖，看见山坡的树干像是个人。那棵树里藏着你妈的形。你把树前面的草割了，你妈没处隐，就隐树干后面，她有办法让你爹看见。她有时站在你爹挂墙上的衣服里，屋子暗下来时吓你爹一跳。她躺在你爹放炕上的衣服里，你爹半夜扭头看又吓一跳。她的脚踩在半夜风吹动地上草叶的声音里，被你爹听见。"

"昨晚我爹叫醒我，说有人在院子里走动。我说是风声。我爹说你再仔细听。我侧起身，耳朵朝外仔细听时，确实听见一个人在院子里走动，翻院墙、爬草垛，还是我早年的夜里听见的那个声音，好像也是同一个人，反复地来过。"

"昨晚我跟你睡在同一场风里。早晨我大舅说晚上院子里好像进来人了。我给大舅说，是刮风了。我不想吓着大舅。他耳朵背了，却能听见藏在风声里人的脚步声。你爹也一样，他知道你妈夜里来过，你去世的爷爷奶奶夜里也来过。慢慢你也会听见。”

~ 92 ~

晚饭是长命做的。他让吉诗下菜窖取了几个洋芋和黄萝卜。洋芋还是去年的，在窖里储藏一冬，有些长芽了。去年洋芋种得好，比往年多收了两袋子。母亲不在办事时，摆了十几桌酒席，窖里的洋芋几乎用完了，剩下角落里堆的一些，长命拿袋子装起来。去年种洋芋时，母亲让他多上些羊粪。他还说，地够肥了，每年种的洋芋都吃不完。母亲拿筐子去提肥料，长命接过母亲手里的筐子，提了七八筐腐熟的羊粪上在地里。当年果然多收了两袋子洋芋。母亲似乎知道自己过不去这一年，她把自己后事上要用的都想到备好了。

长命先和好面醒着，把在牧场骟的两个土黄牛蛋洗净切好，用园子里挖的葱炒了，父亲和吉诗都喜欢吃这个。他还拿出一把从老家带来的粉皮，用开水煮熟，加蒜末、辣皮子和醋做了一盘凉菜。

削洋芋皮时外面天暗下来，屋里更暗，他没开灯，在门口照进的微光里，把羊肉切成小块，洋芋黄萝卜切成碎丁，还切了几个他在牧区采的野蘑菇，一起做了半锅汤，然后拉开面，往汤里揪面片。做汤揪片子是长命的拿手活，也是跟母亲学的。

外面变得更暗了。灶里的火光照亮了半个屋子。长命记得他上小学时放学回来，父亲出诊了，他和妹妹长红饿着肚子等母亲回来做饭。他把烧火的柴火准备好，和妹妹到庙前的碗底泉抬水，抬一桶，到家晃荡掉一半。母亲不点灯，灶口的火光照亮案板，她在那里削洋芋、和面。现在他做的依旧是母亲那时候做的洋芋汤揪片子，吃了多少年，他没吃烦，父亲也没吃烦。

做好的汤饭盛出三碗，长命喊吉诗端饭。吉诗开了灯，喊爷爷吃饭，长命听见外面父亲的答应声，和关院门的咯吱声。他小时候开关院门的声音就这样。几十年过去，他从当年的清脆童音变成粗哑嗓子，院门开合的声音却没变。

~ 93 ~

吉诗收拾碗筷去洗，长命坐在院子里乘凉。他在自己家住时，晚饭后会跑步到山腰那棵榆树下再跑回来。自从跟父亲一起住，父亲不让他天黑后跑步，说把不好的东西带进屋。父亲以前不讲究这些，母亲去世后父亲变了，他除了胆变小，忌讳的东西也多了。

东边山坡上还有一抹微亮，太阳西沉到山外遥远的地平线下面，天上的亮光还没有完全褪尽。那棵榆树黑黑地站着，长命突然觉得它在一步一步朝这边走动。他站起来，树又不动了。魏姑说他母亲的身影藏在这棵榆树里看院子时，他心里一阵难过，这个曾经是她生活一辈子的院子，她只能远远地隐在树影里看了。

长命宁愿相信母亲此时就站在那棵树影里，她也一定能看见她的儿子在望她。

长命想跑步到树下去看看，又没动身。

父亲房间的灯已经熄了，吉诗房间还亮着，一缕光从半掩的门缝照出来，长命看见厨房靠墙的长凳上像是躺着一个人，头朝外，模样那么熟悉。他知道那是装粉皮的袋子。晚饭时父亲说，长命你立在凳子上的袋子吓我一跳，昨晚我起来解手，怕吵醒你没有开灯，推门见厨房凳子上坐一个人，就像你妈的样子。你们都小的时候，家里穷，你妈舍不得点灯，晚饭后摸黑坐在厨房凳子上洗碗，收拾锅头，累了就愣愣地坐在凳子上。父亲的话让长命想起很多个黄昏母亲坐在厨房凳子上的样子。或许母亲的魂真的借这个袋子的形，在夜里黑坐在凳子上，让父亲看见。长命听了父亲的话，将袋子放倒，袋口朝外翘起，它竟然又像母亲躺那里睡着的样子。

长命不由得看他的车，后座上黑黑的。他相信魏姑说的，处理干净了，都没有了。可是，这个装着老家粉皮的袋子，怎么又让他和父亲都看出像是去世母亲的样子呢？

第三部

钟声

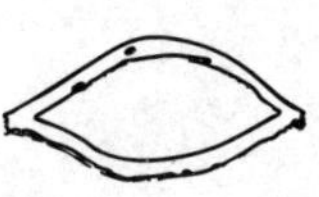

第二十一章

开会

~ 94 ~

长命被钟声惊醒。他设置的手机敲钟铃声，由低到高，由缓到急，就像他早年听到的碗底泉那口钟在响。是胡秘书的电话，通知他到乡政府开会。

父亲也被他手机里的钟声叫醒。长命说：“爹，我去乡上开会，院门我从外面锁住，会开完我就回来。”

父亲说：“这半夜三更的开鬼会呀。”

长命没搭话，父亲说出的“开鬼会”三个字让他惊讶。父亲从小就告诉他夜里不说鬼。他怎么突然说出“开鬼会”来，可能睡迷糊了。长命担心他走后父亲会因自己说出的“鬼”害怕。他小时候跟大孩子在夜晚玩耍，大孩子讲鬼故事吓小孩子。听了鬼故事黑咕隆咚往家走，感觉鬼就跟在身后，走到家赶紧关院门，在院子里跺脚，又赶紧关屋门。鬼还是进到梦里。

到会议室，下面人都坐好了，主席台空着。

胡秘书说:“王书记和李乡长刚开完县上的紧急会议，在挖奔子往乡上赶，马上到了。”

过了半小时，王书记和李乡长到了。

王书记说:“我跟李乡长刚在县上开完由县委政府召开的紧急畜牧会议，现在由李乡长传达会议精神。”

李乡长先传达了上面关于《坚决改良土黄牛，用进口优质牛助力农牧民增收致富》的报告，报告要求在十天内完成公黄牛去势工作，用优质进口公牛交配产仔，争取两年内完成土黄牛换种。

然后，李乡长传达了一段上面领导的口头讲话的精神，说这一段口头讲话很重要，要求跟文件一起口头传达。李乡长是在县上开会时听叶县长口头传达的。叶县长是在地区开会时听马专员口头传达的。马专员是在上面开会听领导亲自脱稿讲的话。在那个牧业大会上，领导先是念稿子布置牧业工作，稿子念到中间，脱稿讲了一段他来镇野县石人子村调研时发现的情况。

领导说他在石人子村牧场，亲眼看见草地上还有几头土黄牛在吃草，他让乡上报土黄牛数据，他怕他们隐瞒数字，就故意表现出对土黄牛奶很感兴趣的样子，结果报上来多少你们知道吗，一个碗底泉乡，就报了一千两百三十头土黄牛。

“这位领导就是一个月前我们在石人子牧场招待过的，招待出大麻烦了。现在我们乡成了妨碍全区牧业发展的坏典型。”王书记插话说。

李乡长接着传达，领导讲了他刚工作在一个边境牧业乡当畜牧干部时，上面下文件实施骟黄牛蛋培养黑白花母牛的工作，他带着兽医一个牧场一个牧场地追着骟公黄牛蛋。后来当乡长也负责畜牧，主抓的还是改良土黄牛。当副县长、县长还抓这个工作。现在当上面领导了，依然分管畜牧，他以为这个骟黄牛蛋的工作早做完了，应该早就没有土黄牛了。没想到他竟然在这个石人子牧场看到这么多土黄牛。真是不下去调查不知道，一调查吓一跳。要不是他亲自下去调研，可能大家都会认为骟黄牛蛋的工作早结束了，其实不是。从这件事就能看出我们的工作一点都不扎实。我现在分管畜牧，我要把我刚工作时就在干而一直没干完的这件事情干好，在我任内坚决把全区的黄牛蛋彻底骟完，不再给下一任留下一个。

李乡长接着传达说，领导讲到这里拍桌子发火了，说哪个地方如果再像镇野县一样糊弄上面，隐瞒数据，我决不轻饶。领导点名马专员，说你也是靠管牲口步步高升的，如果这一次，黄牛蛋再不给我骟干净，你看着办。一句话，你不骟光黄牛蛋，组织上就骟你的蛋。当然，组织上不会骟你下面的蛋，会革你上面的官帽。

李乡长清了清嗓子说，现在大家都听着，县上下了死命令，一周内全乡的公黄牛必须骟完，一个蛋都不能剩下。

王书记接过话茬说："上面领导的讲话精神，和我们乡上的想法不谋而合，我来这个乡任书记时，就一直谋划着怎样给农牧民增收致富，迅速脱贫。各种办法我们都想了，能让农民增收的点都摸查遍了。前年我们提倡并督促村里落实每家多养二十只母鸡，一个母鸡一年生两百个土鸡蛋，一个土鸡蛋一块钱，就是四千块钱，一个人就脱贫了。但是养鸡毕竟是小打小闹。那时我就想到土黄牛身上了，我大概了解了一下，我们乡有三千多头土黄牛，差不多人均一头，大部分是母牛。如果我们把公黄牛都骟了，让西门塔尔公牛配种，一年粗算产两千多头西门塔尔牛，每头西门塔尔牛价值三万，全乡农牧民就增收六千万。这样全乡农牧民都脱贫了。事实证明我的这个想法是正确的，跟上面领导、县领导都想到一起了，这就叫上下同心。我们都知道土黄牛肉香，土奶子香，但产肉产奶量都低，产值上不去，无法跟进口牛品种比。”

王书记说：“我们要完成这一目标，首要任务就是骟黄牛蛋，这是全乡近期要抓的大事，跟搬迁工作同样重要。乡上成立了领导小组，由我任组长，李乡长任副组长，抽调各部门干部包村落实，黄牛蛋骟不完不要回来。同时，搬迁工作也一起抓，我们要在人搬迁到新村子后，不带去一头公黄牛。我们的新村子，一定是一个家家养殖新品种高产值牛的新农村。”

李乡长说：“王书记做了重要安排，任务紧迫，包村干部每家每户去查，查出来长命随叫随到去骟。郭兽医，这次是死任务，你了解每个村的黄牛数，你骟了几十年黄牛蛋，哪个骟了，哪个没骟，你清楚，去村上监督。”

长命说:“骗黄牛蛋是我每年的工作，我从年初就在骗了。”

王书记说:“你年年骗，年年骗不完。就像猫捉老鼠，从来不把院子里的老鼠捉完，留下一些下小老鼠，年年都有老鼠吃。”

李乡长说:“长命，我们书记都知道你吃牛蛋上瘾了，故意不把黄牛蛋骗完，留下一些自己年年有蛋吃。这一次是硬任务，你要再不把黄牛蛋骗完，我们就骗你的蛋。”

~ 95 ~

会开完凌晨三点。包村干部连夜去村里开会。李乡长和长命还有两个乡干部去碗底泉，动身前秘书已经打电话让村委会班子人等着。

他们到碗底泉村会议室时，村委会干部都到齐了，屋里烟雾缭绕。李乡长把县上开会、乡上开会的精神给村委会的人做了传达。

会议室的烟已经熏得人睁不开眼睛。李乡长问长命要烟，长命烟抽完了，扭头问后面谁有烟，给乡长一根。后面的人嘴里叼着烟，都说抽完了。潘支书去办公室拿了一盒烟给李乡长。烟点上后，李乡长又开始说了。

“按照上面的要求，会议精神传达不过夜。也就是说，不管上面的会几点开完，都要连夜一级级传达到村一级。上面的会正开的时候，县领导在往地区赶，在会议室等候地区领导开完上面的会赶回来传达会议精神。县领导在地区开会时，乡镇领导在往县上赶，在县会议室等候领导回来传达地区领导的讲话精神。这时候乡干部在会议室等乡领导回来传达县领导的讲话精神。乡上的会开完，就该下到村里落实了，我就是作为乡领导，给村委会班子开会，传达上面、地区、县上、乡上领导的讲话精神。散会后，你们立马召开村民大会抓落实。这是最重要的。今天这一系列的会，从上面一路开下来，落实到村上，就四个字：骟黄牛蛋。我们必须在三天内把所有公黄牛蛋骟完。”

村干部会开完，长命听到头遍鸡叫，看表是凌晨六点。

潘支书也看表，又看李乡长。

“李乡长，现在离天亮还有一个多小时，要不你再给我们讲讲啥，待会儿二遍鸡叫了，郭主任去喇叭上喊村民开会。”

李乡长说：“我嗓子都讲哑了，剩下是你们的事。长命你和包村干部一起参加村民大会，我回到乡里天也亮了，一早还有会。”

潘支书说：“这个时候在喇叭上喊村民开会，找挨骂，再要紧的事也得等天亮吧，我们村干部可以不睡觉被吆来开一晚上会，村民可不愿意，你就是现在喇叭上喊，也没人来。”

李乡长说：“传达精神不过夜，这是上头的命令，你们碗底泉天亮得晚，情况特殊，不过也不能太晚。我看时间，大家也睡不成觉了，一会儿喇叭上喊着，村民来不来是村民的事，你喊不喊是你的事。”

~ 96 ~

长命回家开院门时看见窗户亮着，院子里灯也亮着。没等他推门，父亲已经拉开门。

“我听见小车声，知道你回来了。啥会开一晚上？”

“骟黄牛蛋的事。记得我小时候爹您在给各村骟土黄牛蛋。”

“那时候是搞改良运动。搞了一阵子没搞下去。改良的牛品种不适应我们这里的水土，就停了。”

长命瞌睡坏了，上炕躺下。他注意到父亲的眼睛是红的。

“爹您没睡觉吗？”

“你走了后我老是想你把院门锁上没有。”

“爹，我出门时给您说了我把院门朝外锁上。”

“我也知道你锁上了，我没听见你出院门上锁的声音，就不放心。”

“爹，您赶紧睡，我马上还要去村里开村民大会。”

“你妹妹说，她小时候每当我半夜出诊，她就一直听着我的脚步声走过院子，听见我朝外锁门的声音。然后，她一直醒着，直到听见我进院子，低声喊你妈开屋门。其实你妈不说，她也半睡半醒，等着我回来。你晚上不回来，我也老听大门的动静。你妹妹早年听到的那些声音现在轮到我听了。”

“我妹妹说她小时候最害怕您半夜出诊。她一直没有告诉您，她说一个人的害怕告诉家人，就成了一家人的害怕。她还是告诉您了。”

“她想自己长大了，不害怕了，就把小时候的害怕说给了我。”

长命想，长红只知道自己长大不怕了，不知道父亲长老了。人一老，又回到小孩。那些怕都回来了。

~97~

喇叭突然响了，潘支书的声音，喊村民开会。

天已经亮了，地还是黑的。这是碗底泉的早晨，比别处晚亮。长命步行往上走，村委会在原先庙底子下面一些，以前这里是大礼堂，斗地主、斗“地富反坏右”、“批林批孔”、批“四人帮”、包产到户分地，都在大礼堂里。后来大礼堂成了危房，拆掉新建了现在的村委会办公室，独独一排房子，位置比它更高的关公庙早拆了，它成了最高的。

会议室稀稀拉拉坐了十几个人，还有人陆续进来。

潘支书说：“不等了。我先说几句。今天开会的主题就一个：骟黄牛蛋。五十年前我爹当村长时就在干这个事，年年牛发情前开会布置骟黄牛蛋。那时候的兽医还是长命爹，后来长命接着骟。一个蛋骟了半个世纪，就是没有骟完。这么个牲口事为啥老做不完？”

潘支书说到这里停住，眼睛红红地看大家。

“咋了？都没睡醒？昨天半夜你们睡大觉，我们村干部在这里开会，挨了乡长半晚上骂，到现在还没合眼。乡长带人开完我们村里的会，我等到天亮才喇叭上喊你们开会，把会议精神落实给你们。不管上面开多少会，到最后，还得我这个村支书开会落实。”

门外有人说话，又陆续进来几个人。

潘支书喝了口水，问长命要烟。长命刚回家装了一盒烟，掏出来给潘支书扔了一根，自己点一根，朝后望，见都嘴里叼着烟，又把烟盒装进口袋。

潘支书清清嗓子，末尾的咳嗽尤其坚决有力，这是他要讲话了，让别人都把嘴闭住。

潘支书把李乡长讲的话大意讲了一遍，喝了口水，嗓子沙哑地说："李乡长昨晚下了死命令，我们村按时骟不完黄牛蛋，就骟我村支书的蛋。"

讲到这里潘支书突然嗓门高起来。

"郭兽医你站起来跟大家说说，我们村还有多少黄牛蛋没骟完？"

长命说："我是乡上兽医，来村里开会是指导村上的工作。你们村多少黄牛没骟应该你给我汇报。"

潘支书说："你是乡上兽医，但是我们村的人。你骟了多少年牛蛋，到处跑着骟，我们村的牛蛋咋还没骟完，让我挨乡长骂。我挨了骂，我也得找个人骂一顿把气解掉。"

长命说："你找个母黄牛解气去。"

大家都笑起来。

第二十二章

剩蛋

~98~

村上的会没开完，长命接到王书记秘书小赫的电话，让他赶紧到牛圈湾村马富成家，圈住了几头公黄牛，去把蛋骟掉。

牛圈外围着好多人，王书记和村委会干部都在。牛圈湾村是王书记的承包村。长命看王书记灰头土脸的模样，知道他也一夜没睡，在人家牛圈里堵住了几头公黄牛。

马富成媳妇把住牛圈门，吵着不让骟。王书记耐心地说，土黄牛产肉产奶量都不如西门塔尔牛，你们家是养牛大户，要带头改良新品种。我跟你家老马算过细账，改良后每头牛增收上万块。马富成媳妇说，我们以前改良过黑白花，爱生病，肉和奶都不好吃。那时幸亏留了三头公黄牛，不然黄牛都绝种了。现在黄牛的肉和奶都值钱，也好卖，你们为啥非要把它们骟了。

王书记说："改良土黄牛是上面的指示，也是为了让牧民增收致富。"

马富成媳妇不听。王书记让马富成劝劝媳妇，马富成说他怕媳妇。

村妇女主任过来跟马富成媳妇说好话，好不容易说得不吵闹了。

长命过来跟马富成说："我要骟了。"

长命自从知道马富成是潘三爷的儿子，感觉跟他们家亲近了。上次来给打防疫针，都没收钱。

马富成无奈地说："我们家的公黄牛，我是不愿意骟。这个老品种养习惯了，也有感情，它可以吃山野杂草，疾病也少，好养。但村上下了死命令，那就骟吧。"

村支书说："这是乡上的决定，我们村委会只有执行。乡书记下令，我要不把村里公黄牛骟光，他就骟我。你马富成也不希望我这个村支书被骟掉吧。"

马富成说："你骟掉一样能当支书。我的黄牛被骟了，就是闲锤子了。"

~ 99 ~

村支书和几个副主任一起，把一头黄牛绑在柱子上，两只后蹄子分开绑住，左右两人各控制一只后蹄子。两个前腿绑一起，一个人用绳子拉住，一个人控制住牛头。长命蹲在牛裆里，熟练地把牛蛋外皮割开，把带血的卵子挤出来，连着的地方一刀子割了。刀子割下去的瞬间，长命感到牛浑身颤抖，四蹄拼命挣扎，但被牢牢控制住。只有牛的哞叫控制不住，从牛肺腔里发出的吼叫，让人恐惧。

骟第三头黄牛时出事了。骟前两头时这头一直瞪着圆圆的牛眼睛看，轮到它了又踢又吼，村支书叫马富成来帮忙，马富成站在圈外不动。长命、村支书还有几个村委副主任累得满头大汗，终于把牛绑住。长命蹲下身，手捏住一个牛蛋，割开骟了。捏第二个蛋时，公黄牛猛地蹦起来，挣脱绳子，把村支书踢倒在地，又把牵牛缰绳的村副主任顶倒，狂吼着冲出圈门。

村支书爬起来喊马富成把牛拦住。王书记也大喊着带领乡干部跑过来拦牛。

马富成躲一边让牛跑过去，跑出院子。大家看着这头公黄牛吼叫着跑上山坡，然后站在坡顶对着他们吼叫几声，跑到山后不见了。

村支书和副主任都受了点皮肉轻伤。长命因蹲在牛裆里没被踢着。他骟了几十年牛蛋，知道蹲在牛肚子下靠前的位置最安全，牛的后蹄子踢不到，而牛前蹄不会踢人。

长命把骟了的五个牛蛋装在塑料袋里，递给王书记说，领导忙乎一夜，拿去补补身体。

王书记说："你个郭兽医，不是所有人跟你一样爱吃牲口下面的东西。"接着给村支书说："我回乡上开会，你把跑掉的牛追回来骟掉。"

村支书看着王书记坐上小车走了，问长命："那个跑掉的牲口剩下一个蛋还能不能交配？"

长命说:“应该能。我们村里李家的剩蛋，小时候被狗咬掉一个，长大还结婚有了孩子。”

“就是。我们村也有小时候被猫咬掉一个蛋的，也有儿有女。”

“你能保证那个剩蛋家的儿女不是隔壁老王的？”

“样子长得像呢。我们养牲口的知道哪个牛仔是哪个公牛配的。人一样，看模样就知道谁是他爹，他是谁儿子。”

“我们这的娃娃小时候都穿开裆裤，很容易被狗猫叼走一个。哪个村都有剩蛋。人和牛一样，身上重要的物件都备了两个。丢掉一个靠另一个也能过日子。”

“郭长命你两个都在吧？”

长命擦净手术刀上的血，眼睛盯着村支书的裆猛刺过去，支书捂住裆后退两步。

“长命不开玩笑了。说正事。我们村统计了十五头公黄牛，只逮住马富成家这三头，其他的都跑了。公牛被你骗得受惊躲山里了，一时半会不会找见。”

“找不见就等于没有，你们不要瞎统计。”长命说。

~ 100 ~

下午长命赶到石人子牧场，车停在半个月前招待领导吃饭的牧民家。玛吾支书正在骂牧民:“你把那几个土牲口吆到毡房旁干啥呢，领导就是发现你家的土黄牛才开始这次骗黄牛蛋运动。

赶紧把你的公黄牛都吆过来让郭兽医骟了。”

牧民说黄牛带到别人家牛群里往夏牧场走了，这阵子在山里。

玛吾支书看长命，长命看牧民。石人子到南山夏牧场要经过一片百公里的荒野戈壁山岭，没有路，开车到不了。

牧民说：“我的黄牛进到夏牧场深山里，就看不见了，到了十月份又转场到沙漠里的冬牧场，也看不见了。”

玛吾支书看着长命说：“牲口这一转场就是大半年，到那时候骟黄牛蛋的运动早结束了，县上乡上都有了更重要的工作，可能没人再操心牛蛋的事。”

长命说：“不会没人操心，县上会验收。我从当兽医起就开始骟黄牛蛋，骟了几十年还在骟。玛吾支书你村上报一个黄牛数字，其中没骟的公牛有几头，骟了几头，我们统一口径往上报。”

玛吾支书说：“骟了多少头郭兽医你说了算。”又转头对牧民说：“把你家的公黄牛都管好，要再让上面来的领导看见，我先骟了你。”

牧民对着空荡荡的山坡大喊说：“牲口黄牛，你听见没有，从今往后，你要像男人一样把你的蛋藏起来，要再让领导看见，就不是骟蛋了，我直接宰了你。”

玛吾支书对长命说：“听听，牧民是怎么骂牲口的。乡领导昨晚开会也这样骂我。”

长命说：“县长开会也是这样骂乡领导的，因为石人子的土黄牛被领导发现，才让他在地区大会上挨骂。地区领导在上面也挨了骂，谁都不会忍这口，一级一级骂下来。一天一夜骂声就到了村里。你也不会白挨骂，逮住骂牧民。牧民没人骂，就骂牲口。反正一口恶气得出掉。”

~ 101 ~

魏姑来电话，说长命你在石人子牧场吧，回去时接上我，舅舅家有事。

长命说："你咋知道我到石人子了。"

"一大早村里大喇叭上就喊，说谁家有公黄牛赶紧放趟子圈起来，乡上郭兽医要过来骟黄牛蛋。谁家若不骟，生了土黄牛要罚款。"

长命停车在门口，魏姑提着黑布包上了车。

"你这么快就骟完了？"

"一头都没骟上，到谁家去都说牛跑了，去夏牧场了。"

"你能骟上才怪呢，村支书一大早喊话告诉牧民你来了，牛能不跑掉吗？早跑没影了。"

"跑就跑了吧，也不能把土黄牛都骟绝了。"

"你还挺仁慈的。"

"不是我有多仁慈，我骟害怕了。去年到二牧场骟牛蛋，一圈七头公牛，骟掉了五头，挨到剩下的两头，正琢磨先骟哪个，那两头公黄牛并排站一起，眼睛发红，鼻孔出着粗气，我感到不对劲，往一边躲。两头公牛一起冲过来，把圈门顶开，发疯似的朝戈壁上跑了。牧民也没追。结果呢，今年牧民家的一群母牛又下了二十二头土黄牛。你说那两头公黄牛有多劳道，它赶在牧民吆着母牛到配种站配种前，让一群母牛都怀上了。”

魏姑戴着黑墨镜，长命感觉她的耳朵在听，耳朵后面那块细嫩的皮肤泛出粉红色。

“配种站引进的西门塔尔公牛都不行，看上去高大壮实，其实是窝囊废，得人把母牛拴住，架在铁护栏里，摆好姿势，它抬个腿上去完事。不像公黄牛，戈壁沙漠里追着母牛交配。那些土黄牛有急迫感。”

长命话说出口，觉得不合适，魏姑没结过婚呢，说这些让她不好意思，于是转了话题。

“前几年来过一个野骆驼保护专家，乡长让我接待。我们这里也曾经是野骆驼的生活地，现在很少看到了。专家对我们几十年来对土黄牛的改良政策非常清楚，他说他一直在向上面反映，希望保护下一个较大的黄牛种群。万一我们把黄牛骗错了，这个古老品种还在。他说这里的野骆驼现存三百多头，从一个物种来说，它已经绝种了。因为这样的野骆驼头数已经不足以让后代继续繁衍，它很快会因为近亲繁殖而灭绝。我们现在耗费那么多资金保护的野骆驼，其实是一个已经被判了死刑的物种。而我们这一带的土黄牛，跟野骆驼一样古老珍贵。我们不能眼看着这一古老的黄牛品种绝种。我告诉他，土黄牛不会绝种，牧民会把它们藏起来保护住。”

长命看一眼魏姑，知道她在听，便继续说。

“上午在牛圈湾马富成家，骟到最后一头公黄牛，它从我手术刀下挣脱跑了。那一瞬间，我竟然像自己从刀子下挣脱了一样。一路上我想，我每骟掉一头公黄牛，它这一脉就绝了，不会再有完全像它的黄牛新生。就像当年我们郭家那个五岁男孩若没逃脱跑出来，我们这一支在一百多年前就已经绝了，不会有我爹、我、我儿子吉诗。”

~ 102 ~

李乡长打电话说：“长命你骟了不少黄牛蛋吧，晚上我去你家，咱老同学喝两杯，酒我带。”

长命说：“你来吧，正好骟了五个牛蛋，够炒一大盘子。”

“咋是五个牛蛋？不都成双的吗？”

“最后一头牛骟了一个蛋逃脱了。”

电话里李乡长哈哈大笑。“你郭兽医也有失手的时候。”

笑完又说：“你下班前来乡上接我。”

长命爹看见李乡长进院子就皱眉头。

李乡长说：“伯父，我不是来催您搬迁，我今天只跟长命喝酒。待会儿我也敬您老人家两杯。”说着把带来的两瓶镇野古城子酒递给吉诗。

吉诗问了声“叔叔好”。李乡长说:“吉诗我可是从小看着你长大的，你毕业后在哪工作呀。”

吉诗说:“我辞掉省城的工作，回来跟我爷学中医。”

李乡长对长命说:“你们家的医术后继有人了。你郭长命做兽医，现在儿子又回来跟爷爷学中医，人和牲口的病你们一家都看完了。”

餐桌摆在院子里，长命炒好菜端上来。李乡长让长命请伯父一起坐。长命说:“我爹不愿跟你坐。你刚才说我们家把人和牲口的病都看完了，我爹听见生气了。本来我们家是祖传中医，我爹曾被贬成兽医，他心里一直是个病，你又口无遮拦地说。”

“那我过去跟伯父道个歉。”

“我跟我爹说了，李乡长爱开玩笑，说话随意。”

“我还想跟伯父喝杯酒聊聊搬迁的事。”

“我爹不搬迁，你就不要费心了。”

“不管你爹搬不搬，碗底泉村都会整体搬迁到山外，谁也阻挡不了。”

“我爹不愿搬迁是他的自由，你要来硬的别怪我对你不客气。”

“来，长命咱们喝酒。先不说搬迁的事。”

喝了几杯，两人的脸都红了。

长命说:“李乡长我们是老同学，碗底泉搬迁是县上定的事，我知道绝大多数村民都愿意搬出去。不过，拆老宅子的事你还是不要去做，会有报应。县上前任领导，就是拆了太多的老宅院，连镇野县的老城墙都快拆完了。当时拆的时候，好多老户就不愿意，县文化馆魏馆长也是我们同学，还是政协委员，他做了提案，说这些老宅院承载了老辈人在西域的历史文化，希望另选地方开发房地产。但领导听不进去，说要发展，就不能思前顾后。老城墙在县城中心，地金贵。结果老城墙刚拆了一半，领导出事了，抓进去判了十几年。官方说是受贿几千万。民间说是拆了那么多老房屋，得报应了。魏姑也是这么说的。”

李乡长说：“碗底泉村搬迁后，我的意见是不主张拆，整体保护起来。上次我陪一个建筑专家，他看了碗底泉村非常震撼，说这个村庄的建筑，延续了自清代、民国到解放后的上世纪六、七、八、九十年代的建筑风格，是现成的建筑博物馆。尤其村里的拔廊房，是清代民国时期先民们来疆后盖的房子。这种建筑很有意思，它是四合院建制。但是因为那时候这边局势乱，先民们没有足够的和平时间积累财富，就把四合院压缩成一合，看上去是一排房子，但中间的双扇门进去，有供奉祖先的堂屋，然后左右两厢分开。四合院的内容都齐全。”

“李乡长你也有文化了。”

“郭大夫，咱们一起高中毕业，你骗了几十年牛蛋，牲口裆里的事肯定比我知道得多。这些年我在乡上工作，还管过文化站，多少也是有文化的。”

两人又碰了一杯酒。李乡长说:“在村庄保护这一件事上，我跟王书记意见一致。王书记也给我说过老宅子要整体保护。王书记一直提倡保护传统文化。他还是个孝子，他妈不在的时候，让司机去石人子接的魏姑，三天的丧事王书记从头到尾跟着魏姑。让磕头就磕头，让哭喊就哭喊。我们过去帮忙，第一次见书记咋一下子变成这样了。”

“变成人了呗。在单位他听上面的，到家里的白事上，就听魏姑的。我妈不在时我也眼睛跟着魏姑，人没有了，路都是黑的，得要通神的人引路。”

李乡长说:“碗底泉村搬迁后整体保护下来做什么，我和王书记有分歧。我联系了一家做乡村旅游的企业，来碗底泉村考察了几次，想在全村搬迁后，给每家补贴一些钱，让把老房子都留下，他们负责维修改造，整村做旅游。但王书记联系了一家养殖企业，也是看上村里和周边草场环境，还有一眼泉，等村民搬迁后把整个村子围起来，养牲口，同时也做旅游接待。企业的人来村里考察过几次，还测算了碗底泉的水量，够多少头牲口喝水。现有村民的住宅院子能圈多少牲口，都做了测算。”

“村里人也都知道这个事了。我爹和潘伯首先不同意把自己家的老房子给别人养牲口。魏姑也说，走掉的先人经常回来，看见养了一宅子牲口，会以为自己的后人都转世到畜界。”

“是呀，住人房子给人家变成牲口圈，咋能舒服？”

“如果按乡长你的方案搞旅游，村民肯定欢迎，也愿意加入一起做。不过你乡长说了不算。人家王书记是一把手。两个公牛抵架，你抵不过。”

“你个郭兽医咋说啥都往牲口上扯。”

“你李乡长本来就是头公牛，不能两个卵子闲甩着，啥用不管，任由别人说了算。”

李乡长端起酒杯敬长命。

“我和王书记有隔阂，还跟你有关。”

“你们神仙打架，跟我一个小兽医有啥关系？”

“上次我问你放趟子快还是挖奔子快，第二天我正好去县上办事碰见吴书记，就把哪个快给吴书记汇报了。结果吴书记在会上安排完工作说，咱们县的干部干工作从来都有一股子驴马精神。上次大会上你们表态要放趟子干挖奔子干，我问你们放趟子和挖奔子哪个快，你们都不知道。现在我告诉你们，放趟子是驴跑，挖奔子是马跑。你们一直把自己比作驴马一样地干工作。我刚来不久，要向你们学习，甘愿给老百姓当驴做马。也希望你们继续发挥驴马精神。以后，凡是要紧的事大家一定要像马一样挖奔子跑着去办。次要的事也要像驴一样放趟子跑着去办。不能像羊一样磨磨叽叽。

“会后王书记知道是我给吴书记说的，就有点生气，说是他安排我去搞清楚哪个快，结果我把他撇一边，自己去给吴书记汇报逞能。我说正好在县上碰到吴书记，话到嘴边就说了。我说，我还给吴书记说是王书记你安排我搞清楚的。”

“王书记也不是心眼小的人。”

“王书记干工作的劲头确实值得我学习，他负责的牛圈湾村，动员搬迁工作全做完了。碗底泉村搬迁我负责，到现在还有你爹、你潘伯还有赵木匠三个钉子户不搬迁。我真是太难了。”

长命端起酒杯说:“李乡长你再难也不能为难我爹。”

第二十三章

铸钟

~ 103 ~

派出所潘所长打电话，让长命到县上去一趟，说县公安局破了一个盗窃案，在嫌疑人家搜赃时发现一口大钟，因为碗底泉钟丢了给派出所报过案，县公安局有备案。

长命说：“我忙着骟黄牛蛋走不开，你去看看吧。”

潘所长说：“我去看过了。”

“那口钟上有没有铸人名字，就在钟外面。”

潘所长说：“钟上没有人名字。”

“那就不是的。碗底泉的钟上铸满捐款铸钟人的名字。”

长命挂了电话对魏姑说：“不知道以前石人子庙里那口钟上有没有铸捐款人的名字。”

“石人子庙里的钟早砸烂炼钢铁了。”魏姑说。

长命知道石人子庙里的钟，早在他出生前五年，就被砸烂炼钢铁了。但他每次开车经过剩下一堆烂石头的石人子庙址，还会想起那口他听别人听说过的钟，仿佛它的钟声还在那片山野里回响。

“我妈说，当时牧民用七八匹马，把钟拖到大队部炼铁炉旁。炼铁炉口小，钟塞不进去。他们拿铁锤砸钟，只砸出巨大的声音，钟却没烂。那一整天都是震耳欲聋的钟声。他们用铁锤砸是一种声音，用大石头砸是一种声音，用铁棒打是一种声音，钟把各种各样的声音都鸣叫出来。到黄昏时钟哑下来，像一个人被折磨得没有声音了。天黑后大队部烧起一堆大火，火光把河对岸的石人子村都照亮了。他们砸不烂钟，就在周围架起火，木头、煤炭摞了一大堆。火着了一夜，钟被烧得塌陷下来，缩成一疙瘩黑乎乎的东西。他们把它抬起来扔进炼铁炉。

“我妈说，他们砸钟时，她在河对岸收钟的声音。钟的每一声鸣叫我妈都收进耳朵。他们架火烧钟时，她在河对岸给钟烧纸。后来那口钟炼的铜水，翻砂制作成茶壶、勺子、铜锅、锅盖、主席像章、锄头、五角星、腰带扣，谁家都有那口钟做的物件。以后很多年都能听见那口钟在村里人家的厨房里响，在大队部、路上、田地里响。一口钟的宏大声音碎裂成无数的小声音。”

长命在魏姑描述的钟声里，想到父亲曾被人五花大绑，跪在高凳子上，头塞进吊在树上的钟口里，然后他们用铁棒砸响大钟。那些钟声全砸进他的脑子里。

~ 104 ~

“我爹昨晚又做噩梦了。”

“我昨晚也做不好的梦。从钟塔回来后，你爹的恐症一直在我心里。我给他燎恐症，得把他的恐惧接过来，我要进到你爹的恐惧里。”

“你进去看见啥了？”

“你爹的魂安住了，还不稳。”

“那还要做什么？”

魏姑没接话，她脸朝车外，车正驶过河滩，长命以为她又要对着河里那个他看不见的人说话。却没有。她回过脸，眼仁是黑的。

“长命你筹钱铸一口钟吧，钟声能安稳人的魂。虽然他们砸钟时钟声是恐惧的，但平时钟声悠远安稳，你爹的魂，我们引回来的你高祖的魂，还有这条河收走的所有人的魂，都会在钟声里安稳下来。”

长命惊讶地看着魏姑。

“你咋跟我想一起了，去年我妈不在后，我就想自己筹钱把碗底泉庙里丢掉的钟铸造出来。我妈不在前那天下午，她给我说，长命，我咋听不见钟声。我说妈钟早让人偷走了。我妈说她知道钟被人偷走了。第二天我妈不在后，我才明白她离世前那个黄昏，她想听见钟声。”

~ 105 ~

长命昏睡到天大亮，父亲啥时候起来的他都不知道。他一晚上做恐惧的梦，他们把一群黄牛吆到一个大圈里，说要把公黄牛全骟了，骟掉的公黄牛要淘汰被宰。牛骚动起来，他手里握一把小手术刀，周围的人手里拿着屠牛刀。突然牛圈变成一个大院子，门紧闭，外面全是人的喊声，从门缝看见许多拿屠刀的人，他们撞开门拥进来，院子里一片惨叫声。长命恐惧地躲在死了一片长相跟他一样的人堆里。他们拿着亮闪闪的刀子在死人堆里翻找。长命一直往后缩，他发现自己缩成一个孩子，一只手被母亲拉着，另一只手护住裆，从一个水洞逃出来。后面是一群人追来的声音。他不敢回头，疯狂奔跑，又看见不是自己在跑，是那头被自己骟了一个蛋，裆里甩着另一只蛋的公黄牛在跑，牛大声吼叫着，远远地传来钟声。长命醒过来。

吉诗说，爹起来吃饭了，你的手机一直在响。

长命想起是手机铃的钟声传到梦里解救了他。看手机，有李乡长打的电话，有王书记秘书和三个村子的村干部打的电话，肯定都是骟牛蛋的事。他们在下面忙活着抓公黄牛，骟蛋的事却只有长命一人去做。

早饭吉诗烧了洋芋拌汤，炒了一个野沙葱鸡蛋。

吉诗说："我昨天跟爷爷去采药，挖回的野沙葱。我让爷爷带我找到这里有的草药，我已经背熟了我们家药方中所有草药的名字，我想认识这些草药长在地上的样子，尝尝每个草药的味道。"

"当年你天祖奶每味药都尝，家族里的大夫开了方子，她随手抓一服，就能治好病。别人抓的药就不行。”

父亲提到天祖奶，长命突然想起昨晚梦中拉着自己一只手惊慌逃命的那个女人，应该是家谱里的天祖奶。梦中那孩子也不是自己，是长得跟自己小时候一样的高祖郭子亥。

吉诗给爷爷盛了一碗拌汤，又给长命盛了一碗。长命爹喝了一口拌汤说，吉诗拌汤烧得好，洋芋煮得烂。长命听出父亲话的意思，有几次他做早饭急着上班，拌汤里的洋芋没有煮烂。熬拌汤得有充足的时间，先把洋芋块放水里煮，煮到洋芋的味道全到汤里，再搅面疙瘩下进去。

长命坐在父亲对面，喝了一口拌汤又放下碗，坐正身体，像父亲给他说正事时一样，眼睛看着父亲。

“爹，我跟您商量个事。”

又喊吉诗过来坐下。

“我想筹钱把庙里丢了的那口钟铸造出来。”

长命的话显然让父亲觉得有点意外，他放下筷子，坐直身体。

“你铸那个钟做什么？”

长命不便说铸钟给父亲驱邪，这也只是他铸钟的一个原因。

“我妈在的时候说过，她刚嫁给您时可爱听钟声了。每次钟声响时，她就感觉能跟着钟声回到她母亲身旁。她八岁时母亲不在的。有时我想我妈，就想起她说的钟声。”

“你妈也被钟声吓病过，她没给你说。”

“这个我知道。您挨批斗那几年，我和妈还有长红一听到钟声就胆战心惊，知道又要召集群众开批斗会斗您了。”

“你知道这些还要花钱铸钟？”

长命被问得不知怎么回答，就说：“我妈走的前一天黄昏，她给我说，怎么听不见钟声。她可能预感到自己要走了，她想听见钟声。这半年来我一直想着铸一口钟，钟声能传到那边，我妈会听见。”

第二十四章

魏师傅

~ 106 ~

长命给钟塔县郭长岁打电话，说上次回老家，听叔叔郭代表说，钟塔的钟是你负责铸的，你熟悉铸钟师傅吧，我这边也想铸一口钟。

郭长岁说:“钟塔新钟楼上的钟是我前几年负责请人造的。我们钟塔人都有上塔上敲钟的习俗，老钟塔定成文物后，不让人上去了。县上为满足人们敲钟的愿望，就在塔旁建了个新钟楼。老钟塔上的钟是清代凉州姓魏的师傅造的，在钟上留有名字。我向凉州文化部门打问，竟然问到铸钟师傅的后人。他专门来钟塔给那口钟磕头烧香，完了才回去铸钟。铸好后，把钟运送过来，安装在钟楼，然后把两口钟分别敲响，声音一模一样。”

长命等郭长岁把话说完，向他要了凉州魏师傅的电话。

拨通电话，那边一个凉州腔浓重的男人问:“你是谁？”

“你是魏师傅吗？我是钟塔县文化馆郭长岁馆长的兄弟，我在新疆，我们村的庙里以前有个钟，是你们凉州师傅铸造的，前些年钟丢了，我想再铸造一个，向你问个价钱。”

“你们在新疆哪里？”

“镇野县碗底泉村。”

“碗底泉？”那边凉州话粗粗地灌过来，“你们碗底泉是不是有个潘家？”

“有，潘家是碗底泉老户。”

“潘家还有什么人？”

“潘家老爷子今年八十多岁了，健在呢。”

电话那边的人像是跟身边的人说话，长命只听清在说新疆碗底泉潘家，过了会儿，声音回过来。

“我爷爷在民国末年到镇野碗底泉，给关公庙铸钟，是潘家托亲戚请去的，结果没有回来。”

长命说：“你说的事我们都知道。铸钟师父叫魏生田，名字铸在钟上，没想到你是他后人。”

长命跟魏师傅聊了有半个多小时，那边的电话旁始终有一个人的声音，魏师傅说几句，跟那人说几句，像是把长命的话传给另一个人。

说到最后，长命问了铸造一口钟的价钱，魏师傅说，现在铸一口钟得八万块钱。不过钱都好说。我爹去世前留了口信，只要是祖上铸的钟毁了或丢失了，人家又请到我们去铸，就收个本钱。

长命不好再问本钱是多少。他只有两万块钱存款，即使人家收半价，也还差一半。

~ 107 ~

长命去找潘伯，说想筹一笔钱把庙里丢掉的钟铸出来，原挂在庙前的榆树上。

“我听潘五说你要铸钟。你个郭家娃日能了，这么大的事自己挑头干。”

“这不是来请示您老人家了吗？”

“你是钱没凑够吧？”

“钱我在凑，关键是大家都忙着搬迁，没人关心铸钟的事。”

“谁说都要搬迁，我就不搬，我这么大年纪了，不会把家搬到野戈壁上吹西北风。”

“我爹也不搬。”

“你爹怕事，现在说不搬，等到上头硬叫搬，他也对付不过去。”

“我爹在这个事上胆子大，他敢骂领导。上次李乡长到家里动员他搬迁，他直接把人家骂了出去。我爹只是晚上胆小，他怕鬼不怕人。”

“你爹长胆子了。你娃也长胆子了。以前铸钟这样的事我们潘家牵头，现在你牵头，也是好事，你们郭家壮大了。”

“潘伯，铸钟的事我只是跑跑腿，最后还得您牵头。我来是跟您说一件事，我找的凉州铸钟师傅，姓魏，他说民国时他爷爷来碗底泉造钟，是你们潘家张罗的，后来他爷爷没回去。”

潘伯愣在那里。

长命说：“那口钟的铭文记载是民国三十四年铸的，也就是一九四五年，也才过去六十多年。没多远。”

“是没多远，我记得这个魏师傅，他来碗底泉铸钟那年我有二十岁了。当时形势紧张，西边在打仗，北边也紧张，经常有匪徒从山里窜出来抢劫杀人。村里的铁匠铺整日打制砍刀。我们家那时有七杆长枪，我爹，那个出走的三爷，手里都有枪。外面很乱，家里院子却在安静地铸造大钟。我爹不让我们吵闹，说人的杂音会铸造到钟里。”

“潘伯您记性真好。”

“我记得那口钟上还铸有捐款人的名字，排在第一位的是住石人子一个清朝老将军的名字，他的后人捐了银子，让把先人的名字铸上。后面的几个名字都是我们潘家的，按捐银子多少排的。你们郭家人的名字也在上面。”

“我高祖郭子亥是一九四六年殁的，活了七十八岁，他的名字在钟上。”

“你们郭家来得晚，不过你们的天祖奶是能人，带个孤儿逃难新疆，在碗底泉落脚，开了药铺子，很快建起了家业。”

“我爷在的时候经常说，多亏你们潘家收留，我们才有今天。

我爹也经常给我说。”

“这些老皇历，不提了。”

“潘伯，丢掉的那口钟的照片我从文化馆找到了，上面的铭文我都抄了下来，就像您说的，那个捐了银子的将军的生平资料我也找到了，他的后人在石人子。我想这次铸钟时，把以前钟上的名字都铸上，有那口钟才有这口钟，再就是铸上现在捐款人的名字。”

“你绕了半天又绕到捐款了。我跟儿子们商量一下，过两天给你个回话。”

“那就感谢潘伯了，我爹说，铸钟的事一定让我来请示您，说不管潘家捐多少钱，潘伯您的名字都排最前面。”

“你爹给我开方子下药呢，我不吃都不行。”

“我爹尊重您。”

第二十五章
收账

~ 108 ~

过了一周，长命接到凉州魏师傅电话，说给肃州铸了口钟，过来安置好了，这里离新疆近，想去看看。

长命犹豫了一下说:“魏师傅我欢迎你来，但实话告诉你，我这边铸钟的钱还没有筹集够。”

魏师傅说:“先不说钱的事，我想去碗底泉村看看。”

长命不好拒绝，就说你来吧，快到了打电话，我开车去接你。

第二天，魏师傅打来电话，说买了到省城的火车票，到了再乘客车去镇野。

长命说:“你到省城绕远了。我们在省城东边。你坐火车到伊州，再坐汽车走天山北道，过石人子到碗底泉驿站路口下车，我去接你，这样近多了。”

魏师傅说:“我看地图是走远了，但我想多走点路，都没去过。”

长命给父亲说:“我刚接的电话是凉州的铸钟师傅打来的，您知道他是谁的后人吗？我们村以前那口钟，是他爷爷铸的。”

长命看着父亲瞪圆眼睛，半天没说出话。

“爹您小时候见过那个铸钟师傅吧？”

“我那时有十几岁了，记得钟铸好后，铸钟师傅回家路上被害了。当时潘家组织了十几个壮小伙子，骑马去石人子。那时候潘家有好几杆枪，我爹也有一杆枪，跟着去了。没走到石人子又回来了，说是石人子让部队封锁，大家都害怕去被国民党抓了当兵。真是想不到，事情过去也六十多年了，都换了朝代，那个铸钟师傅的孙子要来了。他是咋联系上你的？”

“我不是筹钱铸钟吗，到处联系铸钟师傅，竟然就联系到凉州祖传铸钟的魏师傅，他知道我是新疆的就问我在哪，我说在碗底泉，他立马就说他爷民国末年给碗底泉铸钟没有回来。”

长命没说自己带着魏姑去肃州钟塔县招魂的事。

“该来的都要来，他来收账了。”

“收啥账？”

“当年大家捐的钱都是潘家收的。魏师傅遭土匪杀害，村里就传，魏师傅走的时候，把铸钟的钱存在潘家，当时新疆正乱，带着钱走远路不安全。结果魏师傅死了，钱就被潘家藏了。因为铸钟的钱是大家捐的，尽管潘家捐的大头，铸钟师傅也吃住在潘家，但毕竟都出了份钱，都在议论。前几年村里钟丢了，有人又翻出这个事在说。”

“朝代都换了，这个事咋还忘不掉。”

“人的嘴，是话的腿。好事没人记，坏事传千里。潘家组织村民捐钱铸钟，是多大的好事善事，但现在村民记住的，是潘家藏了铸钟师傅的银子。你集资铸钟，到后来也不会落好。”

“爹，我是为我们家铸钟，不在乎别人说。魏师傅是我联系的，来了住我们家。”

“你不用急，铸钟师傅来了你先带去见你潘伯，你给魏师傅说他爷当年铸钟时就住在潘家，他肯定愿意住那边，你潘伯也一定会留他住。潘家房子多，也宽裕。”

~ 109 ~

长命在镇野汽车站接上魏师傅，已经是中午，带魏师傅到饭馆吃了过油肉拌面，然后拉魏师傅到碗底泉。

长命说：“听我爹说，你爷当年来碗底泉铸钟，住在村里大户潘家，潘伯比我爹大，今年八十四岁了，他小时候见过你爷。当时铸钟就是他父亲操办的。”

魏师傅说：“我们去潘家吧。”

长命把魏师傅领进潘伯家院子，潘伯坐在榆树下乘凉。

长命说：“潘伯，这是我给您说过的凉州魏师傅，碗底泉以前的钟，就是他爷造的。”

潘伯一下站起来，一连串咳嗽了好几声。

“长命说了你要来。我一直等你呢。当年你爷来，就是住在我们家，那时候我父亲掌家。”

魏师傅赶紧扶潘伯坐下，跪在潘伯面前磕了三个头。

潘伯连忙扶起魏师傅说:“你这大礼我受不起，会折寿的。”

又对长命说:“老家的人有讲究，我们这的后辈，都不知道这些礼了。”

魏师傅给潘伯带了两袋家里做的洋芋粉皮，说:“路远也带不多，请潘伯尝尝我们老家的味道。”

潘伯接过来，折了一小截放嘴里咀嚼。

“当年你爷来我们家时，也带着两把洋芋粉皮，我奶做了一锅粉皮汤，家里人多，一人尝了半碗。我还记得呢。”

“潘伯您记得这么清楚，一定记得我爷长什么样。”

“你爷大个子，跟你一般高，好像也是你这个年纪，模样也一样。俗话说，过上三辈子，爷爷回来做孙子。你刚进来我猛一看，就像是你爷又回来了。”

说着让长命给潘五打电话，回来收拾房子给魏师傅住。

“你爷来时我们院子比这个大，这排房子还是以前的，这棵老榆树也是那时候的。你就住下吧，我们家空房子多。”

~ 110 ~

太阳西斜时长命开车带魏师傅到大榆树下，指着破墙圈说：“这是早先的关公庙，后来道士被撵走后做了几年学校。再后来庙拆了，破墙圈做了羊圈。”

魏师傅四下里看，又看大榆树东斜的横枝，上面挂钟时铁绳勒的深槽清晰可见。

长命说:“碗底泉的钟声只有两个口子可以传出去，一个朝西的那片谷地，另一个朝东的村口。其他方向都是山壁，钟声传过去又碰回来。”

长命大喊一声，喊声从四周山壁回响过来。

魏师傅说:“钟声不光从山口传出去，它被四周的山壁拢起来，传到半空中再四散开去。你听见的是钟声在地上的声音，它在天上还有一层声音。”

车开到村口，两人站在能看见庙前榆树的地方。

长命说:“我小时候听大人说，铸钟师傅临走前跟村里人交代，等他走到石人子山里，把钟敲响。村里人听他的话，派一个人站在这个村口山坡上，看着铸钟师傅走过斜戈壁。从碗底泉到石人子，得走大半天路，村里人等得没耐心，提前把钟敲响了。结果铸钟师傅过石人子沟时被土匪杀害。我一直没想明白，为啥钟敲早了他没过去石人子？”

魏师傅望了眼大榆树，又朝斜戈壁望，那里依旧有一群羊，一个骑马的牧羊人斜立在戈壁上。

“我爷是想听着钟声过石人子，钟声会护佑他。他吩咐村里人等他走到石人子山里再敲钟。可是，村里人敲早了，等他过石人子时，钟声已经过去了。我爷听到钟声已经过去了，便预感到自己过不去了。”

长命似乎听明白了一点。他给魏师傅说:“我们小时候玩的追钟声游戏，可能跟你爷留下的话有关。两拨孩子约好，一拨在庙前的大榆树下敲钟，一拨从村口往斜戈壁上跑，看能不能跑过钟声。”

“人怎么能跑过钟声？”

“我们小时候都相信自己能跑过钟声。从村口往远处跑的时候，知道自己奔跑在钟声里，每一声都被我们追上。因为跑再远的钟声，都回音回来。钟声会回头迎我们。”

长命给魏师傅讲了自己开摩托车追钟声的事。他到兽医站上班的第二年，买了辆二手幸福摩托车，他是碗底泉第一个买摩托车的，车开到村里，他喊来潘五，叫上王三、李四，都是小时候玩追钟声游戏的伙伴，答应晚上请他们喝酒，让潘五举木棒站在钟下，等他把摩托车开到村口山梁上，再敲响钟。他想看看摩托车能不能跑过钟声。那辆旧摩托车冒着黑烟，牛吼一样从碗底泉爬到村口的坡上，往斜戈壁冲去。他想这时潘五一定敲响了钟，他在大榆树下能看见他的摩托车驶到村口。他把车速加到两百码，想听见钟声从耳朵后面追过来，而他的摩托车跑在钟声前面。

可是，钟声没追过来，他回过头，想看见钟声追过来的样子。

没有。

他想潘五也许等他的摩托车跑到石人子才会敲钟，就像铸钟师傅交代的那样。他跑到石人子山前了还是没听到钟声，又往山里开了几公里，知道钟声不会翻山过来，便开摩托车回来了。

他以为潘五他们还在钟下面等着。结果一个人都没有，只有那口钟挂在树上。

他找到潘五家，问为啥骗人，不敲钟。

潘五说，你买个摩托车日能了，我们可没工夫陪你玩追钟声游戏。

魏师傅说："我想到石人子山里看看。"

第二十六章

无后

~ 111 ~

车在碗底泉驿停住，长命下去灌了三瓶泉水，上车给魏师傅一瓶，说这是甜水，以前走过这里的人都带上泉水上路。

魏师傅拧开瓶盖抿了半口说："真甜。你们碗底泉村的水也是甜的。"

"魏师傅你能尝出泉水的甜，一定是喝过苦水的。"

"就是，我们那里缺水，喝的水都是涩的，我们尝不出来，到外面喝上不涩的水，才知道水也有甜有苦。"

"以前从镇野出疆，三十里一小驿，六十里一大驿。驿站都建在有泉眼的地方，路跟着泉水走。现在这条公路，也是沿着清代民国的老路走，路边的一些驿站，有些成了休息站，还在用。你爷当年肯定也在这里接了泉水，再往石人子赶路。"

到石人子村接上魏姑，长命给魏师傅说，她是我们这里的神婆子，潘伯是她舅舅。魏师傅很恭敬地向魏姑问好。魏姑说："魏师傅你说话的口音跟我爹一模一样。我小时候听我爹说话，就是这个口音。”

“魏姑你的话音里也有我们凉州腔。”

“我一直觉得我说的是镇野话。”

“我们镇野话就是标准的新疆方言，受甘肃话影响大。”长命扭头对坐在后排的魏姑说。

车开到石人子河边，长命从内后视镜看见魏姑戴上墨镜。她又要跟这条干河滩说话了。

“魏姑会说天津话，还会说河南话。”长命大声对魏师傅说，他想把魏姑的注意力从石人子河引开。

“前年镇野西凉湾一个河南男子中了邪，请魏姑去，我亲眼见魏姑突然变了样，说起男人腔的河南话，魏姑变成了那个人去世的父亲，给中邪的儿子交代，让他回趟老家，说老家的坟被平了，种上了玉米。他来新疆四十年，没回去过。”

“我在凉州也见过鬼附体的事，我们东街一个女人突然不对劲，说出男人的声音，动作也是男人的。我一直搞不清楚一个人怎么会变成另一个人，用另一个人的声音说话？”魏师傅扭头问魏姑。

魏姑摘下墨镜，她的神从河滩里回来。

“附体是让已故者的魂进到我身体里说话，已故者没有身体了，我借给他身体，他的舌头腐烂成土，我给他舌头，我给他眼睛和嘴。那时我从自己身体里退出来，站在一旁，看我的嘴说他的话，发出他的声音。我的眼睛里全是他的目光，眼泪也是他的。”

魏姑说完又戴上墨镜。

长命第一次听魏姑说附体是怎么回事。他知道魏姑说的这些，听懂了也还是不懂，除非自己也被附体了。

车一直往水库坝上开。长命说：“我们带上老马，这一带他熟。”

~ 112 ~

从水库大坝向东，一条便道插向山里，在不远处与公路交会。长命车停在路边，一行四人往山上走。石人子山都不高，因为有更高的天山在它上面。这座不高的山他们爬了半个多小时。不断有战壕需要他们下去再翻上来。战壕有一人深，很陡。个别地方被羊踩出豁口。

老马说：“以前战壕里子弹壳很多，都被放羊的人拾走了。”

到山顶后，整个山谷敞开在眼前，由西往东的山谷，被这座横伸出来的山拦住，又没有完全拦断，在横山和东西走向的南山边，留了一个窄窄的出口，路从那个出口绕回到山谷。

“民国时这里驻有一个营的部队。那时候过石人子，要经过部队驻防的卡子口。”

老马跟在魏姑后面，一会儿说这里拾到过一个机枪把子，一会儿说，牧民在战壕旁的石头缝里挖出一个装着金沙的皮囊，拿给他看。以前当兵的打仗，都不把金子装身上，打仗前找个地方藏掉。金子重，能把人拖累住。

“前些年盗墓贼在这一片挖了好多民国的墓，大都是兵墓，啥值钱东西都没有。他们挖完墓就跑了，我得去把暴露的尸骨埋好，不埋好我晚上睡不着，眼睛一闭就是乱扔的尸骨。”

长命和魏师傅跟在后面，老马说的话像耳旁风刮过。山上风比沟里大，魏姑耳畔的头发被风撩起来，长命又看见她耳朵后面那块白皙的皮肤。

“也不知道我爷是在哪里遇的土匪。”

长命拿下巴往山里指。“过了山口山越来越密，那里应该是土匪出没的地方。”

~ 113 ~

又翻过两道战壕，朝下走到接近山口的地方，魏姑停下来。这里的风似乎更大了，风被两旁的山拢到山口，山口也是风口。

魏姑在一块巨大石头的东边停下，石头挡住了西风，地上撒满羊粪蛋。

长命说：“这里是牧羊人躲避西北风的地方，羊也知道在这里避风。”

“就在这吧。”魏姑从包里拿出一叠黄纸。

长命在一旁拾了些干柴草，魏师傅跟着一起拾柴草。石头间长有低矮灌木，当地人叫灰蒿，头都被羊啃了，剩下扭曲枝干。这种植物在长命经常去的北沙漠牧场能长到半人高。在村庄附近的这片山梁上它们没机会长起来，发一点芽就被牛羊啃光，只能匍匐身躯贴着地长。

魏师傅点着柴草，火安静地着起来。能听见风从大石头上面刮过去，石头背后却一点风都没有。

魏姑叠了三张纸，递给魏师傅。问他爷的名字。魏师傅说，我爷叫魏生田。

“爷，我是您的孙子魏得茂，来新疆石人子给您老人家烧纸了。”

魏姑又点着一叠纸，在魏师傅眼前燎着说：“魏得茂你来了，你爷的命就续上了，你和你爷是一个人。他生了你爹，看着儿子长大成人他出远门，到新疆镇野碗底泉铸钟。他留下了根。当年他在这里遇害时，想到自己会有孙，孙还有重孙，他的命在老家会往下延伸。多少年后，鼻子像他的后代称他鼻祖，耳朵轮廓像他的后辈是他耳孙。他知道有一天会有一个跟他长相一样的后人找到这里。别的魂都在西风里往东回家，他的魂不动。山里每一块立着的大石头都避风。避风的大石头后面蹲着风吹不散的魂。魂知道东找西找，不如原地等到。你爷的魂果真等来你。你给先人烧个纸，磕个头。”

魏师傅恭恭敬敬跪下，边烧纸边说：“爷啊，您的不孝之孙魏得茂来看您了。我没福气见到您，我小时候听父亲说我长得像您。鼻子、眉毛、眼睛都仿佛是您的。我爹魏洪亮，他是您的独子，没活过您的岁数。我没福气看见他长老。他也没福气看到我长大。

“爷，您睁开眼睛看看吧，自从我爹说我长得像您，每长到一个年纪，我就照着镜子说，我没见过面的爷爷在这个岁数上也长这样。我在镜子里看见长在我脸上的两个人，一个是您，一个是我。就在来碗底泉那个早晨，我洗完脸又照镜子。我已经长过您在世的岁数，往您不曾活过的年龄里长，我在我脸上再看不见您，但我分明又是您。我对您最大的孝顺，就是长得像您。”

魏师傅抬起头，往后挪了挪跪着的腿，把地上的柴草石子清干净。然后双手伏地，头抵到地面。长命听见他头磕到地上的响声。

“爷，这三个头，是替我父亲给您磕的，他死在自己铸的大钟里。造反派的人把他三折子绑住，扔在大钟下。他们拿绳子把钟拉起来，升到挂钟的架子顶上，然后放开绳子，一声巨响，我父亲被扣在钟下。那口大钟的内部刚好容一个蹲下的人。他们三番五次地让钟升高又重重扣下。然后，他们在外面敲钟，狠狠地敲钟。等他们再次将钟吊起来时，我父亲已经死了。他三十七岁死的，留有一儿三女。他死时我才八岁，已经记事。长大后我继承了他铸钟的本事。每次铸钟时我都想把钟铸大一些。我从来不接钟口容不下一个人的小钟。我父亲铸钟时从来不会想到有一天他被人扣死在钟里。我铸的钟口里都能坐下我自己。我经常梦见我铸的钟扣下来，我被罩在黑暗中。许多人在外面敲钟，声音全部聚到钟内部。我从那时候开始往钟内壁铸文字。我想象我父亲的魂，在每一口我铸的钟里面。扣死他的那口钟内壁没有文字。早年我看他铸钟的全部过程，我好像问过他钟内部为啥不铸字。他说铸的字都是捐资者的名字，谁也不想让自己的名字扣在钟里面。现在捐资铸钟的人多起来，那么多名字钟外面排不下，我就排里面。我让一个个名字扣在钟里面陪我父亲的魂。我给他们说，铸在钟外表的名字会被人拿棒子捶打，钟内壁的名字不会挨打。他们信铸钟人的，我咋说，就咋样。”

~ 114 ~

老马从一旁拾柴草放到火堆上，半蹲着烧了几张纸。

长命站在大石头南边，感觉右耳朵里是吹过石头边沿的呼呼风声，左耳朵里是魏师傅说的话。魏师傅说到自己父亲被扣死在钟里时，长命心里响着嗡嗡的钟声。他想起父亲挨批斗时，跪在钟口下的凳子上，头伸进钟罩里。他们拿铁棒敲钟。钟每敲响一下，他爹的身体就颤动一下。

长命父亲被钟震过后脑子好像木了，跟他说话老是反应不过来。长命一直没问父亲头探到钟里听他们敲钟是啥感受。长命买了摩托车后，有一天，他把摩托车停在吊着的钟下，车支稳当，拿了根木棍，站在摩托车上，把头探进钟罩里，从里面敲了几下钟，又一只胳膊伸出来在外面敲钟。他没听见想象中的巨大声音。

~ 115 ~

“这三个头，是我给您磕的，我今年五十五岁，我只生了一个闺女，我对不起祖宗，我是我爹的独子，我没有给他生一个孙子，也就没有给您老人家生一个重孙子，我们魏家，在我手里断后了。”

魏师傅头抵在地上，久久不抬起来。几片风吹来的枯草叶粘在头发上。

待再抬起头来时已经满脸泪水。

“最后三个头，是我替您的重孙女给您磕的，她生了一儿一女，都是外姓，我没有生个儿子把姓氏传下去，我给您磕一百个头也没有用。我那媳妇早早结扎生不成。我造了多少钟呀，都没保佑我生个儿子。本来，我想动员女儿女婿再生一个儿子，跟我女儿姓，我把铸钟的手艺传下去。可是，他们谁都对这个手艺没兴趣。

“爷，我知道我们魏家家谱中记载的九百年的祖先，都会恨我，他们一代一代把血脉传下来，传到我这里断掉了。一条魏姓血脉的河啊，流了千年，在我这里断流了。

“祖宗啊，我是最后喊你们祖宗的人，等我百年之后，我们魏姓这一脉，就烟消云散了。我是罪人也好，孽种也罢，都由我来收尾了。

“我跑这么远，给爷爷您哭诉，是我不敢在家里的中堂对着祖宗的灵位说这些，也不敢对着祖坟里的先人说这些。我把挣的钱都花在造中堂建灵位修祖坟上。我让祖宗最后风光一阵子。祖宗最大的风光是子孙万代，我给不了。

“我也没有脸面归到你们中。我因为没有儿子，也不会有孙子、重孙子，我不会成为谁的祖先了。一个不会成为祖先的人，怎么可以归到祖先那里。我想好了，死后到火葬场烧了，骨灰撒在西风里。我们魏家延续千年的烟火，到那时就希夷了。有子孙，祖先就活着，没子孙，祖先就死了。”

魏姑、长命和老马安静地站在一旁，等跪在地上的魏师傅把头磕够，话说完。

长命搀住魏师傅的胳膊说：“起来吧，你爷都听见了。”

魏师傅不起来，望着魏姑说：“魏姑你是神婆子，能让魂附体。你让我的先人附体给我说几句话吧。我在凉州敲我爷铸的钟，在肃州敲我爷铸的钟，我在钟声里听见他的声音。他在伊州铸的钟没有人敲，他在碗底泉铸的钟丢掉了。我越往西走就越觉到荒凉。”

魏姑说：“你刚刚诉说时，你爷一直在听。他的魂带着一阵风，把地上的草都吹动了，把几片草叶吹到你头发上。”

长命把魏师傅头发上的草叶取下来，给他看。

“你爷的魂后面，跟着石人子山里所有落泊的魂，他们都寂寂地听你说话。你一个一个磕头时，你爷的魂冥冥地亮起来。”

回来路上，老马给魏姑说:“我那儿子结婚五年了，不要孩子。以前我催他们生孩子，他们说生不生孩子是他们的事。今天听你和魏师傅一说，原来我儿子生不生孩子不光是他们的事。他不要儿子，但我不能不要孙子。他没有儿子等于我没有孙子，我死去的父亲没有重孙子了。这不是他个人的事。”

“就是的。”魏师傅说，“到我这个下场，就断子绝孙了。”

第二十七章

金子

~ 116 ~

车开到石人子驿站，长命说下来吃个午饭。

长命点了大盘鸡，老马喊着说："再加一条鱼，我们水库里的野鱼。"

魏师傅说："长命、魏姑、老马哥，这顿饭一定要我来请。在这里麻烦你们，给我个表达感谢的机会。"

老马说："先吃饭，吃了再说。"

长命从车上拿下一塑料袋东西递给马老板。

"还是用辣皮子爆炒。"长命说。

先上来的是大盘鸡，鸡块、土豆块、青辣子、红辣皮子堆了满满一盘子。

长命说："大盘鸡是我们新疆发明的，每个地方的大盘鸡都叫当地的名字。我们这的叫镇野大盘鸡。"

魏师傅说："大盘鸡也传到我们那里了，有一阵子家家饭馆卖大盘鸡，叫新疆大盘鸡。"

接着端上来一盘辣皮子炒肉。长命让魏师傅吃，魏师傅尝了一口，问这是啥肉。长命没吭声。

老马说："是郭兽医骟的黄牛蛋，大补的。魏师傅多吃几块。"

老马让魏姑吃，魏姑看一眼没动筷子。

长命说："魏姑吃素。"说着从大盘鸡中挑了几块土豆搛给魏姑。

老马搛了一块肉边咀嚼边说："郭兽医，你骟牲口蛋时有没有想到牲口也会断子绝孙。"

"我要没想到这个，黄牛蛋早让我骟光了。这次骟黄牛蛋是上面的硬任务，必须要把所有的黄牛蛋骟光。但我不会让黄牛绝种，至少我们乡的黄牛不会绝种。骟牛蛋的刀子在我手里。"

长命给魏师傅搛了一块牛蛋。"每年都会骟掉一些公黄牛，但种牛牧民会留着，我们也睁一眼闭一眼。"

老马说："你骟黄牛蛋时你的卵子疼不疼？"

长命看着魏师傅和老马说："都是长卵子的，咋能不疼。"

长命说出口，见魏姑低下头，赶紧给魏姑搛了一筷子新上来的青菜。

老马让掌柜拿了两瓶镇野古城子酒。长命说他开车不喝酒。魏师傅说，我心里有事，也不喝了，要不然也能陪马哥喝两杯。老马说，这两瓶酒，魏师傅带着路上喝吧。走远路，带两瓶酒总是好的。

魏姑也说，老马的心意，魏师傅你带上吧。

~ 117 ~

魏姑吃着饭，眼睛阴阴地从餐桌往门口移，长命觉察出她看见了什么，门口并没有人，餐厅就他们一桌人吃饭。路上过来过去几辆车，都是载重大卡车，开过时饭馆的地在颤动。

魏师傅也注意到魏姑的眼神。他给魏姑搛了块鸡肉，魏姑说："我不吃肉，只吃菜。"

魏姑搛了一块鸡肉边的土豆块。

老马说："肉边菜也有肉味呢。"

魏姑说："人身边还有鬼呢，该活人还得活人。"

说完又朝门口看。又看魏师傅。

"我觉着你爷的魂跟过来了。"魏姑说。

魏师傅惊得筷子掉在地上，低头捡筷子，头又磕在桌沿上。

魏姑说："你爷想跟你回老家。"

魏师傅说："我来新疆就是想招我爷的魂回去。本来我想带个神婆子一起来，听长命说，魏姑你神得很。"

魏姑说："吃了饭我们到路边去。当年你爷早晨从碗底泉出来，步行走到石人子驿站，也是中午过了。他也该在这里吃过午饭。吃了饭太阳西斜。一般人不会在下午过石人子，因为过不去天就黑了。"

长命说："魏姑说得对，以前人走路都赶早，算好时间，不会把路走到黑。"

魏姑说:“我小时候听我爹讲，我爷帮商客过石人子，也是一大早出发，上午穿过石人子山，黄昏前在苦泉子落脚，苦泉子驿在戈壁上，土匪无处隐蔽，也就不会来抢劫。这样算来，你爷应该是在石人子驿站过夜。他身上装着银子。那时候铸一口钟，应该不少银子的。那时商客把银子裹得紧紧的系在腰里。人走路时银子千万不能哗啦啦响，让人听见。但是，一旦遇到土匪，银子藏身上没用。土匪不要你的命，就千恩万谢了。”

我爹犯了忌，他用墓里挖的银子买了辆哗啦啦响的破拖拉机，在这条路上拉煤，结果翻车送了命。我小时候，听见我爹的拖拉机响就害怕，听不见他的拖拉机响也害怕。我听见那个哗啦啦的声音不好，我却没法阻止。每天一早，我爹一发动着拖拉机我就吓得大哭。我早早把眼泪给我爹哭出来。他被人满身是血拉回来时我却不哭了。

“你爷住在石人子驿那晚，我爷在旁边的石人子村，天不亮我爷把牛车赶到驿站院子，乘夜色让商客把贵重金子藏在牛车辕木中掏的暗匣里，原样封好，然后在驿站用了早饭，天色微明时上路。从驿站到石人子山口这一段安全，山口处有驻军。到山口天大亮了。”

~ 118 ~

魏师傅叫来老板要付钱。老板说:“老马付过了。老马是店里常客，这里的鱼都是老马从水库送来的。”

魏师傅要把钱给老马：“说好的我请客。”

老马说：“你到这里咋能让你请客。”

魏姑说：“就让老马请吧，他守着水库卖鱼，有钱呢。”

老马说：“我哪有郭兽医有钱，人家骟一个蛋多少钱，一年骟不完的牛蛋马蛋。”

长命说：“你个马水库，我骟你的蛋不要钱。你骟不骟？”

魏姑把头扭过去，等他们不说话了，又扭回来。

“老马你在水库挣了多少钱明眼人都知道。”

“我挣钱再多有啥用，一个人守在水库上，想花个钱都没地方去花。”

“长命在筹钱铸钟，你给捐一点吧。”

“是给碗底泉铸钟，又不是给石人子铸钟，如果魏姑你带头把石人子的庙造好，庙里铸钟的钱我捐。”

魏姑看着老马说：“碗底泉的钟声往东传时，首先经过水库上空，对水坝、水里的鱼，还有淹死鬼，都好。尤其溺水的人，魂在水里出不来，只能冒泡泡。水太深，我嗓子喊哑，都把水底的魂喊不出来。我的小铜铃铛，对着水里摇也不管用，声音太短，传不到水深处，只有钟声能救他们。钟声一过，水底的魂都被救上来。”

“魏姑你这么一说，我还真得捐钱给郭兽医铸钟了。”

老马看一眼魏姑又看长命。“不过，我把钱捐给你这个骟牛蛋的，咋就觉得不放心。你一个整天操心牲口裆里那些事的人，突然要干铸钟这么正经的事，我咋觉得不对劲。”

“长命心里有神，心里有神的人才会去铸钟。”魏姑说，“老马你心里也有神，心里有神，人才会害怕。”

魏师傅说：“我们铸钟人相信钟声一响，四方平安。草里的虫会醒，水里的鱼会动，土里的先人，会睁开眼睛。”

~ 119 ~

老马要回水库上。长命说先送老马到水库。老马不让送，说自己还有事。

车开了后魏姑说：“老马害怕我们说的魂跟着他。他虽然敢一个人住水库坝上，但胆小得跟娃娃一样。他救过几个落水人，这些年在水库淹死的人有好几个，魂都跟着他，只要他走近水库，那些淹死鬼就在水里冒泡泡。”

一辆卡车迎面经过，扬起的尘土把路迷住。魏姑待尘土消沉下去后打开车窗，朝后面看，嘴里嘟囔着：

他爷呀，你给前面引个路，你在哪遇的土匪，我们在哪给你收魂。俗话说，哪跌倒在哪爬起，哪死了在哪重生。

长命和魏师傅都静悄悄的，不敢出声。

车在山谷一直前行，绕过上午他们爬上的那座横山，驶到他们曾望见的越来越密的山里，山谷中间又插入一座山，让路变窄。

一条便道出现在路右边，魏姑让长命拐下路，便道沿山谷一直通到大山里，再往上是顶着天的天山，长命知道这样的路会在山里绕来绕去，一直到山顶的台地草原，那里是几个毡房和几群羊的夏牧场。

便道走到山前，眼看没路了，又沿一条山谷朝东伸去。魏姑让长命停车。长命看出这条便道可能是以前的老路，公路撇开它直插过去。以前的人赶着牛车、马车没法翻山越岭，只能沿着山谷走，一条沟一条沟地绕过山去，这样会走许多弯路。

~ 120 ~

魏姑选了片平坦草地，从包里拿出一块方巾铺地上，然后盘腿坐下。她目光一直斜斜地看，长命和魏师傅跟着她的目光，什么都看不见。有一刻魏姑的目光落到魏师傅肩头上，魏师傅一激灵，像是一只马蜂叮在肩膀上。

魏姑给长命说："魏师傅先人的魂气力大，一会儿我被附体了，若支撑不住，口吐白沫，你就喊我，掐我人中。实在不行，就拿这个红柳条打我身边的地。"

魏姑从布包里拿出一叠纸和一个矿泉水瓶子，那瓶水是长命在碗底泉接的，给了魏姑。

魏姑打开瓶盖，往地上洒了一些水，剩下的半瓶水放地上，然后点着一张纸，伸长胳膊在空中画了一个大圈，待画回来时纸也烧完了。接着又点纸画圈，比第一个圈小。她嘴里嘟囔着什么长命听不清楚。点着第七张纸时，她在自己脸上画了三圈。待纸烧尽，魏姑的嗓音突然大起来，而且是男声，竟然就是浓浓的凉州话，像是魏师傅的，又不全像，感觉那声音上落了多少年的土。

魏师傅听见第一句就扑通一声跪在地上，头也抵到地上。

魏得茂，我知道你来了。我走时你爹刚长到十二岁，眼看成人。他妈说，他爹你给以后的孙子留个名字吧。我给你留的名字魏得茂，希望我们魏家人丁繁茂。

魏姑停顿下来，好像她身体里那个人沉默了。她的身体使劲抽搐，嘴角扭曲，像要把一句话说出来，那句话像被捆绑住，她挣扎着，终于长舒了一口气，嘴里冒出白色唾沫，长命掏出餐巾纸想递给魏姑，又缩回手。这期间魏姑喉咙咕噜响，长命知道她已经说了许多话，只是没有说出声。

魏师傅头抵在地，侧眼看魏姑，不知道该不该再磕头，突然魏姑的声音又出来了，凉州话男声，跟刚才是一个人。

孙啊，有一个事，我在碗底泉铸钟时，潘家郭家都对我好，我来的头几天气候不适得了病，郭家老太太给我送了两服药，没要钱，你给我还上。还有，我在碗底泉铸钟的工钱，一多半留在潘家爷手里，我让他给我保管着，我只带了些碎银子上路。当时局势乱，身上钱多会害命。我想着走过石人子，过了苦八站，就是伊州。我在伊州铸过钟，住庙里就安全了。

潘家爷给我留了口信，说我的工钱折成金子，和他的金子一起存在树上，他让我放心。只要我不回来取钱，树上的金子就不会动。不管啥时候，我的后人找来，说出钱在树上，就能分金子的一半。

魏姑身体摇晃的幅度越来越大。

长命看着魏姑，又看放在地上的红柳条，他拿不准啥时候用红柳条打地。魏姑以前被别的魂附体，都是到了最后她自己有气无力瘫倒在地。现在魏姑眼看支撑不住，她的手在头顶乱舞，像要抓住什么，手指极度地变形成平时不可能扭曲的样子。

长命想，待她昏过去，我就掐她的人中。

这时魏姑的动作小了些，也缓了些，嘴里的念叨声也小了，她在慢慢地往回收，两只原本乱舞在空中的手臂，渐渐地走到一起，两只手也逐渐地要合拢到一起，但又没完全合住，好似两手间有一个看不见的东西，她在努力掌控它。

她突然尖叫一声，声音成了她自己的。双手猛地朝水瓶合拢，并没有挨着水瓶，长命见瓶中水动了一下。

魏师傅也吃惊地看水瓶。

魏姑拿左手罩住瓶口，右手拿起瓶盖拧紧，然后双手捂住水瓶，嘴里低低地念着长命听不见的话。

“好了。你爷的魂收到水瓶里了，你带着他回去吧，到了祖坟上，给他起个坟，点香烧纸，把瓶口打开，水浇到坟上，魂就归到土里了。”

魏师傅双手接过水瓶，小心地看里面，长命跟着看。瓶里的水在颤动，泛起微微的波澜。长命不清楚是魏师傅的手在抖，还是里面真的有一个人的魂在动。

“水能把魂固住。”魏姑说，“魂一沾水，就重了。”

在老家河东村坟地，魏姑把收有祖先魂魄的水瓶交给长命时，没说魂一沾水就重的话，但他一路上都觉得车重了许多。尽管他知道往西走是上坡，但车上装了先人的魂，肯定是重的。

魏姑从包里拿出一块红布，让魏师傅把水瓶包好，然后看着他放进挎包。

“一路上，你爷生前没听过的声音，没闻过的气味，都会惊着他。你在心里念叨‘爷，您的孙子在呢’，他便安心了。”

~ 121 ~

上车时魏师傅开车门坐在后排，让魏姑坐前面。

车沿来路往回走，出山的路多是下坡。长命不时从后视镜看双手捂住挎包的魏师傅，有一瞬他见魏师傅身边坐着跟他一模一样的一个人，心里一惊。扭头看又没有，还是魏师傅一个人坐后座上。上午，魏师傅和老马坐后座上，他也在后视镜看，脑子里竟是他跟魏姑从钟塔回来时那三个竖立的尿素袋子。

魏姑也回头看，又看长命的眼睛。

长命知道魏姑能看见他眼睛里的东西。

到石人子驿，魏师傅说他就在这里下车。

长命说："魏师傅你跟我回碗底泉吧，你来一趟都没在我家住过。今晚住我家。"

魏师傅说："我带着爷爷的魂，不走回头路。这里停下休息的卡车师傅多，我联系一辆去伊州的便车。到伊州再改乘火车。"

长命说："我还想着带你回去再见见潘伯，要不要说说你爷铸钟工钱的事。"

魏师傅说："不说了，都过去几辈子了，账早销了。再说，我在潘伯家住了一晚，潘伯也没提起这个事。都过去了。"

长命说："要不让魏姑跟潘伯说说。潘伯相信魏姑魂附体说的话。"

"这不合适，即使我爷附体在魏姑身上说的那些话是真的，那也是死人的鬼话，拿来当真事去说，不合适。"

魏师傅接着说："我住潘伯家时，倒是注意到他家门口的大榆树，也不知道咋的，我呆呆地站在树下，仰头看了好一阵。潘伯问我看啥呢，我说没啥。潘伯说，他爹死得突然，赶车下坡牛惊了，翻车轧伤了内脏，拉回家就不行了，临死前眼睛望着窗户外的树梢，一句话说不出来。后来他们兄弟分家，说把这棵榆树砍了，他没让砍。他少分了两只羊，把这棵树留下了。”

长命说:“金子会不会真的在那棵树上。”

魏师傅说:“就是树上有金子，也让它安稳待着吧，不要叨扰了。”

长命说:“今早我去接你，潘伯叫我到屋里说，铸钟的钱不要找别人凑了，他全掏。潘伯说他也存了些钱，留够棺材钱，剩下的让潘五转给我去铸钟。潘五把我卡号都要去了。我想是潘伯见了魏师傅，下决心要把那口钟铸出来。”

魏师傅从上衣口袋掏出一沓钱，塞到魏姑的包里。魏姑说:“这个钱我不收了，长命要铸钟，你给便宜点。”

魏师傅说:“魏姑你放心，碗底泉这口钟，就当我给我爷铸的。”

魏姑看着魏师傅手里捧着的水瓶，又看他的眼睛，像是还有话要给魏师傅说。却只是摆摆手，告别魏师傅坐到车上。长命知道她已经在心里把好多话说过了。有些话她不会说出声来。

~ 122 ~

魏得茂，你爷的魂在这个荒山谷里守了六十多年，本来他能循着一路响起的钟声回去，他也一次次地循着钟声过伊州、瓜州、肃州，回到凉州老家，看见家里中堂写着自己名字的灵位，祖坟里一座衣冠冢前立着自己的墓碑。他离家时留了几件旧衣也留下一件母亲做的新衣。他给媳妇说这件新衣等我回来穿。结果穿衣的身体回不来了。他被土匪抹了脖子的身体，后来被过路人草草埋在一个洪水冲出的沟槽里。他的魂不放心身体，一次次在钟声里穿过茫茫戈壁，又回到逐渐腐烂的身体旁。那时候他想，只要钟声响起，他随时循着钟声回到老家。直到有一天，石人子的钟声不响了，碗底泉的钟声不响了，伊州的钟声也不传过来，埋在土里的身体也抛弃他，变成一堆散架的白骨，腿骨不认胳膊骨，头骨和脊椎骨也互不相认。好在一场一场的西风吹过阳关吹向凉州老家。河西走廊也是风廊，从凉州刮来的东风，也年年吹度玉门关，刮到石人子山里。

你爷的魂倔强地活着，因为偶尔还有钟声远远传来，他知道他的子孙会沿着钟声铺出的路，走到这里。

他终于等来你。

可是，当他听到你爹生你独子，你又无子时，便沉寂在灰土里。他没脸在这些游魂中活了。世上最绝望的魂都失落成土，累累地积在路上、山梁上。汽车过去后呛人的尘土里，都是死了心的魂魄。你说出自己绝后那一刻，你爷的魂一下就死了。人活一口气，这口气完了，子孙会接住活。他看你的模样，听你给他说话时，知道自己活来了。可是，他又知道自己再不会活来。你给他绝后了。

你们家千秋万代的祖先，都在你说出自己无后那一刻，死了。原本该有的千万代的子孙，也一同死了。

第二十八章

钟声

~ 123 ~

连生，以前我只在心里跟你说话。你不需要听见声音，你的耳朵被风吹漏了。我在心里养着你，因为养着你，我心里养了一条石人子河，养了几十年前的大队供销社，和去供销社的所有人，他们因你而活，那些土房子、大礼堂，因你而不朽，那群羊因你而一遍遍地经过马路，让车慢下来、停下来，然后我停下来，看见你。

长命开车离开路，在河岸上行驶一段停住。这里是他当年看见魏姑站在河对岸望着满河洪水的地方。

他和魏姑沿河岸往北走。魏姑在望河对岸。那里似乎有一群看不见的人也在往北走，也扭头望河这边。

长命，你上中学时我妈给你燎过病。那时我上小学。到家里没见你爹，说是骑驴去镇野给你抓药了。

你额头发烫，浑身冒汗，嘴里含混地喊叫，像是有人追你，你跑不过，腿脚乱蹬。我看不见追你的人，我妈能看见。她跟我说追你的那人细高个，他喊你的名字，让你停住别跑，他不害你，只想跟你要一只鞋。你朝后看，并没有人，但你分明又听见脚步声越来越近地追上来。你大喊，声音变成汗水冒出来。

你妈说昨天放学老师留下你做作业，别的同学交作业走了，你最后一个做完，从学校到家里，经过天津坟。你从来不敢一个人过坟。平时几个同学一起走，你也不敢往坟地看。那天剩下你一个人，天色有点暗，你加快步子，腿颤脚飘，后面像是跟着一个人，你不敢回头，也不敢跑，你一跑后面的人就追。后来还是害怕地跑起来，回来时只穿着一只鞋，进屋瘫倒在炕上，发高烧，说胡话，吃退烧药也不管用。

我妈端了碗清水，把叠好的黄纸点着，在水碗上边燎边念叨，念着念着你睁开眼睛。我妈厉声问，你是谁，快显身，别折磨郭长命。

你眼睛圆睁。我在你疑惑的眼睛里看见另一个人的眼睛，两个眼睛像是在争夺目光，一会儿你的眼神显示出来，一会儿那个人的眼睛亮起来。

我妈又点了一叠纸，厉声喝道，你是谁？快出来。

就见你的眼睛完全变成另一个人的，是一个大人的眼睛，你开始哭泣。你妈听到你的哭声吓坏了，那是一个大人带着天津腔的哭声，从你的嘴里冒出来。大队供销社的售货员说天津话，我们都熟悉了天津腔。你的眼泪珠子也是大人的，一颗一颗滚下来。

我妈拿起早准备好的桃树条，朝你脸上方挥了三下，然后朝你盖的被子上抽打三下，厉声说，你有啥冤屈快说出来。

你在被子里使劲扭动的身体，分明是一个大人的身体，嘴里也发出大人的疼痛哀唤。

我妈又抽打了三下。你突然嘴大张，面部抽搐变形，变成另一个人的脸。

接着你带着哭腔开始说话，你说的话把你妈和我都惊呆了，你说的是天津话，声音粗哑。你说，我是天津杨柳青人，随叔叔来镇野做生意，在给北沙漠芨芨湖送货时被土匪抢劫杀害。叔叔把我埋在镇野东梁，那里是天津坟，好多天津人埋在那里。叔叔说等我脱骨了，送我的骨头回老家，入祖坟。叔叔让我放心，他不会扔下我不管。我等了多少年，终于等到回老家的日子。他们把我从土里起出来，把松散开的骨头捡拾到一个木匣子里，绑在骆驼背上，骆驼头朝东，匣子里我的头骨朝东，脊梁骨朝东。我知道自己终于走上回家路。一起回老家的几十个天津人，都剩下干骨头棒子，一颠簸就在木盒子里响。我们走了大半天，在碗底泉驿停住。说外面乱了，路不通。

送我们回老家的驮户，吆喝骆驼头朝南，越过斜戈壁，到了谷底的碗底泉村。说暂时把我们埋在这里，等局势平安了再送我们回老家。我在这里等了一年又一年，骨头都朽了，当年说等局势好了送我们回老家的驮户也入了土，我叔叔也在解放后被抓起来枪毙。没有人再领我回去。

我妈说，你姓啥，报上名字。

你嘴里含混地冒出三个字：韩连生。

我妈听见韩连生的名字头上的汗珠子唰唰地往下掉。后来我才知道我妈十六岁时也被这个叫韩连生的鬼缠过。我妈镇静住自己，假装跟他不认识，然后厉声说，你是哪年哪月埋在这里的。快说。

你愣了好一阵，似乎想不起来。

我妈举起桃树条。你翻了下白眼，说，我被临时埋在这里的第九天，我听见村里的钟声。一声比一声响的钟声，新新的钟声，朝远处传。听到钟声我听到了希望，我知道我的魂能在钟声里回家乡。

我妈举着桃树条说，韩连生你听着，你在民国三十四年，被驮户运到这里。当时正是碗底泉村铸好钟的那一年，你听见了钟声。当年拿了银子运你回老家的驮户姓郭，他们家族旺盛时养了骆驼队，做托运，后来遭土匪抢劫，家境从此败落。这件事村里老人也都知道。他家儿子郭代道四十多岁，是中医。他的孙子叫郭长命，就是被你缠住的这个孩子。你缠住他也没有用。已经改朝换代，是新中国了。你老家天津的宗祠“破四旧”毁了，雕有列祖列宗名字的木头神柱子烧了，祖坟也早平掉种了庄稼。我们这里发生的那里都会发生。你的祖先早已魂飞魄散。现在所有死去的人都火葬烧成灰，你回去也是烧成灰，没有一寸土埋你，你就在这里安心待着吧，没回去的魂多了，都悄寂寂的，就你事多，时不时出来纠缠人。你今天放过这个孩子，我让他到你坟上烧纸，你要啥他烧给你啥，我叫他到庙里给你敲钟，敲九九八十一下钟，让你在钟声里回到老家。

我妈说完嘴对着熄灭的纸灰吹一口气。随着灰烬落入水碗，你的表情松弛下来，随后是一声浓浓的天津腔的叹息。我听见那声叹息穿过你的喉咙，穿过你滚烫的身体中每一块松弛下来的肌肉和骨骼，一直地沉落到土深处。

我被那声叹息拽着往下沉。我一屁股坐在地上，我的听觉仿佛追赶到土里。从此那个叫韩连生的人一直在我脑海里，你都忘了，我却记着。我妈燎完纸后，你一扭头昏睡过去。你卸下缠在身上的那个人，睡着了。

我妈收拾起水碗，说好了，没事了。

她把你身上的鬼驱走了，却不知道驱到我这里。也许她知道。她啥都知道，就是不给我说，她让我自己看见。

我从你身上接过了这个叫韩连生的名字。直到我十六岁那年的春天，我在河边听见有人喊“韩连生你别下去”。

连生，我在河边听到你的名字那一瞬，突然想起碗底泉天津坟的韩连生，我知道你早死了，只是托梦回来，在洪水里又死一次。这一次你是死给我的。

我对着脱了上衣要下河的你大喊：“韩连生你别下去。”

我还是喊晚了。

很多年前，你从镇野古城北门出去，往沙漠边的芨芨湖运货时，便有亲人喊：“韩连生你别出去。”北沙漠常有土匪出没，你年轻气盛，没听话出去了。

就像你没听我的话走进洪水汹涌的河里。

~ 124 ~

魏姑的话从长命左耳朵进来，右耳朵出去，好似被两只耳朵分别听了一遍。长命知道他的一只耳朵为自己听，另一只似乎在给魏姑叫着名字的韩连生听。

这会儿魏姑眼睛看着他。

“长命，韩连生曾走进你身体，想用你的眼睛看，用你的嘴说出他想说的。那次你被韩连生的魂缠住，本来你有可能会出神，变成我这样的人。但你后来的职业改了你的命。你成了骟牲口蛋的兽医，你手里的刀子辟邪，把想缠你的鬼吓退了。”

“鬼也有蛋吗，害怕我的刀子。”长命脸上露出不正经的笑。

“还有，你病好后按我妈说的去庙里敲了九九八十一下钟。钟声把你身上不好的东西都送走荡远了。”

“你妈说钟声能送韩连生的魂回老家，我听你妈的话敲了九九八十一下钟。又接着敲了六天钟，每次都敲九九八十一下。那以后我过天津坟再不害怕了。”

“我妈让你去敲钟那时，她想着从碗底泉到天津，大地上的钟声连接在一起。那时每个村庄城镇都有庙，一座一座庙里的钟声，从天边连接到家乡。钟声送走远行人，又迎来归乡的魂。后来，这一路的钟声都断了。地上只有四通八达的路，空中再没有牵魂绕梦的钟声。韩连生的魂，在你为他敲的一阵阵钟声里，朝东行到碗底泉驿、石人子、苦泉子、伊州，一口钟的声音传不到更远。韩连生的魂，跟钟声一起跌落在嘉峪关外的茫茫戈壁，等待下一阵钟声接他回来。

这个死不瞑目的魂，注定要招来另一个同名同姓的人。”

~ 125 ~

连生。

我右手摸左腕时，知道里面突突跳动的脉是你的。你在我身体里住了多少年，像我怀在心里的孩子，你越来越小，小到我看不见。我把你从二十四岁那年往回收，你没有中年也没有老年。我在洪水翻滚的河里接住你的命。你一次次从没过头顶的洪水中探出头，眼睛迷茫地看着岸。在你永远不会游到的岸边，你迷茫的眼神被我接住。你没有明天了，我领着你回昨天，回前天和前年，一年年地，你回到我的身体。

~ 126 ~

有一天你来到我梦里，说你没挨过女人。我说，我就是你的女人。你听了像个孩子似的躺我怀里。梦里我比你大。我把你的手拉到我身上。我的手成了你的。我替你摸遍我全身。后来的一个梦里我的肚子鼓起来，我怀上你的孩子。我没梦见自己生孩子，但我知道我们的孩子出生了，是女孩儿，长得跟我小时候一模一样。那以后你在梦里和我同房的次数频繁了，我的身体会在梦里兴奋醒来，我们又有了一个儿子，长得像你一样。你带着一儿一女，在没有水的河滩上捡好看的石子，他们爬到压住你脚的那块大石头上玩。那块大石头从来没人敢动。他们拉河滩的石头盖房子垒墙，都避开那块石头，连它周围的石头都不敢动。石头压死过一个人，就会压死另一个人。我把这句话说给每个到河滩拉石头的人。

到了孩子上小学的年纪，我领他俩到以前的老学校，那里早变成羊圈，但从这个学校走出的孩子，还经常在梦里回来，坐在昏暗教室做作业，把以前做错的算术题再做错一遍。再考一次试，有一道题依然做不出。别的孩子都交卷走了，天都快黑得看不清试卷了，所有老师盯着他一人。我的两个孩子，跟着那些回来做错题的孩子，学永远不会算对的习题。

过了几年我想他们该上中学了，我带他俩到新盖的乡中学，夜里那所中学校园空了，但还有好多孩子在梦里来做作业。他们背着沉重的大书包回到座位上，作业太多了，白天做不完就在梦里做，梦里也做不完，孩子们焦虑地望窗外，天快亮了，课桌上还是一堆作业。我的孩子坐在他们中间，没有作业本，没有语文数学书，老师也不点他们名字。我忘记给他们起名字了。

又过了几年我想他们该上高中了，我去县城高中，假装学生家长进到县一中教学楼，当时正上课，我一间教室挨一间教室看，我给我的孩子看位子。那些教室都坐满了，只有一间教室左手第一排空了一个位子，另一个位子上是个女生，下课时我进去问那女生你同桌呢，说有病请假了。我把我孩子安顿在这个位子上，他俩挤坐一个位子。那些孩子都不知道，老师也不知道，班里多了两个学生，没有书，没有作业本，没有校服，也没有名字。

我想说说那个病了的学生，是石人子村的，过河滩时被压住你的那块石头惊吓。别的孩子都绕着走。他爬到石头上抄作业。其他孩子喊，那块石头压死过人不能上。但那孩子一堆作业压身上比石头沉。他做完作业后太阳已经落山，河滩里空荡荡，别的孩子早回去了。他突然害怕起来，背着书包往家里跑，书包越来越重，像一个死人趴在身上。他回家瘫倒在床上，发烧、说胡话，一晚上说作业的事。孩子妈叫我去看。我说，拿几本他做过的作业本来，我把作业本都在孩子头顶烧了。第二天孩子醒来，不发烧了，找他的作业本，他妈说烧了。孩子大哭着说，烧了咋去学校交作业。他妈说，你一整夜梦里说作业的事，叫也叫不醒，神婆子说把作业本烧了你梦里就能拿到，果然烧到第二本时你安静下来。那孩子哭着说，梦里我拿到作业本把作业交了，醒来却没作业本了。

连生，我在梦中养大我们的孩子。那男孩长到你这样大，跟你长成一个人。那女孩长到我这样大，跟我长成一个人。我再也看不见。

我想在梦外生个孩子时，才意识到自己或许已过了生育年纪。

这些话都是说给你的，长命。

河那边有人招手你看不见。河里走掉的人，如路边的麦子一茬又一茬。好多人从路上走到河边。地上没他的路了，就站河边招手。好似他在河水里还有一世。这条河干涸了多少人的另一世。

长命，我看见我们俩以后的生活，泉水一样，汪在一只碗底。那碗泉水里有我们俩的太阳月亮，白天黑夜。我看见我们的日子，一年年地汪在那里。

我突然想流泪。

第四部

交代

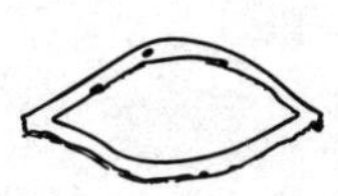

第二十九章

审问

~ 127 ~

长命接到乡纪检监察室严主任电话，让他到派出所来一趟。长命以为是牲畜偷盗案子需要他做鉴定。上个月派出所拦住一辆拉羊的外地卡车，问羊在哪买的，说石人子山里买的。派出所觉得可疑，叫长命来看。长命看了羊耳朵上烙的记号，说不是石人子的羊，是牛圈湾牧场哈德别克家的羊。没多久，牛圈湾打来电话报警，说哈德别克家一群羊昨晚上丢了。

长命跑了几十年牧场，对各牧场牲畜的标记都了如指掌。

开车到派出所门口，严主任和派出所潘所长在院子等着。

严主任说："长命你把车停下，跟我们走一趟。"

"去哪？"长命问。

"上警车吧，到了就知道了。"潘所长说。

长命和严主任坐后排，潘所长驾车。警车往县城方向开。坐旁边的严主任一脸严肃，潘所长也不说话，长命也不主动跟他们说话。

警车开到县城西边一个小院子门口，门卫放警车进院子后，又关上院门。长命注意到这个小院子院墙很高，还布有铁丝网。

下车后严主任让长命跟着他，潘所长在后，把他夹在中间，从走廊进到一间没有窗户的房间，里面放一张桌子和三把木椅子。桌子对面摆一张没靠背的凳子。桌椅凳子全用人造皮革垫海绵包起来。长命注意到屋里的墙、门全用人造皮革包起来。地面也软软的，像地板胶下面铺了海绵。

长命刚想伸手摸桌子，严主任说："郭长命我们把你送到了，你先在那个凳子上坐下，等县上的人来跟你谈话。"

长命以前听李乡长说过县上的软房子。前任县委书记出事后，李乡长被叫到软房子里协助调查。李乡长说，软房子里啥都是软的，摸到哪都不踏实。

"你们为啥把我带到这里。我犯啥法了？"

回答长命的是铁门哐的关闭声。接着他听见钥匙从外面插进锁孔转动的声音。这个声音他曾在早年的黑夜清晰地听见过。父亲晚上出诊时把院门朝外锁住，他的钥匙链上有四把钥匙，一把屋门的，一把院门的，另两把是库房和药房门的。他在夜里摸索院门钥匙时，其他钥匙一起哗啦啦响。

屋子突然全黑了。他们从外面关了屋里的灯。

长命大声喊："你们为啥把我关起来。"他听见自己的喊声黑黑的没有回音。他在软凳子上黑坐了一会儿，起身摸到墙，软软的。

摸到刚才他们关住的门，跟墙一样软软的。他甚至没摸见门缝。他又回头摸见桌子、椅子，跟墙一样软。他黑摸着绕过桌子，摸到刚才严主任让他坐下的那张没有靠背的凳子，从凳子腿摸到坐垫，都软软的。他坐下时，像坐在一个不踏实的东西上，心里也一瞬间变虚。

~ 128 ~

长命从没在这么黑的地方待过，睡在家里时，窗帘布是半透光的，窗帘四周的缝也透着光，他在炕上眼睛闭住，父亲的呼吸声清晰地勾勒出随之起伏的身体。小时候一家人睡在一个大炕上，半夜醒来，借着月光看见睡了一炕的家人，他们全在梦里，自己也刚从梦里出来，就有一阵孤独和恐惧。现在他什么都看不见，感觉睁开眼睛比闭住还黑，闭住眼睛时里面有以前的亮，睁开眼睛所有的黑从眼睛淹没到心里。

长命一动不动坐在那里，不知道待了多久，黑让他失去了时间，他想应该天黑了。或许天已经黑好久了。父亲一定虚掩着门等他回去。平时他外面有事不回家，都让吉诗过来陪。吉诗昨天才去省城，过几天才回来。父亲会不会打电话让长红过来陪他。他腿坐得发麻了，想起来摸到桌子对面有靠背的椅子上坐一会儿，又觉得那个椅子不是自己坐的，自己也不能随意去坐那个椅子。他们出去关门的瞬间，他发现屋顶有两个探头，前后各一个。他什么都看不见，但那两个红外线探头能看见他。他的一举一动，都在别人眼前。

去年派出所抓了一个偷羊的贼，潘所长叫长命去看认不认识。长命在潘所长办公室的电脑屏幕上，看见那个关在黑房子的人。屋子黑得伸手不见五指，但在电脑屏幕上他是亮的，被看得清清楚楚。潘所长说他觉得这个贼肯定偷过不止一次羊。潘所长把贼关进黑房子，关了三天三夜，贼招了。碗底泉乡以前没破的几起偷羊案子都是他干的。潘所长请长命帮忙把贼押送到县看守所。车上长命跟那个贼聊了几句，他认得他，经常在牧场转，收购羊皮，也倒卖牛羊，没想到他还顺手牵羊，逮着机会偷一群。长命说，你偷羊都是晚上，按说最不怕黑，为啥在黑房子关三天就受不了。他说偷羊都是后半夜人睡熟的时候下手，偷到羊后，赶着羊走过黎明前最黑的夜，走到天亮也走远了，安全了。但是黑房子的黑没有头，他熬不住，就想赶紧全交代了能看见天光。

那时长命不会想到自己有一天也会被关进黑房子。屋里黑得连鬼都看不见。长命想死后的世界也是这么黑吧。他想起母亲下葬那天一早封棺材盖时，他觉得不用封太死，留个缝让一丝光进去。后来放到坑里被土一层层埋住时，他知道封严实是对的，那样土里的黑不会进去。还有，他看母亲最后一眼的目光，不会跑出来。

~ 129 ~

不知过了多久，长命听见钥匙插进锁孔的声音。灯突然打开，刺眼的光照在头顶。进来三个人，严主任和两个中年男人，长命都熟。那两个是县上干部。瘦的叫何主任，长命在石人子牧场招呼他俩吃过羊。那次何主任喝多了，长命还搀扶他到毡房后面吐酒。

两人一脸冷冰地坐在对面，也不看长命，只低头看他们带来的一沓材料。

“何主任，现在几点了？”长命问。

何主任抬腕看表。另一个戴眼镜的说：“你不用知道时间。”

他叫老翟，上次跟何主任一起去的山里，可能没什么官职，别人称呼他老翟。长命记得他不怎么喝酒，总是在观察何主任喝酒。

“我咋不用知道时间，你们把我关在黑房子，现在是天黑还是天亮我都不知道。”

“天黑不黑亮不亮跟你没关系了。凡是进来的人，不交代清楚问题，他的天就永远是黑的。等你交代完，心里亮堂了，你的天自然就亮了。”

“你们收走我的手机，我想给我儿子打个电话，让他回来陪我爹。”

“你爹就是老兽医郭代道吧。”老翟问。

“我爹是老中医。”长命说。

“报的材料上说你爹是老兽医。”

“他爹是这里有名的老中医，也当过一阵子兽医，人兽的病都看。”严主任说。

“是个有本事的人，怪不得抗拒搬迁。你刚才说要回去陪他，他怎么了？”

长命张口又闭住。

严主任说：“郭长命，我们把你关到这，你应该知道为啥吧？坦白从宽的政策你肯定早知道。抗拒从严，到底怎么个严法，你可能不清楚。要不要我告诉你？”

长命说：“我不知道犯啥法了。”

何主任说：“我们收到举报，也查了乡上的账目，你利用乡兽医站工作人员的权力，在一年中吃了牧民三百七十四只羊，我看到这个数字很惊讶，你比狼还能吃羊。”

长命一时没反应过来。“我一个小兽医，谁会给我宰羊吃？我吃的都是我骗的羊蛋。如果羊蛋算羊，肯定不止这个数。”

“我没说你吃羊蛋的事，我们调查的数字，你吃了石人子牧场牧民的两百只羊，吃了碗底泉村的七十只羊，吃了牛圈湾村一百零四只羊。都是你联系宰的，肉也是你负责煮的。”

“你说的这些都是乡领导招待上面领导吃的羊，有时来一个考察团，一下宰几只羊，这些都算到我头上吗？”

“我问的是这些羊是不是你联系宰吃的？”

“我承认乡上招待领导都是我联系宰羊，给牧民打欠条。因为这些年羊患布病多，怕让领导吃上病羊，就让我去看羊。”

“你拿啥看，有检测设备吗？”

“何主任你也知道，县上防疫站才有检测设备。”

“那你拿啥看？”

“拿眼睛看呗。羊得了病跟人得了病一样，我一眼就能看出来。你们俩上次去吃的羊，就是我先去看好的，你们吃了没事吧？”

长命看着何主任，又看老翟。

严主任说：“长命你不要扯别的事，说你自己的。你承认这三百七十四只羊是你吃的。说是，还是不是。”

“我承认是我联系宰杀的，都是乡领导安排我联系宰的，不是我吃的。”

“你确定自己一口没吃吗？”老翟问。

“有时候也吃一块，我负责看羊、宰羊、煮羊肉，守着羊肉锅，哪能不吃一口。”

“那你承认这些羊是你联系宰吃的？”

“我说了，不是我吃的，我只是听领导安排联系宰羊。”

审问僵持住。

严主任说：“郭长命，何主任问你这些，不知道你听明白没有。碗底泉乡一年吃掉三百七十四只羊，严重违纪，县上从上往下查，最后查到你这里。这个事总得有人担责任。羊是你联系宰杀的，你不担责谁担责？”

“为啥要我担责，我是听乡领导的话下去安排宰羊，严主任你还安排我宰过好几只羊你忘了。你们领导不安排，我去宰谁的羊？”

“长命，你不用扯别人，你在乡兽医站工作了几十年，大局观应该有吧，遇事要懂得担当。”

长命刚要张口说话，何主任站起来说：“今天就审到这里，郭兽医嘴硬得很，让他自省一阵子，我们还有别的案子要审。”

长命没反应过来，屋子突然黑了，接着是钥匙锁铁门的声音。

长命喊了几声，他知道这间软皮革海绵包起来的房子是完全隔音的，他听不见外面的一丝声音，自己的一丝声音也不会传出去。

~ 130 ~

过了很久，进来一个人。门打开的瞬间长命认出是那个门卫。他没开灯，黑黑地走到跟前，摸索着把一个馕和一瓶水塞到长命手上。

长命说：“你能告诉我现在几点吗？”

那人没理他，出去了。

长命摸索着拧开矿泉水瓶盖，黑让他找不到自己的嘴，瓶口在嘴角对了两下，才把水喝到嘴里。

不知过去多长时间，长命听到铁门响声醒过来，他估计自己趴在桌子上睡了一夜，现在应该是白天。

头顶的灯猛地亮了，长命的眼睛被刺疼。待看清时，还是先前的三个人。

长命对严主任说:“严主任我求你了，让我给家里打个电话，得有人晚上去陪我爹，他一个人住。”

严主任说:“你爹没病没啥的，为啥不能一个人住？村里一个老人住的多了。”

“我爹晚上害怕。”长命脱口说出来又后悔了。

“你爹胆大包天敢妨碍搬迁，怎么还会晚上害怕？”何主任说。

“我爹有恐症。”

“啥叫恐症？”老翟问。

“就是眼睛一闭鬼就来了。”

“原来你爹也有怕的东西。他怕鬼，就是不怕我们。县上推进的碗底泉整村搬迁，是多好的事，村民再不用窝在山沟里，搬出去离县城近，交通便利，到哪都方便。全村人都同意搬，就是你爹不愿意，还影响别的人家搬迁。”

“不光是我爹不想搬，村里有几个老人也不想搬，人老了不想挪窝。”

“你没老，咋也跟你爹一起不搬迁？”

“我听我爹的。他不搬，我只能留下陪他。”

“现在的问题是你陪不了你爹了。如果不交代，你就在这个黑房子待着。”

“那我都承认了，就能放我回去了吧？”

“你先把这个认了，其他再说。”

“你们非让我认，我就认。”

“你要真心想承认，就不要说我们让你承认。”

长命看头顶刺眼的大灯，直射在他脑门上，照出一头一头的汗，仿佛他的脑子是一个水池，就要水落石出了。

“给我喝口水。”长命说。

老翟拿瓶矿泉水递给长命。长命猛灌了几口，喝呛了，嘴扭开，一股子水浇到裤裆，渗透到里面。

长命连续咳嗽几声，把怎么说想清楚了。他想说的有点头绪，至少让他们记录的时候有条理。

“我承认去年乡上的三百七十四只羊都是我吃的，骨头也是我啃的，肉汤也是我喝的，跟乡领导没有关系，都是我一个人吃的。何主任你和老翟那次去石人子宰的羊，也都是我一个人吃的。”

“郭长命你不要扯我们俩，我们取证的这三百七十四只羊中，不包括我们吃的那只羊，那是乡政府正常接待。我告诉你，上面查的数字比这还多，我们减掉了至少一百只羊，考虑到有些可能是正常接待吃的，算到你头上不合适。碗底泉乡是牧业先进乡，每年都来好几拨参观考察团，招待吃的羊自然不少。但是，这三百七十四只羊，你得认。”老翟说。

“我认，我认，我全认。只要你们放我回去我全认。天又快黑了吧。我怕我爹一夜不敢睡。”

老翟说：“你光说认了，还不行，你得把自己宰吃每只羊的时间地点说清楚，我们要有完整证据链。比如这些羊都是哪天、在哪个村子、在谁家吃的。”

长命说:“这么多我咋能记清楚，我只记得半个月前县上领导来，在石人子吃的那只羊，我去看的，肉煮熟我在锅边捞吃了一块。还有就是县上领导陪上头领导来，也是在石人子，我联系的羊。县长、乡领导都在。”

老翟说:“你不要扯这么多，乡上正常接待的我们都减掉了。”

何主任说:“我看不用问这么细，只要确定是郭长命吃的羊，具体哪天吃的、在谁家吃的，以后交法院立案了他们去审。还有，这些羊郭长命吃了，以什么名义在乡财政所报账？是不是瞒报？这些证据都全了，才能判。”

长命听得急了。“你们判我啥？我配合你们给乡上背罪才承认的，你们真的要拿这个判我吗？那我不能承认。”

何主任说:“长命你承认的笔录都做了，你要翻供就在这里待着，想承认了我们再来。”

说完起身要走。长命赶紧说:“你们让我给家里打个电话，我爹真的不敢一个人过夜，他会吓死的。”

何主任说:“只要你全承认了，你就可以回去看你爹。具体法院判不判，就看你表现，也取决于你爹搬不搬迁的态度。你明白吗？”

长命这才明白，他们把他抓来，把乡上吃的羊安在他头上，是因为他爹不配合乡上搬迁，阻碍了搬迁。乡上领导、村干部去家里做过好几次工作，他爹就是不搬。长命知道他爹的脾气，倔强起来谁的话也不听。

长命说："你们放我回去，我给我爹慢慢做工作。我也不能保证他听我的，从小到大都是我听他的。你们都有爹，儿子不听爹的听谁的。"

严主任说："你是你爹的儿子，还是乡上干部，要首先听乡上的。"

长命说："我不是乡上干部，我是合同工。"

何主任看严主任。

严主任说："郭长命转正的事一直没解决，现在还是合同工。"

"是这样呀，那你就得考虑一下你能不能转正的事了。"

长命说："我考虑了几十年，现在不考虑了，转不了了。"

大家都沉默了。

老翟说："不说你转不转正的事，这三百七十四只羊，你承认自己吃的，在这里签字。"

老翟递过笔录，让长命看。"都是你说的话，你看看，没问题了在这里签字。"

长命只是扫了一眼，就签了字。

~ 131 ~

老翟把签字的本子拿回去，长命以为他们会放他走，却没有，他们又坐在那里，没有让他走的意思。

"我不是全承认了吗？你们该让我回去了吧？"

“吃羊的事你承认了，还有个事，你非法集资，我们已经查清楚了。你自己交代吧，都跟谁家集资，你账户上最近进的几笔钱都是哪来的？”

“那是我筹的资，我想把村里丢失的钟重新铸造出来。”

“你造钟干什么？”

长命一时不知道该怎样回答造钟干什么。

“村里庙都没了，你造钟做什么？”

“庙没了，以前庙前挂钟的树还在。”

“碗底泉村眼看就要整体搬迁，你想造一口钟挂在那里，你想干什么，敲钟把村民聚在一起不搬迁吗？”

长命被问得无言以对，只好说：“我筹钱造钟，也是为了治我父亲的恐症。钟声可以驱鬼。”

“谁告诉你钟声能驱鬼？”

长命又不回答了。

“你不说是吧。我来说，是魏姑告诉你钟声能驱鬼。你经常开车拉着魏姑转，去给人家看宅基地。你和魏姑是啥关系？都去了哪？”

“我和魏姑没啥关系，就是认识。”

“郭长命，这个事不需要你现在说，你慢慢想清楚，我们有的是时间。”

第三十章

交代

~ 132 ~

房子又黑了。长命想，自己带魏姑去老家招魂的事，他们可能知道了，要不然他和魏姑有什么事呢。

他一夜想的都是魏姑。他也不知道是不是在夜里。他们把他知道白天黑夜的权利没收了。或者说，他们只是把他的白天没收了，然后，他的夜晚也不存在。他眼前的黑不是夜晚。夜晚没这么黑，有星星，有月亮。即使没有星星月亮，狗吠也会将黑夜擦亮。夜猫子的叫声也会让黑夜擦亮。他现在不在夜里也不在白天。他只是在彻底的黑中。黑让他失去了感觉。他想魏姑时，想到的竟然是她念着词让他一遍遍磕头的情景，额头上被磕出血的那一块又痒起来，慢慢地扩大，又集中在双眉间。那里仿佛有一滴血在动，起初在外面，皮肤上，忽地到了里面，有一股气在旋，越旋越快，像要炸裂出来，又猛地朝里面撞去，哗的一下，脑子里闪亮起来，他看见自己坐在那块墓地上，周围黑压压坐了一地人，又像一地庄稼，其实还是人，个个长得像自己，或者说他们长得都像，自己跟他们也像，一看就是一家人，他对他们微笑，他们笑不出来，脸上的表情早没有了，在土里被没收了。他给他们说自己的事，说他爹的事，说到他爹时，他扭头看看，他爹不在这里，他有点着急，想找到他爹，恍惚觉得他爹不在这里是对的。他接着说碗底泉郭家其他人的事，他们耐心地听着。他知道他们一直在这里。有时候他们坐成一地庄稼。有时某个人寂寞了，站成村头那棵老树。还有一排手拉手站成路边林带的白杨树，一直站着排列到河边，不知怎么过了河，站到另一个村子，那应该是河西村了，他的祖先在那里全部地腐朽成土，唯一活下来的独苗，又繁衍成一族。他是这一族中的一个。有一天他会回来，坐在变成庄稼和树的先人中间，不再有表情，微笑愁苦伤心流泪的表情，都在世间用干净，话也说干净，只是在后人的念记里冥冥地坐着，像在叔叔家堂屋排位上那样坐着，像在墓碑上的名字那样端坐着。剩下的时间里都是活着那些后人在说话，他们说到他时他会动一下。好久不说到，他会起身出去走一遭，弄出些动静，或进到某个人梦里，活来一阵。他不会老老实实地死。或许会像天津坟里的韩连生，不时出来，附体在谁身上。有鬼打扰的人世是多么幸福。就像魏姑说的，她从来不把鬼驱走。长命也没法把脑子里魏姑的身影驱走。也舍不得驱走，这么好的人，在心里时不时地想着，多好。

~ 133 ~

再次听到门锁响时长命已经趴在桌子上睡着醒来好多次，好似几辈子都过去了。黑把更黑的往事勾连出来。他不知道那些事是脑子里浮现的还是睡着梦见的。黑让他分不清睡和醒。

还是他们三个人，在对面的椅子上坐好。

老翟说："我们开始问你跟魏姑的事。你和魏姑一起搞了几次迷信？从啥时候开始搞起的？"

长命已经想好怎么交代他跟魏姑去钟塔招魂的事，老翟这样一问他又改变了主意。他们或许不知道他跟魏姑去钟塔招魂的事。

"冬天我妈葬礼上我请魏姑到家里，这一片只有她会做这个。"

"你说的是会做哪个？"

"就是会招魂。人不在了，要把魂招引到墓里，跟身体待一起。"

老翟和何主任、严主任相互望了望，长命想，他们都知道招魂是怎么回事，他们家里都死过人，不用他说太仔细。

"除了这次，你还经常开车拉她到碗底泉。"

"我拉魏姑到碗底泉村，都是顺路，我去石人子牧场骟牛蛋，过来拉她到碗底泉，她舅舅在我们村，就是潘家，严主任认识。"

"你拉魏姑到碗底泉新庄子，给人家看风水。本来一些人家想搬迁，被魏姑看了风水，说搬迁过去不好。是这样吧。你拉她去过几次？”

“我只带魏姑路过碗底泉驿时接了两瓶子泉水。”

“你们俩没说新庄子风水不好的话？”

“魏姑说这个地方在风口上，人住这里不聚气。这个不用她说，乡政府搬过来一年多了，大家都知道这地方在风口上，窗户被风吹得呜呜响，一年到头刮到耳朵里的都是风声。乡上干部也说，自从搬到这个野戈壁上，脑子都被风吹坏了，没以前好用了。”

“哪个干部这样说的？”

长命不吭声，眼睛看严主任。一次在牧区吃羊肉，喝了点酒。严主任就说，他的脑子好像被风吹笨了。李乡长说，是酒喝多脑子笨了吧。他们喝了酒最爱拿脑子好坏开玩笑。

严主任说：“长命你回答领导的话，不要扯远。”

老翟说：“我问你拉魏姑去过几次新庄子？没问你风多大。”

“我没带魏姑去过新庄子，只是路过，下去灌了两瓶子泉水。”

“只是路过？我们掌握的情况是你专门拉魏姑去给人家看风水，魏姑还说乡政府这一块风水不好，我们有些乡干部听了想调离这里，影响非常坏。”

“我没听魏姑说乡政府风水不好。魏姑说乡政府这一块风水算好的，说乡政府的领导也懂风水，把从山里搬出的两个村子安置在西边，挡住西风。把碗底泉村安置在北边，挡住北风。东边栽了一片树，太阳出来首先照乡政府。说乡主要领导的办公室就在二楼东南头，早晨的第一缕阳光首先照进办公室。”

“魏姑咋知道领导的办公室在二楼东南头，她去过领导办公室?还是你告诉的?”

“人家不用去，乡政府的楼就摆在路边，人家会看的人一看就知道哪个办公室是主要领导的。”

“郭长命你又扯远了。”何主任说着抬手看表。

长命说:“何主任现在几点了，是上午还是下午?”

老翟说:“我们不会告诉你几点，你的问题没交代完，几点都跟你没关系。”

何主任说:“时间也差不多了，我们还有另一个案子要审，要不让郭长命再仔细想想，还有啥要交代的。”说着起身就要走。

长命急了，赶紧说:“我还有没交代的，我全说，说完你们让我回去。”

“那你想好了，我们时间有限。”

“我想好了，我全说。”

~ 134 ~

长命把跟魏姑去肃州钟塔县河东村给祖上招魂的事，一五一十全说了一遍。

老翟听得眼睛发亮，看看何主任，又看严主任。

“我们县正在动员全体干部招商引资，好多有门路的领导都跑内地沿海找关系招商，你倒好，回老家招个鬼回来。”

何主任听了忍不住咧开嘴，笑到一半又收回来。

“就是，县上给我们部门也下达了招商引资任务，我们领导在沿海跑了一圈也没招到商。没想到郭长命你招了一个鬼回来。我们一定要把这个案子报给县领导。”

“就是的。这个事我看有文章做。我们招商引资做得不好，就是因为有郭长命魏姑这样的人，我们招商，他们招鬼。他们把鬼都招到这个地方，人还愿意来投资？”

老翟有点兴奋地拿起笔录让长命签字，签好后把笔记装在文件袋了，然后他们站起来，出门关灯。

长命这次没喊叫。他的嘴里没话了，喉咙鼓了几下，也没喊出啥。

大概过了几个小时，灯突然亮了，进来一个人说：“郭长命你可以走了。”

长命动了下身体，感觉四肢已经僵硬。这段时间他只上了三次墙角的卫生间。卫生间马桶和水龙头都用人造革夹海绵包住的。他知道屋顶的摄像头时时看着他，他的一举一动都在监视中。他除了坐，就是趴在桌子上睡觉。他想，幸亏他睡着后的梦他们看不见。

他费劲地站起身，一只手扶在墙上，软软的扶不稳。终于站稳了，手贴在墙上，一下一下摸过来，摸到门框处，都是软的。

“屋子软包起来，是为了保护你。以前有带进来的干部，在这个房子里头碰墙角自杀了。”

长命头发茬唰地竖起来。幸亏他才说这个房子有人自杀过，若早说了，他会吓死。这也算对他的保护吧。

出门后长命自己按下门外的灯开关，望了眼瞬间黑暗的房子。在从走廊照进的微光里，那张他坐过的软凳子上像是坐着一个人，头歪着。他脑子里突然浮现出头碰墙自杀的那个人，他又按亮灯，发现凳子上什么都没有，只是凳子背后的墙壁上挂着一个塑料框，里面镶着一页白纸，上面打着“坦白从宽，抗拒从严”两行字。这几天他都没注意到。他关了灯，发现那个悬在凳子斜上面的塑料框，确实像一个人歪着的头。

从过道出来长命抬头看天，天是阴的，没有太阳，地上也没有影子，长命不知道是上午还是下午。

派出所潘所长坐在警车里，喊他上车。

长命问潘所长现在是几号，他进来几天了。

潘所长把被没收的手机交给他说:“现在是下午三点，本来上午要来接你，忙到现在才来。你在里面待了三天，三天是极限。也有人坚持到五天才交代的。早晚都会说。”

长命拉后车门，潘所长说:“后面一般都是嫌疑人坐的，你现在没事了，坐前面副驾驶吧。”

长命还是拉开后车门坐进去。

“长命，送你进来我是公事公办，接你回去是私交。一般都是通知家人来接，我想还是我来接你吧。”

长命说:“感谢潘所长，这抓人就是派出所干的事，你不干谁干，我都帮你抓过多少人。”

“也真不好意思，那些年所里车不够用时，经常用你的车送嫌疑人，咱们关系好，也没给你报销过油钱。”

“有你这句话就行了。审我的那两个人，我半个月前才招呼他们在牧场吃过羊喝过酒，见了我跟不认识一样。”

“人家也是公事公办，总不能审着你还跟你聊喝酒吃肉的事吧。”

~ 135 ~

到乡派出所，长命开上自己的车回家，车开到戈壁路时，觉得斜戈壁更斜了，车有点不稳了，看表盘，飙到了一百四十迈。

院门半掩着，父亲坐在院子晒太阳，见了长命就说：“你咋了，几天没回来，电话也打不通。”

长命不想让父亲知道自己被带去调查的事，就说：“爹，我不在这几天您咋过的，没害怕吧？”

“我以为你出啥事了。”

“爹，我就是到牧场骟牛蛋，那里也没信号，没给您打电话。”

父亲表情不自然地看着他。

长命又问：“爹，这几夜您没事吧？”

“头一天，我院门虚掩着等你到半夜，不见你来，就自己睡着了。快天亮时醒来见炕上没有你，我出去解手，见院门开了个缝，可能风刮开的，也可能谁家的狗进来了，我把院门掩住，觉得你快回来了，一直到天亮你都没回来。”

“您没害怕吧？”

“说来怪了，我出去到院子时，外面黑咕隆咚，我竟然把害怕给忘了，回到炕上躺下，眼睛闭住，以往我眼睛一闭就出现在身边的那些人不见了，我还扭头四处找，也没有了。我以为天亮了，他们听见头遍鸡叫走了，却不是，才半夜。第二天还没等到你，我本来想给你妹妹打电话，又没打。想你中午就回来了，结果没有。吉诗去省城同学聚会，过几天回来。我怕他担心也没给他打电话。晚上我关了灯，一开始害怕了一阵，后来没看见以往那些人，就不怕。第三天等到中午还不见你，正好潘支书从门前过，我就问见你没有，潘支书才给我说，你被警车带到县上调查问题。到底是啥问题？”

长命脸红着说：“没啥问题，就是去协助调查。”说完进屋洗脸，在镜子中看见自己这三天里长出的胡子，跟以往一个月里长出的一样长。

“没啥问题能关你三天？人都变了。”

长命不想让爹过多担心，就说自己被派出所带到县上关了三天，被逼着承认乡上招待用的三百七十四只羊是他吃的，让他一个人担当。他不能给父亲说他跟魏姑去钟塔的事。

“那你承认了？”

“不承认他们不放我出来，我担心您晚上睡觉害怕，就都承认了，才放我出来。”

“你个傻儿子，这么大的事你都敢承认，你知道后果吧，那是要判刑的。”长命很久没见爹这样大声喊着说话。

“他们说只要爹您同意搬迁，我就没事。”

“他们拿这个吓唬你。我就是不想去新庄子，我住在我的老房子碍谁的事了。”

“他们说您不搬，给其他不想搬的人起了坏作用，大家都看您呢。”

“我搬不搬是我的事，我自己决定的，跟你没关系。你赶快回去，给他们说羊不是你吃的，就是再把你关起来，你也不能承认。”

长命几乎被父亲喊着撵出院子。

~ 136 ~

长命到乡上给李乡长打电话，不接。又打电话给严主任，也不接。他开车到派出所，让潘所长原把他拉到那个黑房子，他要翻供，他说的都不算数，是他们让他承认的。潘所长说：“你去找乡领导，我只负责抓人。”

李乡长电话回过来，说在县上开会，回来跟他说。长命问严主任跟你一起开会吗？乡长说没有，严主任在乡上。

长命到乡政府严主任办公室，门半开着，严主任坐在办公桌前看电脑，见长命进来，说了句“你出来了”。

“我还想进去，你们赶紧把我送进那个黑房子去。”

长命把给潘所长说的话又给严主任说了一遍。

严主任说:“那个地方不是你想进去就能进去，一旦进去，也不是你想出来就能出来。”

“你不送我进去我自己去。我要告你们。”

“长命你想清楚，不要把事情闹大，现在你的问题在我们乡领导掌控中，怎么处理我们有权力。你要闹到上头，我们只有往上交，那就是立案了。你一年公款吃几百只羊的事，我们知道你在给乡上背锅，那是担当。这个事我们心里有数，不会难为你。但你非法集资铸钟、讲迷信招魂还有协助魏姑蛊惑群众阻挠搬迁的事，随便判你个几年，都没问题。”

“我就不相信能判我几年。你们这样把吃羊的事往我头上栽赃，让我替罪，就不怕自己被判几年。还有我集资是给村里铸钟，钟声不是我一个人听，全村人都听。我招魂也是招的自己祖先的魂，并没有妨碍谁。”

“村民都要搬走了，你铸钟给全村人听？是想把他们都召集来不搬迁吗？就这一点够判你了。”

“我铸钟自己听，我和我爹听不行吗？我死去的先人一起听不行吗？你严主任家也有死去的先人，他们在地下也听见钟声。”

长命从来没有在乡政府办公室跟哪个领导这样大声说过话，今天他有点激动，感觉多少年来吃的牛蛋马蛋在身体里起了作用，他喊叫着怒撑了严主任一通，然后摔门而出。旁边办公室的干部都探头出来看他。一个干部过来说，这个郭兽医发牲口脾气了。

长命直接开车到县城西边关了自己的院子门口，下车来拿拳头砸铁大门，门卫探头出来说干啥。长命说我是下午从这里出去的郭长命，碗底泉乡的兽医。我不出来了，你们原把我关进去。

门卫瞪大眼睛看着长命说："你才关了三天就得精神病了。"

第三十一章

辞退

~ 137 ~

长命出来后的第二天，给魏姑打电话，关机。发短信，一天也没回。长命也没去乡兽医站上班，兽医站就他一个人，之前分配来的一个大学生辞职走了，也没有乡领导给他打电话安排工作。到第三天，长命接到石人子牧场电话，说逮住一头公黄牛，让长命赶紧过去骟。长命开车绕到石人子村，魏姑家门锁着。打电话，还关机。到山里牧场给牧民家的公黄牛做了去势手术，骟的两个牛蛋问牧民吃不吃。牧民说这个东西就你郭兽医吃，我们都不吃。长命听了，看了眼还在冒着热气的一对牛蛋，摇了摇头，扔给拴在一旁的牧羊犬。

这户牧民家有七头黄牛，每年都会生出几头公黄牛。主人家留下两头做种公牛，其他的叫长命来骟掉。公牛多了会抵架。一群牛里只有一头公牛也不行，配种不积极。这家的种黄牛不会让他骟掉，早吆到戈壁沙漠的牧场躲起来了。

女主人在草地上铺了张毯子，上面铺上白餐布，放了盘掰成块的馕，然后提一壶烧好的奶茶，给长命沏了一碗。

“我们听说你被关了，没啥事吧？”女主人问。

长命想，自己被关起来的消息都传到山里牧场了。

“我没事，只是配合做调查。”

“你可不能出事，不然我们的牛蛋谁来骟。”

长命苦笑一声，喝了碗奶茶匆匆跟牧民道别，回来又绕到魏姑家门口，门还锁着。长命路过村委会正好遇见村支书，停车打招呼。村支书说：“长命你出来了，魏姑也该出来了吧。”

长命这才知道魏姑被派出所抓去了。

长命给潘所长打电话，问魏姑关在你们那里吧。

潘所长说：“已经移交到县公安局。她的问题恐怕严重了。”

~ 138 ~

长命到乡长办公室，李乡长连忙站起来让长命坐沙发上。长命不坐，站着看李乡长。

李乡长给长命倒了杯茶，让长命坐下慢慢说。长命不说话，眼睛直直看着李乡长。

“带你去软房子，是正常的了解情况，希望你理解。其他两个村子搬迁都很顺利，大家都乐意从山沟里搬出来。就碗底泉村你爹不愿搬，遇到了阻力。正巧县上下来查廉政，查出我们乡一年吃了三百多只羊，这些羊大都是我安排你去牧场落实宰杀。我听说你都承担了，长命我没看错你，你这个朋友可交，关键时候有担当。”

“我有个屁担当，是他们让我承认的。我要翻供。”

“长命，你的笔供都做了，你要翻供，还得叫你去那个地方重新审。”

“审就审，我不怕。”

李乡长给长命递烟，长命没接。

“长命我交心跟你说，那个羊的事，你承认了就没事了。你是替乡上承担的。接下来具体怎么处理，待会儿严主任会找你谈话。不过，乡上也定了调，只要你爹同意搬迁，你的事也就不是事了。包括你筹款铸钟，那是非法集资，是犯法的。乡上也会做最轻的处理。现在骗黄牛蛋的工作已经圆满完成了验收，我们乡还受到表扬。王书记在牛圈湾村奋不顾身拦截逃脱公黄牛的事迹，被记者写到新闻报道里。眼下最重要的工作是搬迁，碗底泉搬迁就卡在你爹那里，只要他同意搬，你的事就算过去了。”

“我们家搬不搬我爹说了算，他搬，我跟他去新庄子。他不搬，我守着他住老房子。”

“长命你想清楚了，没有谁能阻挡住碗底泉村整体搬迁。软的不行来硬的。魏姑被抓的事你也知道了吧？”

“魏姑怎么了？她犯什么法被抓了？”

“她搞封建迷信，蛊惑群众，阻碍搬迁，已经涉嫌扰乱社会治安罪。”

~ 139 ~

李乡长让秘书带长命到严主任办公室。

严主任一脸严肃地看着长命。

“听说你去砸了那个院子的门，你是吃牛蛋胆子壮了，还是疯了。”

长命不说话，像对李乡长一样眼睛直直看着严主任。

严主任不接长命的目光，他看着办公桌上的公文纸。

“郭长命，我代表乡上向你传达对你的处理决定。你一年吃三百七十四只羊的事，因为你态度好，勇于担当，没有立案。考虑到你也不是国家干部，虽然在乡兽医站干了几十年，但一直没有转正，我们就对你做批评教育。

“你最大的事是非法集资铸钟，你的集资款做没收处理。按说，要按非法集资款同等数额罚款。考虑到你的实际情况，乡领导决定只没收集资款，不予罚款了。没收你的集资款，也不够付欠下牧民的羊钱。你知道，你联系宰的羊，好多都没付钱，给牧民打的白条子。乡上财政紧张，没钱付，就用没收你的非法集资款付一部分——也算羊毛出在羊身上。”

“我账上的钱是我妹妹转的一万块，那是借给我的。还有潘五转的七万块，是他爹给我铸钟的，剩下两万块是我自己的。这也算非法集资吗？”

“我们研判后认为是非法集资，你的两万块钱，是自我集资铸钟，跟前两笔钱性质一样，一起没收。如果按规定非法集资按同等数额罚款，你还得再交十万元。这个我们给你免了。”

严主任喝了口水接着说：“不过，乡兽医你不能当了。我们对你做辞退处理。乡长说把你辞退了以后再没有人会骟黄牛蛋，新来的大学生也跑了，年轻人吃不了这个苦，骟一个牛蛋才收几块钱，谁愿意为这点钱跑到深山戈壁的牧场去骟牛蛋，只有你能干。好在我们乡骟黄牛蛋的工作已经圆满完成，以后不会再有黄牛蛋让你骟了。”

长命冷笑一声说：“我早不想干骟黄牛蛋这个作孽的事了。黄牛蛋有没有骟完我最清楚，你们也清楚。”

“长命你被辞退不是乡政府兽医了，就不要再说畜牧上的事。说了对你不好。有没有黄牛以乡上的统计报表为准，报表上没有了就是没有了。报表上的黄牛数字，你郭长命也参与了调查。如果有弄虚作假，你离职了也要被追究。”

~ 140 ~

长命回到家，妹妹长红做好了饭，拉条子、大白菜炒羊肉和土豆丝，另滚了一个鸡蛋辣皮子。

长红说：“哥你犯啥事被抓起来了？”

长命说：“我没事。协助调查。”

“听说魏姑也被抓走了，你和她没挂连吧？”

长命苦笑一声，摇摇头。

吉诗倒了两杯茶放在餐桌上，叫爷爷和父亲先喝茶。吉诗眼神躲闪着不看他。长命知道儿子不便问他什么，他也没什么要说的，他在那个黑房子里把该说不该说的都说了。长命坐端正看着父亲。对面的父亲也直起腰，他知道父亲一直在等他说话。

长命说："爹，我被乡政府辞退了。"

"是我不愿搬迁连累了你。"父亲说。

"爹，在搬不搬迁这个事上，我听您的。本来我就不想上班了，我这个岁数不可能转正。我想趁自己还有力气，自己做点事。"

"以前也没听你说辞职自己干事，肯定是他们拿我不搬迁的事整治你。我去找李乡长说，他爹的病还是我治好的。"

"爹您想多了，潘伯也不搬迁，也没连累到潘支书，他还在村委会主持工作。"

"人家潘支书早早划了宅基地在盖房子。听说潘五也划了宅基地。潘五一直怨自己住在这个碗底坑里，没找上对象。现在搬迁到公路边，离县城近，有希望能找个对象。"

长红凑过来说："哥，听说你账上的钱都被没收了。"

长命本来不想把自己筹集铸钟的钱被没收的事告诉父亲和妹妹。妹妹的一万块钱，他想办法还。最不好办的是潘伯给的七万块钱，这个数字太大，长命从来也没挣到过这么多钱，不知道拿啥还。他从石人子驿的马老板那里知道开饭馆能挣钱。马老板一次跟长命聊，说他一年随便挣二三十万。长命想，自己若开个农家乐，应该也能挣钱。等挣了钱再去把潘伯的钱还了。他被乡政府开除，没收非法集资的事，应该是全村全乡甚至全县的人都知道了。

父亲说："钱没有了可以挣。"

长红说："哥你不要担心，你没有工作了，我给你一万块钱先过日子。"

长命说："过日子的小钱我给牲口看病也能挣来，就是潘伯给的七万块钱，我不知道咋给人家还。"

父亲看长红，又看长命。"要不你妈留下的那笔钱，先拿去把你潘伯的钱还了。"

长红一下流泪了。

长命说："我妈留下的钱我绝不会动一分。我自己挣。"

长命看着父亲把茶杯端到嘴边，看见父亲稀松的已经发黄的牙齿，突然想起在那个黑房子着急父亲会害怕，该怎样度过夜晚时，竟想不全父亲的面容，他的脸是黑的，家里院子、屋子也是黑的，仿佛黑渗进他脑子里。出来后他闭住眼睛，脑子里依旧是黑的。他想推开一扇窗把脑子里的黑放出来，却摸不见窗户。他无法把这些天经历的黑说给父亲，也不能说给儿子吉诗。吉诗听说他被关的消息，立刻赶回来。他肯定把自己关起来的事告诉了他妈。儿子吉诗有两个家，他妈和他这里，多少年来他两头跑，一个人连接着两个分开的人。

吉诗说："爹，我妈听说您被开除，还被没收了十万块钱，她给我取了两万块钱，让我带给您。”吉诗说着将两沓一百元的现金递给长命。

长命说:“你妈的钱我不能要，她和我分开后一直在县城打工做服务员，工资也不高，挣的都是辛苦钱。”

“我妈说她住的房子是您贷款买的。您还了十年才还清。”

“吉诗不说这些了。我和你妈分开了，不是夫妻还是亲人。这些钱让你妈留着自己用。你回来跟着爷爷学中医，我很高兴。我带着你一起创业。我想好了，我们把前后两个院子收拾出来，做一家中医养生客栈，后院接待客人住宿，前院做中药房和餐饮。”

父亲说:“长命你还是做你的兽医吧，牲口的病也看不完。”

长命知道父亲的意思，一个兽医转行给人看病，不对劲。

“爹您说得对，您带着吉诗给人看病，我给牲口看病。再雇个厨师来做饭，生意肯定能做起来。”

长红说:“哥你干啥我都支持。你妹夫把车卖了，我们家里有点钱。你需要多少我给你。”

“长红，我的事你不要操心了。前段时间妹夫到乡上找我，说车卖了想再找个营生做。”

“你妹夫干啥都不挣钱。以前承包地种甜瓜亏了，后来贷款买车，算是没赔账，但白干了几年。车卖了贷款一还，啥也没了。现在又想着在碗底泉路边开饭馆。”

“妹夫的想法是对的，今明两年，几个村庄搬迁到碗底泉驿那一片，会形成一个小集市，开饭馆应该能赚钱。现在旅游的人多，到村里来玩的游客也多。碗底泉人都搬走后，我们家在空村子里开个客栈，我爹老中医的名声在外，我这个兽医也是全乡有名的，会有人慕名而来。等我做生意挣了钱，我还是要铸钟。”

~ 141 ~

吉诗把姑姑下好的两盘拉面端上来，让爷爷和父亲先吃，又给两人各盛了半碗面汤。第二锅面长红给吉诗和自己各捞了一盘，给吉诗的面最多。长红说：“吉诗你是小伙子多吃点。”

长命看着长红往父亲盘子里拌上白菜炒肉和土豆丝，又搛了两筷子咸韭菜。母亲在时就这样把咸韭菜搛到父亲盘子里，再倒上一股子醋，然后坐在对面，看着父亲把一盘拉条子吃完。父亲或许从长红的动作中，看见已故妻子的动作。他微笑着。不觉间长红变得跟母亲一样了，至少她做的拉条子跟母亲做的一模一样。长命在长红家吃过饭，她给自己老公盛面和搛菜的动作，就跟母亲一模一样。曾经是她母亲给父亲的，她学来给了另一个男人。

等父亲吃完，长红说：“爹我再给您加点面吧。”说出这句话时，她愣了一下，在家里她老公吃拉条子是要加面的。而父亲，已经好多年不加面了。

父亲摇摇头，端起碗喝面汤。长红说：“爹您最近瘦了，上次的感冒没好彻底，我和哥商量，下午带你去医院住几天，好好检查一下。”

“你也认为我病了。我不是病了，是老了。”

"爹您啥时候老的呀，我咋不知道。"

"你还是小丫头时爹就老了。那时候你们小，爹老了也不敢说老，要抚养你们。"

"爹您现在也不能老。"长红一瞬间又回到当小丫头时对爹撒娇的神态。

父亲张开嘴笑了。他的笑容堆在脸上，马上又僵住。

长命很久没见过父亲这样笑，也跟着笑了。

父亲看着长命和长红说："你们放心，我的身体我知道。只要你们都没事就好。"

第三十二章

脉象

~142~

傍晚长命开车到乡政府，乡干部都下班回家了。长命让门卫打开大门，车开到办公楼下，去办公室收拾自己的东西，装了一纸箱。门卫过来帮长命抱纸箱。长命故意打开纸箱让门卫看。门卫说："我就是看你的纸箱重，过来帮你。没别的意思。"

长命车开到隔壁派出所，院子里停着辆警车。潘所长在值班，见长命表情有点怪。

长命说："所里进新警车了。"

潘所长说："以前所里就一辆车，经常用你的车帮忙出警，也没给你加过油，对不住了。"

长命说："没啥，我想把车卖了，赔你大伯的钱。他给了我七万块钱铸钟，钱被你们当非法集资没收了。"

潘所长是潘伯的堂侄，跟潘伯家来往少。

潘所长说："你非法集资的事只没收了集资款，没再追究算是过去了。最重要的是你协助魏姑搞迷信扰乱社会治安。魏姑的案子县上非常重视，可能会作为特案快判重判。我们掌握了你每次开车送她去给人家看宅基地风水，给村民说新庄子在野戈壁上，经常刮风，不聚气，不聚财，蛊惑村民抵抗搬迁的事实。就看县公安局是否对你立案。协助嫌疑人犯罪也不会轻。长命我给你提醒一下，这段时间悄悄待着，不要再生其他事。”

长命说：“我都没工作了，除了在家陪我爹，还会有什么事。”

潘所长说：“你爹不搬家的事，就是全乡的大事。长命你掂量清楚了。如果这个时候能说服你爹搬迁，也是你的一种积极表现。我只能点到这里。你是兽医，跟牲口打交道久了，人的事可能关心得少。我听李乡长说，其实你有几次机会都是可以转正成乡干部编的，可惜你不懂得人情世故错过了。”

长命说：“我是兽医，这么多年跟牲口打交道，脑子跟牲口一样笨了。我爹也不太懂人情世故，但通人的生老病死。我爹说过，我们做医生的，懂太多生死之外的事，就号不准脉。我们只看人的脉象，世象如何又怎样。人死活在自己的脉象里。摸准这一脉，其他都是小事。”

潘所长说：“我早听说你给村里病重的老人摸脉象，定人家的大限。你比你爹日能，他就不干这个事。”

长命说：“我爹看病人不治了，最后一服药便不收钱。我记得你爷不在前，我爹开的药也没收钱。”

“你爹是好人。”潘所长说。

~ 143 ~

长命开车到家门口时，院门从里面打开了。吉诗开的院门，他好似一直在院子等他回来。

吉诗说："爹，爷爷身体好像不太好。我一整天陪着爷爷，您和姑姑一走，爷爷就躺炕上睡觉。我感觉爷爷身体不舒服。"

长命知道父亲感冒后身体一直没恢复。长命和长红说了几次，父亲都不去医院，他让吉诗拿来他留着的那本家谱，左手放家谱上，右手给自己把脉，又左手把右脉。然后，翻开家谱后面附的老方子，给自己开了一服中药。

吉诗看过爷爷开的方子说："爷爷您开的药药柜里都有。"

父亲笑着说："我看了那么多病，我老了会得啥病，心里有数，早早把要用的药都备好了。都说医不自医，但是，中医看谁的病都是看自己的病。到最后看的不是病，是命。知道了命，也就知道病根了。药不医命。"

父亲的话让长命想了好一阵，这么多年他给牲口看病，很少想过病和命的事。牲口命贱，看不好就宰了。他被牧民请去，看一眼觉得这头牲口不行了，便摇摇头。牧民领会他的意思，给牲口抹脖子放血。兽医是最粗糙的医，没有惜命的感觉。父亲也常说，你做了兽医，就不要轻易再给人看病开方子。现在他似乎懂了。

长命看着吉诗按父亲开的方子，熟练地从一墙的药柜小匣子里，找到方子中的草药。

吉诗说："我小时候经常偷爷爷的药吃，趁家里没人，站在板凳上，挨个拉开抽屉，尝里面的草药。我喜欢吃党参、贝母、大枣、杏仁。后来爷爷知道我偷吃药，就把好吃的草药都放进最高处的药匣子里。"

长命说："我小时候也偷吃这些好吃的草药。"

父亲咧嘴笑："你们小时候偷吃草药我都知道。学医先尝药。我就当你们在学尝药。我们的天祖奶是抓药的，她爱尝药，就比大夫都懂药。她抓的药就灵。"

父亲随手拉开一个小抽屉，抓出一撮草药。

"这是放了四十年的陈皮。啥叫陈？就是岁月。岁月是啥？就是这些年来落在陈皮上的灰土、吹过它的风、抓过它的人留下的汗渍、虫子爬过上面留下的气味，你不要嫌脏，这些都是它的成分。我们做饭要洗米洗菜，谁见过熬中药前会洗，中药不脏吗，从采摘到晾晒、加工，其间落了多少灰尘。待熬成一碗药汤，治好了病，你不知道哪个东西在起作用，你开了几十味药，起作用的，可能就是老天给加的那一把灰土。土是药引子。药进到身体里找不到症结，这时候，土便会引路。土这味药不用开进方子，不用特意去加，加多加少，都是天意，老天爷有分寸。"

在长命的记忆里，父亲从来没有给他讲过这些，他学的是兽医，父亲不会让他继承家里的中医。但他的兽医方，全由父亲的中医方来。他刚开始做兽医时，有些牲口病还要药草治。父亲说，人药剂量加大就是兽药。那时他理解的是牲口体格大所以用药剂量大。后来看牲口病多了，才知道牲口跟人得的病一样，有时候他把治牲口病的方子，剂量减少给人服用，效果也很好。

吉诗说："我这些天看家谱里的方子，把这些药匣子里的草药，又挨个尝了一遍。小时候偷吃的甘甜草药多，这次我把苦草药都尝遍了。最苦的黄连我都尝了。以前听人说黄连苦，就以为自己知道黄连苦了，不用去尝。真的把黄连嚼嘴里才知道，那滋味不是一个苦字能说明白。"

长命说："吉诗对草药的悟性比我高。爹您的中医有传人了。"

~ 144 ~

父亲接连不断地咳嗽起来，吉诗给爷爷捶背，长命听出父亲的咳嗽加重了。早年他在夜里听见父亲用劲地咳嗽，那是给这个家壮胆，告诉他听见动静的那些东西，屋里住着身强力壮的男人。父亲的咳嗽声让长命睡得安稳。现在他真的咳嗽了，那一声接一声的咳嗽，像是把整个身体咳空了。

长命说："爹，我还是带您去医院检查下身体。我们单位的干部，每年都组织检查一次身体。有病早发现，早治疗。"

父亲说："我就是老了，我见过老的人多。老不是病。"说着把右手搭在左手腕上，眼睛眯住给自己号脉。长命上中学时父亲教他给自己号脉。他在那时摸见自己的脉搏，突突地跳。这几十年来他也跟父亲一样养成给自己摸脉的习惯，时不时地，右手指搭在左腕上，那里是一条血的渠，自己的血一直在那条不变的渠道里流淌。现在这条渠道有些淤堵了。

父亲又把左手搭在右腕上，猛烈的咳嗽让他的手指搭不稳。吉诗给爷爷倒了杯开水，双手递给爷爷。他喝了口水，停住咳嗽，抬头望着长命，突然把手伸过来说："长命你给我号号脉。"

长命有点吃惊。他只在父亲教他号脉那时，摸过父亲的脉。那时父亲年轻气盛，他仿佛摸到一条奔流的河。现在几十年过去，这条河一定在慢慢枯竭，就像他摸过的其他老人的脉一样。长命不忍去摸父亲的脉。

"爹，我还是带您去医院检查，医院的设备啥病都能查出来。"

"人家都说你脉号得准，家里有病倒的老人，都找你号脉要日子。"

"爹，这个活是以前您干的，您给病人开的最后一服药都不收钱。您一说这服药不收钱，人家就明白了，开始准备后事。"

"我只说这服药不收钱了。你直接给人家说还有几天日子，你给我号号脉，看我还有几天日子？"

长命吓得头顶冒汗。

"爹，我哪做得不对您骂我打我。您好端端的别吓唬我。"

"我没吓唬你，我这些天一直摸我的脉。我摸见我的脉不长了。"

父亲说的脉不长了，长命以前在好几个老人的脉上摸见过。但他不敢摸父亲的脉。他摸过吉诗的脉，也让吉诗摸他的脉。这段时间吉诗安下心来跟爷爷学中医，爷爷教他把脉，长命也把早年父亲教他把脉的心得教给吉诗。那时他跟父亲学把脉，不懂脉是什么，只摸见血管在跳动。后来他逐渐地把病人和健康人的脉，年轻人、中年人，尤其是老年人的脉摸多了，慢慢知道了脉是什么。他能从脉象判断一个人的病，甚至生死。吉诗说他从自己的脉搏上，摸不出爷爷说的浮脉和沉脉，只摸见心跳。长命说，刚学号脉都这样，你摸见的只是手指搭到的那段血管，你要从脉搏中摸见血流到的五脏六腑，就像摸到一条河，水面是波浪，水底是流沙和滚动的石头。

长命说到河时，想到的是那条曾经汹涌奔流如今早已干涸的石人子河。

长命说："爹，我当了几十年兽医，摸不准人的脉了。我带您去县医院看病。"

第五部

无神

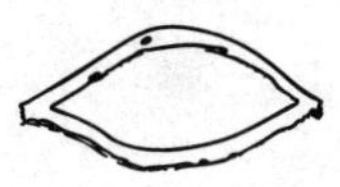

第三十三章

碗底泉

~ 145 ~

长命看着魏姑从监狱大门出来，手里提着他们一起去肃州时的那个黑布包。长命接过包放在后座上，打开副驾驶门让魏姑坐。

魏姑说："我坐后面。"

长命没勉强，待魏姑坐好，关了车门。

魏姑说："你怎么来了？"

长命说："昨天乡派出所打来电话，说监狱那边来电话说你今天刑满释放，问有没有家人，通知来接。你说没有家人，自己走回去。派出所潘所长知道我跟你熟，就通知了我。"

魏姑不吭声。

长命说："魏姑，你的手机肯定停机了。我在县城给你买了部新手机，费用也充好了。我的电话和潘五的电话都录在里面，你有事直接可以打电话。"

长命把手机递给魏姑，魏姑没接。长命放在魏姑身边的后座上。

从监狱到县城北郊，左拐就是去碗底泉乡的路。

长命说:“魏姑你需要买点日用品吗? 我们去县城商场。”

魏姑摇头。

“我带你去县城吃个饭吧。”

“不吃。”魏姑直接拒绝。

“那我送你回家吗？”长命扭头看魏姑。

“回家。”魏姑说。

~ 146 ~

过县城往东十几公里是碗底泉乡政府。长命指着路左边的新村庄说:“这是搬迁来的牛圈湾村，里面的好几户人家请你看过宅基地风水。”

乡政府东北边整齐地排列着一片新房子，路边林带栽着两排小树，看上去村子秃秃的，但屋顶的烟囱冒着缕缕炊烟。

“碗底泉是前年整体迁过来的，县上给每家补贴三万元。现在除了我们家还住在老村子，其他人家都搬迁来了。”

“我大舅呢? 他也搬来了？”

“你大舅前年冬天不在了。”

魏姑哇的哭出声来，又戛然止住。长命见她仰起头，脸上没有眼泪。

“你大舅睡着了走的，走得很安稳，跟我妈走时一样。潘五早晨才发现父亲没气了。”

长命停了停说：“前年大年三十这天，村里其他人家都搬走了，剩下我们家和你大舅家。你大舅家人都回来在老房子吃年夜饭，你三爷的儿子马富成也来了。你大舅还传话让我们一家过去，凑一起吃年夜饭。我们也一大家人，我妹妹、妹夫都来了，吉诗也在，就没过去。初二一早我带吉诗去给你大舅拜年，他气色不好，坐那里直打瞌睡。我们坐了会儿，你大舅手伸过来让我号号脉。我从他的眼神里知道他想让我号什么。我说潘伯您去睡会儿觉，注意多休息。我还给潘五说晚上陪你爹一起睡，有个照应。潘五也没听我的，他睡在西房里。临走时你大舅握住我的手说铸钟的事。我说年后天热了就请魏师傅来铸钟。”

“你的钟铸好了吗？我在牢里还常惦记你铸的钟，我想你的钟铸好了，我在牢里就能听见钟声。”

“我铸钟的钱被当非法集资没收了。”

“我大舅最终没听见钟声。”

“他知道给我铸钟的钱被没收了。他说，长命我再给你钱，你让铸钟师傅赶紧把钟铸出来。结果他第二天就走了。”

~ 147 ~

大舅，你没福气听见的钟声，我舅爷临终时听见了。

我七岁时跟母亲来碗底泉。我妈说舅爷不行了。舅爷躺在炕上，目光微微偏一下，看了眼刚长到炕沿高的我，又睡过去。我妈买了一包黄纸，却没给舅爷燎。她知道燎这个没用。到黄昏，舅爷睁眼问钟咋没响？我妈低声吩咐潘五哥去敲钟。我扒着炕沿，嘴对着舅爷耳朵说，钟声就来了。我估摸着潘五哥跑到庙前榆树下的时间，不断地给舅爷说钟声就来了。嗡嗡的钟声终于传过来。舅爷耳朵寻着钟声的方向转动，脸上显出肃穆安详的表情。

我一直记得舅爷临终那个黄昏，他眼睛里已经没有目光，看不见来看他的亲戚，但耳朵根在动。钟声响亮地传过来时，我知道舅爷已经走了，他的魂沿着钟声走过千山万水，又回到他断气的那一刻。

在那里，他所有走掉的先人在钟声里聚到一起。

~ 148 ~

车停到碗底泉边，水泥浇制的停车场上停着十几辆小车。一群人正在参观。

长命指着给参观团介绍情况的人说："那是我们乡新来的书记，叫胡开成。"

魏姑没回应长命的话，她只是看着变了模样的碗底泉。

"这个停车场是前面王书记主抓建的。王书记因为土黄牛改良和搬迁工作做得好，被提拔到县上当副县长了。李乡长没接上书记，还是乡长。"

魏姑依旧眼睛看着水泥地。长命知道她在找那个泉眼和那条两边长满青草的细小河沟。都不见了。取而代之的是一个水泥渠道，里面淌着清水。

“我想喝口泉水。”魏姑拿着矿泉水瓶下车。

“都是假泉眼冒的水。”长命说。

“咋会是假泉？”

“这几年野戈壁上开垦荒地太多，打了好多机井，地下水位下降，碗底泉泉水越来越小。乡上为打造这个古驿站景点，围着这眼小泉挖沟把自来水管压过来，造了好多个泉眼。每眼泉的底部都放了一只大陶碗，水从碗底冒出来。都做好后那个真泉眼却不冒水了。挖掘机往下挖十几米深，都没找到水脉。牧民说，碗底泉是气死泉，你看它流的水小，想挖大一点，一挖它就气死了。听老人说五十年前大队要在这里建炼钢厂，派人想把泉挖大一些，结果泉气死了。炼钢厂也没建成。后来还是请你妈来燎纸求神，两三年后泉才活过来。那以后没人敢动这个泉眼。现在，碗底泉彻底气死了。大家都说，要是魏姑你不坐牢，来燎一下求个神，泉能活过来。”

“活不过来了。”魏姑冷冷地说了句，回到车上。

~ 149 ~

接下来的路上魏姑一直眼睛看窗外。长命知道她不愿跟他说话，在牢里待了三年，魏姑变了许多，哪变了他一时说不清楚。他从魏姑选择坐在车后座和不搭理他的话，知道魏姑在怨他。

魏姑被判刑，肯定跟他郭长命有关系。他在那个黑房子关了三天三夜，熬不住受不了，想尽快把该说的有的没有的都说完，回去看父亲。话一说开，就像河里发洪水，挡不住。他跟魏姑去钟塔招魂的事，本来他们不掌握，也没提示他交代这些。他们只是问他集资铸钟的事，为啥要搞集资，他就顺着讲起来，好像不讲他跟魏姑去钟塔招魂，铸钟的事就不好往下讲，这件事挡在中间，他不能越过去，即使越过去了，后面的事还是跟这件有关系，他还得回头来讲。既然这样不如从头到尾都给他们说了，顺着说简单，漏不掉什么。当他滔滔不绝交代的时候，他最担心的竟然是怕自己遗漏了什么没有交代清楚。他把跟魏姑去钟塔河东村招魂的事说完，又说到凉州来的铸钟师傅，他和魏姑还有老马陪着一起去石人子。审他的人说，这个事可以了，不用说了。他却说，这个事重要，结果又说了一大堆魏姑给铸钟师傅招魂的事。还说到老马被淹死鬼缠住，也让魏姑招魂。老翟几次打断他的话他都又接着往下说。当他终于把要说的交代完，全身轻松地瘫在软凳上，才知道那些话放心里有多重，说出来果然轻松了。

他们显然对他和魏姑去钟塔的事更感兴趣，问了好些细节，比如晚上两个人怎么住，魏姑坐副驾驶还是后座。

说完后，那个何主任说已经足够了不用说了。长命突然想起还有个事没有说。长命说，我还从老家带回来一本手抄本的书，写的都是我们老家村子被屠，我们郭姓一族被灭门的事。书带回后魏姑一直保管着，她不让我看。前些天她给我了，我一直不敢看，压在我家床铺底下。你们要不要去抄家拿出去烧了。老翟说，抄家烧书是几十年前的事，我们不会干。长命说，我们家老医书就被抄家烧了。老翟说，你不要扯远，说现在的事。长命想了一下，说县上有干部请魏姑看风水，魏姑给燎了一下，他很快升官了。严主任给长命端了杯水，递给他时低声说，长命你想明白，该承认的就自己担了，不要扯别人，你明白吗？

魏姑的案子开庭审判时长命作为证人，他之前招供的，都当证据被公布出来。他觉得羞愧。一个大男人竟然没有扛住，把所有该说不该说的都说了。来接魏姑前，他本来想见面的第一句话就向魏姑道歉。但见了面，又没说出来，这会儿更不知道怎么张口。

长命扭头看魏姑，她侧脸朝外，原先的一头秀发剪短了，头顶生出一丛白发来。但她耳朵背后那块皮肤依然细嫩洁白，仿佛那块皮肤没被关押审讯，没被判刑坐牢。

~ 150 ~

连生，我有三年没跟你说话。我在那边跟你说不成话，四周都是铁丝网，墙上是写着“坦白从宽，抗拒从严”的大红标语，它们像法力无边的符，我对你的话传不过去。现在我出来了，我不知道你能不能听见我说话。

三年前的一天，门口来了辆警车，下来两个警察，让我把作案工具都带上，再带几件衣服，跟他们去一趟。

我说我没作案，也没有什么工具。

警察说，你搞迷信，你的烧纸就是作案工具。

他们翻箱倒柜地搜出几本算命和念咒的书，和几沓黄纸还有一个铜碗装一起。

我说，还有我的笛子。笛子是我吹奏仙乐的。

警察说，带你去的地方不准带乐器。

他们架着我上车。

警车过河滩时我不住地跟你说话，我的眼睛在满河滩的石头中找你。我坐在后排两个警察中间，我朝左望河滩又朝右望河滩，两边的警察都被我呆滞的眼神吓住。

开车的年长警察操着当地口音说，她魂出窍了，你们别碰她。

两个年轻警察吓得往车窗边靠，一个摸索出手铐，一个手按在手枪套上。

年长警察扭头笑。

车过大队供销社破墙圈时我又跟你说话。我想你一定在供销社里买烟。可是我没看见你。一群羊在过马路，警车使劲鸣笛，羊好像没听见，依旧缓慢地行走着。

每次都有一群羊，在过它们过了无数遍的马路，每次都被我遇见。或者它们挡在路上，就是让我仔细地看供销社的招牌，看破墙圈里没卖完的货，看那个说天津话的售货员，跟柜台外的人说你的故事。他说一次你便活过来一次。供销社的西墙倒了一半，那里正是当年靠墙立着货架的地方，架上摆放着烟、肥皂、毛巾和红头绳，你的眼睛曾一次次地停留在那里。我从西墙倒塌的豁口里没看见你，从供销社往河滩的小路上没看见你。或许我被两个警察夹在车里过河滩时，你正好在供销社买烟。而我过河滩到供销社门口时，你已经买了烟匍匐在河滩上。我跟你就这样错过了。一别三年。

我左侧的年轻警察说，你有话到所里说，别在车上嘀咕，这里没人记录。

开车的年长警察说，你没听见她在跟鬼说话吗?

两个年轻人瞬间没声音了。我能感觉到他们的头发唰地竖起来。我的两只眼睛左右分开，看见左右两个年轻警察身边各挤着一个人，左边是女的，三十多年前因男女关系被发现，揪出来批斗，跳河死了。她二十岁左右的样子，年轻美丽，上来便右手搂在年轻警察脖子上。青年人似乎觉察到什么，不住地扭身，拿手摸脖子。他当然什么都看不见。但他的身体有感觉。另一边是个男的，他们见我上车就挤了上来。我每次出门都有鬼挤上来，我都把他们赶下去，尤其长命开的车，我更是不让他们上，长命胆小，他还没发现自己胆小。等他到了他父亲的年纪，就知道自己有多胆小了。鬼都听我的，我一个眼神就能把他们扫下车去。这两个鬼我没撵。那男鬼是二十年前被枪毙的抢劫杀人犯，上来就摸年轻人的手枪，拔出来对准自己的骷髅头扣扳机。当然他只是拔出手枪的影子，子弹的影子也再次穿过他的头颅。我示意他们安静。他们不安静。

~ 151 ~

我被带到派出所审讯室，他们让我坐在一个圆凳上，三个警察坐在对面的长桌后面，其中有一个中年女警察我认识。她板着脸说，你犯的事我们都调查清楚了，你还是自己招了吧。我说，我没犯啥事。女警察说，你给村民看风水讲迷信，阻碍了村民往新址搬迁，这是扰乱社会秩序。

她把一沓纸在我眼前晃了晃说，这些都是别人揭发你的口述，我念你听，没有异议就在上面按手印，表示认可，你听明白吗？

我点头说听明白了。

然后女警察念了起来。

她念的是胡吉福揭发我的材料。胡吉福就是胡家老大，他请我到新庄子看宅基地，问我位置好不好。我说没有在碗底泉的好。他说让我给把风水调一下，我说我没法让西北风不刮过你们家，这地方在风口上，西北风在这片野戈壁上聚拢，然后刮向石人子。

警官说，胡吉福家本来对搬迁不积极，乡上领导去了几次，好不容易把工作做通，答应要搬了。可是你胡说一通他们家不搬了。乡领导又去做工作，死活不搬。最后乡领导找到胡吉福的侄儿子，他在县农行上班，让侄儿子来做工作。他叔叔不搬家，侄儿子就不要来农行上班了。侄儿给叔叔下跪也没用。村领导带着乡领导又去做工作，结果出现冲突，胡吉福打伤了一个乡领导，他被抓到派出所，交代了是你说新庄子风水不好他才决定不搬的。你看看，你一个迷信给乡政府搬迁工作造成多大危害，还引起村民和政府工作人员的冲突。

我说我说的都是实话，那个地方确实在风口上，乡政府也不能让西风不刮过来。

你还说乡政府把风水最好的地方占了。

我是说乡政府盖在中间，让从山里搬出的三个村庄围着，把西风北风都挡住，这也是实话。

你说乡领导也知道这个野戈壁上风水不好，领导找你看，你给选了中间的位置。

乡领导没有找我看，我只是说，等乡政府盖起来，最好的风水是乡政府东边，因为乡政府的大楼能挡一些西风。但三个村庄都安排在西北边。你们乡领导也懂风水，把东边留着，挨近碗底泉，你们也怕村民的房子挡住春风，挡住早晨的阳光。你们都希望升官，自然不能让什么把旭日东升挡住。

魏姑你不要胡说，乡上都是党政干部，不会讲这些迷信。

我没说你们讲迷信，也没有乡领导找我看风水，这些都是我自己想的。

乡政府搬迁是先做规划，再按规划修建的，乡政府修在东边，这是遵循我们传统文化的东为大。村民盖房子都知道檩子要大头朝东，乡政府就是大头，建在东边不应该吗?

应该，应该，按我的说法也是建对了。

说了半天你的说法也对了?

~ 152 ~

女警官把一沓笔记放到我面前，说你看看，是你说的就签字按手印。

我按上手印，心想快结束了吧。

这时坐在旁边的男警官又拿出一沓纸，在我眼前晃了晃，说了和女警官一样的话，就念起来。

我听到好多人对我的证词，碗底泉有十几户人家找我去看风水。一户看了，另一户不请我去看就觉得吃亏了。男警察念的证词中有我去看过风水的人，我都一一承认了。念到我潘五哥的证词时我愣了一下，潘五的证词是证明我住在他家时，被几个村民接走去看宅基地风水。接着是潘支书的证词，证明确实有村民听了我说新庄子风水不好，对搬迁有动摇。

念到我大舅的证词，我都惊得坐不住，我大舅怎么能供我呢？大舅的证词中也说了我被几户村民从家里接去看风水，还说了他也问我那个地方能不能搬去住，我说他年纪大了，最好不要轻易挪窝。人聚一窝子气不容易。潘家几百年的气都聚在碗底泉村。

这些都是我跟大舅说过的，但是被大舅说给警察当证词念出来时，我还是受不了，感觉房顶塌了一样。我整个人愣在那里。警官问我话，我不说是也不说不是。

连生，那一刻我想到了你，我不知道为何会发生这样的事。大舅是我妈的哥哥，是我最亲的人，我妈不在后，他把对我妈的疼爱都给了我。我和大舅说的，都是家里亲人之间的私话，他怎么能说给警察。

我嘴里咕嘟着给你说话，但又找不到你。

警官看我眼睛直愣愣盯住他手里的纸，嘴里说着他们听不清的话。

神婆子又魂出窍了。男警官说。

要不休息一下再审。女警官说。

我抬头直视着警官说，你接着念吧，我听着呢。

女警官像被我的声音吓着了，那天她亲戚家的孩子淹死在水库，她在水库边听我给淹死的孩子叫魂，我刚才的声音就是她听见过的叫魂的声音。

男警察接着念，他开头的一句竟然也跟着我的调子，赶紧又调整过来。

警察问我是否说过这些话。我沉默了好一阵。说是的，我说过。我大舅说的都是真的，我全承认。

~ 153 ~

我以为再没有什么了，该证明的都证明了，我也全承认签字画押了。可是，接下来女警察又拿出一沓打印纸，她抬眼看着我说，这是郭长命的证词。她一条一条地念郭长命几月几日开车拉我去碗底泉新庄子给人看风水，一共去了九次。我不住地说“是”，表示承认。

女警官再次抬眼看我，嘴角似有一丝不易觉察的笑。

她接着念的这段郭长命的证词，让我彻底崩溃。

我和长命一起去钟塔招魂的事，全在长命的证词里。那是只有他和我知道的事，他怎么会供出来。我伤心地流出一滴眼泪。女警官看着我的另一只眼睛，像在等左眼的泪一起流出来。

连生，你在听我说话吗？我怎么感觉不到你。我坐在长命的小车上，我真想把这些话说给他听。我想起这些时眼睛里含着一珠泪，另一珠泪在我被审问到长命带我去钟塔时流了出来。我存了一珠泪，本来想见到长命再流出来。可是他在监狱门口接我时，我竟忘记了哭。

我看着还有一大半的打印纸说，你不用念了，只要是郭长命说的，我全认，全签字画押，我只求你别念了。

女警官说，把证人的供词念给当事人听，是我们的程序。

我说，我一句都不想再听。

女警官说，我必须念完。有几个细节需要你确认。

女警官说，你跟郭长命两人出去，在外面住了三晚，五月十五日，就是出去的第一天，你们住哪里，住什么宾馆，房间号多少？郭长命说，他和你一路都是分开睡的，是分床睡还是分房，就是开两个房还是一个？

我本来想回答郭长命想开一个房，我拒绝了，开了两个房。可我没这样说，我说我们在钟塔县开了两个房，在河东村住他叔叔家，我住叔叔儿子的新房，郭长命住一旁的偏房。在伊州我们各住一个房。

“长命，我们一起去钟塔的事，天知地知你知我知。你咋让他们也知道了？”

长命踩了下刹车，车子慢下来。

“我在黑房子里关了几天，脑子黑了，根本不知道该说啥。

到最后，唯恐没说全，根本不知道隐瞒啥。”

“我没说的话，你们、你都说了，说得比我能想到的还周全，你们把所有罪推给我，我一个人担，我坐牢了。”

“乡上一年吃了三百多只羊，他们让我一人担。我也担了。”

“没判你？”

长命不吭声。

“你交代得清楚，该说不该说的都交代了。你宽大了。”

男警察插话说，你跟郭长命到甘肃去招魂的事，县上领导都知道了，领导在全县大会上说，我们在举全县之力招商引资。可是，有人竟去口外招了个鬼回来。

女警察说，就是，我们全县都在招商引资，连我们警察都摊派了招商引资任务，你倒好，招个鬼回来。

我说鬼魂也要回家。

女警察说，你真的从老家把魂引到郭家祖坟了？

我没吭声。

女警察说，你说呀。

我说魂引没引到郭家祖坟郭长命知道。

女警察说，郭长命说你给他说，不去趟老家不行，郭家高祖的半个魂不招回来，郭家人就一直胆小，是这样吗？

我说是我让他回趟老家的。

他相信你说的能把鬼魂招回来吗？

开始不信，后来信了。

信啥了？他看见鬼魂了？

他高祖的魂我收在瓶子里，没让他看见。但他看见石人子出车祸那一家人的魂了。

怎么说？

车过石人子车祸路段时，我说下去烧个纸，让这一家人的魂回去，别日日站在路边巴望。长命害怕不敢停车。但那三个人的魂还是上车了，他们附体在后排座三个装满老家土特产的袋子上，我见长命从后视镜看见了他们。

男警察说。你认识死者？

我们石人子村的。

那你说看见他们站路边望，鬼魂长啥样？

鬼魂一般长自己生前模样，但鬼魂也常常忘记自己生前模样，就撞模样，黄昏时站路上，迎面撞一个人脸上，那人并不知道鬼撞脸了，有人会激灵一下，更多的人全然不知，鬼脸从人脸撞过去，身体从人身穿过去，脸和身体便都成了那人的。有身体虚的，被鬼撞脸会发烧说胡话。身体强的白天没事，但晚上会做噩梦。

你不要在这里传播迷信吓人。男警察说。

女警察说，我妈就被鬼撞脸了，午后她从麦地回来，家里人都觉得她脸上的表情不对劲，问她咋了，她说没咋。当晚就病倒了，发高烧，说胡话。后来请了神婆子燎病，治好了。

我说，你妈是我燎好的，那时候你小。

女警察不说话了。她盯着我的脸。我知道脸上有一滴从左眼睛流出的泪，这会儿在流过鼻根。

女警察说，我办案见过哭的人多，没有见过用一只眼睛哭的。都说你神得很，连流眼泪都跟常人不一样。

我说，不值得用两只眼睛流泪。

女警察说，你没否认一句他的证词？

我说，只要是长命交代的我都认，他还交代了啥？我都认。

女警察又翻开一页。你给郭长命说，碗底泉不仅是活着这些人的，也是墓地那些人的。他们也时常回来。人都搬走了，回来的那些人就找不见亲人了。

这是我跟大舅说的。可能跟长命也说过。

郭长命爹听了长命给他说的这些话，然后就死活不搬迁，他说碗底泉是百年老村子，他的几代祖先都是从这个村子走掉的，他也要从这个村子走。

我说，我大舅也给我说过同样的话。

你大舅说这个话是你说给他的，他坚决不搬迁，也是因为你说的祖先会回来看，村里不能没人守着。

听到这里我左眼睑的那滴泪，突然滑过嘴角，顺着下巴滑没了。我能感觉到那滴泪的冰凉。

女警察也发现我的那滴泪流没了，我眼睛干干地看着她。

你眼睛里就一滴泪？你的亲戚朋友都揭发你，你不难受？女警官说。

我看死，不看生。我说。

女警察手哆嗦着翻开另一页纸。那你承认是你用迷信蛊惑村民不搬迁，干扰县上的碗底泉搬迁决定，扰乱社会治安。

我说，我承认我说过新庄子不适合人居住，我也希望我舅舅住在老庄子。因为祖坟在老庄子旁，耕地牧场也在老庄子旁。一个好好的村子，为啥要搬走呢？你若是碗底泉人，等你百年后去了地下，你告诉先人碗底泉搬家了，人都搬到公路边的野戈壁上，他们都不会相信。那刮西风的野戈壁适合人住吗？鬼都不去。

男警察提高声音说，鬼去不去我不知道，但碗底泉的人家都会搬迁过去，这是县上的决定，也是碗底泉人今后发展致富的大机遇，他们窝在那个山洼里多少辈子了，该搬出来靠着公路边谋发展了。我们调查的年轻人都想搬出来，就几个老年人不愿搬。原来他们都是听了你的蛊惑不愿搬迁。

第三十四章

改造

~ 154 ~

一群羊在过马路，长命把车开到路边，在老大队供销社门口停下。“大队供销社”那几个字还像三年前那样红，只是门头东边的半堵墙倒了，从这个豁口可以看到供销社北边的墙也倒了一大半。羊群正从剩下门洞的供销社大门，从墙倒后的豁口，穿过去，长在墙圈里的杂草，瞬间被啃食和践踏。

这群羊过了马路，紧随其后的另一群羊正在过马路。也可能是同一群羊，吆喝羊的牧人声音也一样。

长命把车熄了火，等魏姑话说完了再走。

魏姑没看供销社的破墙圈，她朝外看过马路的羊群，长命车熄火的声音打扰了她，她猛地回头，眼睛盯着长命。

“长命，刚才我一直跟韩连生说话，但我看不见他了。我看不见他的时候，我说出了声音，我想让你听见。”

~ 155 ~

外面响起警笛声，审问我的两位警察立即站起来，男警察对着门外一位年轻警察说，你去把嫌疑人送看守所，我们出警。说完疾步出门。

年轻警察看他们都出去上了警车，说，魏姑我不给你戴手铐了，不过你把手捅到袖口里，拿衣服盖住。我把包挂在手臂上，衣服搭在两只手腕上，跟着警察上了警车。年轻警察让我坐副驾驶，他开车。

一辆警车闪着灯朝南开去。

那个年轻警察说，我送你到看守所，明天再接你来审，有啥你就说，没事的。

我说我没啥。

没啥你就照没啥的说。年轻警察说。

警车开得很慢，沿乡政府后面绕了一圈，到野戈壁上。

年轻警察说，魏姑，你刚才说那一家三口的车祸事故是我处理的。

我说，我看出来了。

你咋看出来的？他问。

我没说。

我第一次处理那样惨的交通事故，回来后我眼睛一闭，那一家三口就出现在眼前。他说。

你身上佩着枪，还怕鬼魂缠身？我说。

枪是管用，他们一出现在我脑子时，我就下意识摸枪，他们就不见了。他说。

枪打死的人多，鬼怕枪。我说。

我在梦里也经常看见他们，有时是我开车轧死了他们，有时是别人的车轧死他们，反正每个梦里他们都被轧死，那个残忍的场面就在我眼前。但我在梦里没带枪，我睡觉前把手枪压枕头底下，可是枪带不进梦里。他说。

你把枪带进梦里，关键时候可能也找不到子弹，即使有子弹，可能也扣不动扳机。梦有自己的限制。否则，谁都在梦里胡作非为了。我说。

你说得太对了。我梦见自己遇到危险，但就是打不开枪，枪在梦里卡住了。他说。

梦有自己的法则。我说。

我在夜里抓过小偷，几个警察把一个小偷追得无处躲藏。最后小偷跳进臭水塘，趴在塘中间一丛芦苇中不出来，塘里全是烂泥，没人愿意进去把他捉出来，就让人守着。守了一天，怕小偷饿死在里面，就撤回了。晚上做梦反而是我被别人追赶，到处躲藏。最后躲在塘里一丛芦苇中，那丛芦苇什么也遮不住，我看着追赶我的人，他们也看着我。他说。

梦是反的。我说。

我知道梦是反的。我问过局里的老警察，他说你心木了，就不会做噩梦。

警车停在碗底泉新村的荒地上。有的地上已经打了木桩画了线，像要开工建房的样子。更多的地方还荒着。我以为他让我指认自己给哪家看过宅基地。却没有。他熄了火，从后备箱拿出一个塑料袋，里面装着黄纸，恭恭敬敬递给我说，我想请你给我燎一下，我怕是被那三个人的魂缠住了，已经缠了好几年，经常夜里睡不好。我也知道这不合适，我不该单独带犯人出来。

我说，我燎不了，这是迷信。

迷信我也信，我们抓你那是工作。我是警察，但我没本事到梦里捉鬼。到梦里捉鬼只有你魏姑会。他说。

我真的燎不了，你逼着我燎了也不会灵。我说。

那你缓一下，喝口水。年轻警察拿出一瓶矿泉水，拧开盖，递给我。

我现在是你的犯人，做不了这个事。我说。

你只是嫌疑人，不是犯人。他说。

那我也没法做，我们给人驱鬼跟你们破案一样，有正当手段。我的手段被你们没收了。我说。

你是说你的道具吗？这个水碗我给你拿来了。他说。

不是，你不懂，我现在被你们捉住，就像你被鬼捉住一样。按你们的说法，我身上背着罪。我的招不灵了。等我出狱了，身上的罪消了，我给你燎。我说。

~ 156 ~

长命一直听魏姑在后座上说话，有些话他听不清楚，那是说给他看不见的韩连生的。更多的话他听清了，是说给他的。他不答，只是听。她说的话里没有要他回答的一句。

长命，审判我的时候你就坐在证人席上。法官拿出你供出的我们一起去老家招魂的证词说，魏姑你宣扬迷信，拿鬼魂骗人。你说你把郭长命家祖上的鬼魂招回来了，你给我捉来看看。

我眼睛阴阴地看审判长身后，审判长身后只有一堵白墙。

我说，审判长你身后站着一个人，是五年前被你判死刑的年轻人，他叫胡海斯，犯抢劫杀人罪，你每次判案子他都站你身后，你在这里宣布他死刑时他的魂吓飞了，飞到你身后看被判了死刑的自己，双腿打战站着，裤子尿湿了。魂怕湿。然后，魂没有跟身体去刑场。枪子打不着魂。你判我的案子时他最关心，一直站你身后看。因为他认识我。他母亲经常梦见儿子在法庭上站着，眼睛无神地看着坐在下面的她。他母亲让我到法庭上招魂，把儿子的魂招到墓地。我来过一次法庭，门锁着。我在这里招不了魂。法庭的法比我的法大。这会儿他在你身后看我呢。

审判长左右扭头看，书记员也帮审判长看。

书记员说，宣判那个死刑犯时他确实吓尿了裤子。

审判长说，魏姑，这里是严肃的法庭，你不要拿迷信在这里说，即使有鬼，法庭也会审判他。黑包公的铡刀铡人也铡鬼。

我说，被杀头的鬼都没有头，铡不了第二次。那个年轻人一直等你再判一个死刑犯，他跟那个死刑犯的魂一起走，在那片坟园，别人都是老死或意外死，就他是被枪打死。当然，那片坟园里以前被枪打死的人多了，他不想跟他们混。他是新社会的鬼，有些话那些旧社会的鬼听不懂。

那是我最后一次说鬼话。

我在牢里改造了三年，完全被改造好了。

~ 157 ~

连生，以往我站在石人子河边，看见你往河岸游，看见以前走掉的人坐在岸边，都等你游上岸。那些淹死鬼都上岸了，河里剩下你一个人。现在我只看见身边的郭长命。我想我完了，我在河里只看见石头，看不见已经流过多少年的那场洪水，看不见摸着石头过河的你。我脑子里全是监狱墙上的红色大字：**坦白从宽，抗拒从严**。进监狱前我把能坦白的都坦白了。审问我的人说，你只有把该交代的都交代了，心里没鬼，才能在监狱里安心服役。如果你心里藏着没说出来的，做梦说梦话会说出来，你的同舍会听到你的梦话，报告给监狱警察立功。你的同舍也会动用各种手法让你招供。我们以前进去的好多人，在里面觉悟了，把之前没招供的都招供了，还招供了别人的事。一旦把隐藏的话说完，心中没鬼了，人就轻轻松松，坐个十年八年牢也不觉得是大事。那些事放在脑子里人承受不起。

我承认了给我舅舅说新庄子风大。我交代了跟长命去钟塔县招魂，因为这个没出息的男人先交代了。我唯一没有交代的是我跟你的事，我在心里藏了一个鬼。就是你。

现在我连你都看不见了。

~ 158 ~

长命停车在石人子河岸，魏姑从后车门下来，蹲在河边流泪，她的两只眼睛里都是泪水。长命以前只见过她一只眼睛流泪。长命搀她起来。这么多年他第一次搀她的胳膊，第一次离她这么近，即使他们一起乘车去肃州钟塔县招魂，也没这么挨近过。魏姑起身时身体朝他倾了一下，他连忙用另一只手握住她的手，就在这一瞬，他的嘴几乎挨到她耳朵背后那块鲜嫩的皮肤。

魏姑说："我以前看别人流泪，我送走那么多人，他们面对亲人的生死离别，在伤心流泪。我面对的是已经没有悲哀的魂，那个世界里都是泪流干的魂影儿。现在我看不见魂了。”

长命说：“我一直在你身边，陪你这么多年，你都没看见我，眼睛里全是鬼魂。”

魏姑泪眼看着长命，长命以为她被他感动了，让长命惊讶的是，他眼看着魏姑脸上流淌的泪水倒流到眼睛里，很快，她眼睛里的泪水仿佛渗了下去，一丝阴云从眼角飘出来。

~ 159 ~

长命拉开车门扶魏姑上去。

车经过石人子河中心的大石头，长命有意松开油门，让车慢下来。他从内后视镜看见魏姑直视前方的眼睛，那块孤独的大石头从她眼角一侧移过去。她没看它。

魏姑家到了，长命缓缓停住车。

长命被兽医站解雇这几年，依然有牧民打电话请他去给牲口看病。开始他不去，告诉牧民自己从乡兽医站辞职了。牧民说我们只认你是兽医，不知道什么乡兽医站。他只好去，反正他的兽医证还在，属于合法行医。每次路过石人子村，他会到魏姑家路旁，车停住看一眼。像他多少次送魏姑回来时一样，不下车，看着魏姑走进没有院墙的院子，打开屋门进去，然后开车离开。

这次长命停车后给魏姑打开车门，看着魏姑手提着黑布包下车。长命把装有手机的纸袋拿下来。

“我的电话号码存在手机通讯录里了，你随时打电话。”

魏姑迟疑了一下，接住纸袋。

长命一路听魏姑诉说，他想给魏姑说的却一句没说出来。他看着魏姑头也不回地走进没院墙的院子，地上长满野草，这三年里长的草，都枯黄了。走到屋门口时魏姑从黑包里掏出钥匙。他看着她开锁。她三年没回家，他真希望锁孔被雨淋锈蚀，钥匙插不进去，然后她回头喊他帮忙。可是没有。她很快打开门，长命看着她侧身进屋，这是魏姑特有的动作，似乎打开的门里有看不见的人进出，她侧身让他们。

“魏姑。”长命突然大喊。

魏姑伸进门的半个脸又退回来。

“你要愿意，我接你去碗底泉住。”

魏姑像刚才接住纸袋时迟疑了一下，长命以为她会接住他的话，然后转身回来。却没有。他看着魏姑留在门外的一只脚移到屋里，门随后关住。

第三十五章

薄命

~ 160 ~

长命给父亲说:“爹，魏姑回来了。”

“我估摸着她该回来了，三年前她就是这个月判的。”

长命说:“爹，我想把魏姑娶到家一起过日子。”

父亲看了眼长命，又看吉诗。

“爹，我先跟您说，您同意了，我再跟吉诗说。”

“我看你把后面院子的卧室收拾得跟新房一样，也不让游客住，我就知道你要迎个新人。我也知道这个新人是魏姑。”

“爹您咋知道这个新人就是魏姑？”

“你爹我不是聋子，你跟魏姑的事早就传得沸沸扬扬了。”

“我和魏姑也没什么事，就是开车拉过她几次。”

父亲望了眼他，嘴角动了动。长命知道那里有一句话没说出来，他也知道那句话是什么。父亲说话总是留一半在嘴里。

“爹，您同意我接魏姑来家里？”

“你也是五十多岁的人了，你的事自己做主。你跟吉诗说好，他能不能接受一个后妈。”

“爷，我在搬迁这件事上，看到我爹完全听您的，他宁肯被开除丢了工作，也听您的。村里人都搬走了，爷爷您不愿搬迁我爹就留下来陪您。这件事让我很感动。以前我不懂事，经常和爹妈闹别扭，有时故意不听话。这次看到我爹这么听爷爷您的话。我想，做儿子的总要有一件事上完全听父亲的。”

“吉诗长大懂事了。”长命说。

“爹，您跟我妈分居了十几年，得有个陪伴了。爷爷您不知道，其实我爹也胆小。奶奶在时我爹一个人住后面院子，有时我回来跟我爹住，发现他睡觉前把院门锁住，屋门朝里锁住。连里屋的门也朝里锁住。我就知道爹在害怕什么。我在爹的害怕里也渐渐地害怕起来。”

“我们郭家人都胆小。魏姑说我们郭家高祖逃难出来时，把半个魂魄吓丢了。我们郭家人一直都靠半个胆子在生活。”

“魏姑说得对。”

“爹我一直没告诉您，三年前我带魏姑去老家招魂，把高祖吓丢的半个魂魄招回来了。那以后我觉得您噩梦少了，胆子也大起来。我们郭家人以后再不怕了。”

“爹您去招魂的事我在县上的同学都知道，县领导在大会上点爹的名，说全县都在招商引资，您带个神婆子去老家招了个鬼回来，都成全县的笑话了。”

~ 161 ~

鸡刚叫头遍，魏姑打来电话说："长命你来接我。"

"出什么事了？"长命问。

"你来接我。"魏姑说完挂了电话。

晨光微弱地照进屋子。父亲仰躺着，朝他斜看一眼，又闭住眼睛。父亲每天鸡叫头遍时醒来。长命也在这个时辰按时醒来。只是长命醒一会儿又睡着。父亲却一直醒着，到鸡叫三遍后穿衣下炕。那时长命也睡醒来。

"爹，魏姑叫我去接她。"

"她这么早叫你，一定有啥事，你赶紧去。"

长命开车到村口时看见远处的天已经有了曙色，天亮到碗底泉村还须翻过多少个山梁。他在后视镜里看了眼山阴里的村子，突然想起他跟魏姑出村去老家招魂的那个早晨，魏姑几步一回头地把一个他看不见的魂往他车上引。

轮胎碰到一个石头上，车里的响声让他警觉地后望，脑中浮出那两个大人一个小孩来。定睛看，那三个人只是在他脑子里，没有出现在后座上。这几年来他几乎忘了后座上曾经坐着的让他头发竖立的那三个人。他的胆子明显大了，有时夜晚走在空巷子里也不害怕。

整个村庄只有他一家亮着灯。自从村里人搬迁出去，他家院子的灯便彻夜亮着。父亲说，晚上灯关了吧，多费钱。长命说，亮着吧，没几个钱。他也不知道灯亮给谁。就亮给梦吧。院子里有一盏灯，他和父亲的梦里会亮一些。他也知道外面的灯光照不进梦里。梦是封闭的，没有门，没有窗。但醒是敞开的，他和父亲夜晚从梦里醒来，会看见院子的灯光照进窗户。

~162~

到石人子村时天已经蒙蒙亮。太阳还在石人子的万重山后面。阳光已经在天上。

魏姑孤零零站在路边。长命隐约看见她身后跟着许多人。

长命下车打开副驾驶车门，让魏姑上车。魏姑带着她的黑包和一个装了东西的尿素袋子。上车前魏姑看一眼院子。这个眼神让长命心悸，不知道她在安顿那些他看不见的人留在院子，还是招呼他们上车来。

长命右打方向，车尾倒到路边的打麦场，然后一把方向左转弯，车灯缓缓扫过魏姑长满荒草的院子，他看见屋门两旁的玻璃窗像两只眼睛突然睁开又闭住。而后视镜里那垛高高的麦草垛旁，仿佛还停着一辆车，车里坐着三年前马五十下葬前那个晚上的自己。

“我看不见那些东西了。”魏姑的话把长命从恍惚中拉回来。

“那天回到家，以前我在这个院子看见的那些东西都不见了。我一晚上怕得要命。夜里醒来，知道四周都是人，他们都在，但我看不见了。”

“别人是看见那些不好的东西害怕，你是看不见害怕。”

“我进门时知道好多人跟我一起进屋，他们围在身边看我。我睡炕上时知道他们跟我一起躺下，或站在一边看我睡觉做梦。他们能看见我的梦。我也做梦给他们看。但我却看不见他们了。”

“看不见就没有了。”

“看不见就恐惧了。

“我点纸燎，想把他们烫疼，如果有一只鬼被烫着哎哟一声，我听见声音就能看见他。可是没有。我拿纸燎我的脸。像我母亲临终时一样，她要把自己脸燎黑，让来找她的鬼认不出。可是都没用。”

以前我看见人世有两层，地上活一层，地下活一层。地下活的人多，那一层厚，叫厚土。地上活的一层薄，人再多再热闹，也就从生到死那样薄。这浅薄的人世幸亏有厚土里先人的魂托着。魂有时浮到地上，在死和活间传消息。死生如跷跷板，这头下去，那头上来。死是另一层活。

现在我只看见地上薄薄的一层人。

以前人没了还有个魂儿。我看见没走远的魂儿，偶尔回来找个事儿。幸亏有这点事儿，让死与生有了联系。

现在人没了就啥都没了。

我出狱后绥来县一个神婆子来看我，我以前去绥来看过她，我降神时也是她来见证的。我们神婆子神不神，得另一个神婆子见证。

那次她问，我身后跟着谁？

我说是一个年轻男人，跟你有过姻缘。

她说，我这男人死去二十年了，还跟着我，我给别人驱了多少鬼，我的死鬼驱不走。

我说，是你不想驱走，死鬼也是伴儿。

她听了流着泪说，多少年里谁看我都形单影只，只有你看见我有个伴儿。

我没让她看见我也有伴儿，连生。平时你不跟着我，你在过那条永远过不去的河。

这次来她让我看她的伴儿还在不在，说她被安排进一个学习班，封闭学习了三个月，出来后她先是看不见自己的伴儿了，继而看不见以前看见的那些东西。

我说，我也看不见以前看见的那些东西了。可能这个世界真的没有那些东西。

她说，那我们以前看见的都是什么？

我说，我们以前看见的，是以前的，现在没有了。

她说，以前村里有宗祠，家里的供桌上有祖宗灵位，现在都没有了。家家盖了新房子，所有房子住着人摆着家具物品，没有一间房子安放祖先神灵。

我说，以前一个人的命连着祖先和子孙的命，每个人都在祖先那里有千岁，在子孙那里有万代。人不在世了，还活在宗祠、家谱、祖坟和子孙的惦记里。

现在，人只剩下从生到死这么浅薄的命。

~ 163 ~

长命松开油门，让车缓缓滑行在河边的石子路上。

“我跟我爹说了，接你到碗底泉一起过日子。”

魏姑没吭声。

长命说：“我给吉诗也说了，我说吉诗我跟你妈分居十几年，事实上已经离婚了，我跟你妈也商量好办了离婚手续。我想把魏姑接过来一起过日子。吉诗懂事。他说我早该有个伴了。”

“你爹会同意？”魏姑说。

“我爹让我自己决定。”

“你爹当年想娶我妈，你爷没同意。”

“我爹从小看着你妈长大，又看着你妈得病变成神婆子，后来嫁到石人子。我爹说你妈年轻时长得俊极了，跟你是一个模样子。他是在你妈不在那天说的。”

“我妈没有早年被鬼缠住那场病，他们就成亲了。”

第三十六章

连生

~ 164 ~

魏姑说:“长命你带我去看看韩连生。”

车沿河边石子路一直朝上走,水库大坝竖立在两山之间,远处的天山像一道天上的坝。

“我在牢里时,老马提着水库的鱼去看我。他知道我不吃库里的鱼,他把鱼送给监狱长,让他们对我好点。其实我在牢里可受人尊敬了。同牢房的几个女犯人都敬我,让我给她们看命。有一个女牢友一直缠着让我收她做徒弟。她跟恋人吵架情绪失控,拿菜刀砍伤恋人。我教她管好自己情绪。自己的情绪才是最大的魔鬼。”

“老马不在水库上了,你入狱那年,他不敢在水库上住了,天一黑,山的影子伸进水里,他便骑摩托车回县上。后来县水利局把他调回来,看守单位院子。”

“老马守的大石头水库,是全县十几个水库中最小的,淹死的人却最多,大多是附近村庄的孩子,也有年轻人。大坝修起后,本来淹死到河里的，都死在水库。韩连生是淹在河里的最后一个人。这条没水的河成了他一个人的。对于生活在过去的人来说，那些过去的水还在过去的河道里。那场洪水并没有退去。”

我又给你说别人的事。每当淹死人，他们就给你烧纸。老马也只能捞出尸体，魂留在水里。淹死鬼都归你管。我知道你懒得管他们。你从不去水库。那些鬼就从坝上的泄洪闸游下来找你，学你的样子在河滩的石头间游来游去。没有水的河更适合鬼魂游泳。头碰到石头上也不疼。也碰不响。也不吹水泡不吸气。老马下到水里也不吸气。他不吸气时跟鬼一样。他能比别人多憋一会儿气。淹死鬼见一个不吸气的人一头扎下来，都迎过去。见老马嘴里吐水泡泡又站一边看。老马拽住淹死的人往上拖，好多鬼往下拽。

~ 165 ~

魏姑说："昨晚我梦见韩连生姑姑，她给我手里放一沓钱，让我去给韩连生烧个纸。我看不见韩连生了，却梦见他姑姑。那年韩连生淹死后，他姑姑从天津赶来办理后事，我妈给他姑姑说了我被韩连生的魂缠住，她跟着我到河边，听我跟韩连生说话。我说的时候，她在流泪，我跟韩连生说的话她一句也插不上。她不知道侄子的魂在水落后的河滩里不出来。回返时她往我手里放了一沓钱。我从没见过那么多钱，全是十元的票子，我不知道该拿住还是松手。他姑姑说，你每年清明帮我去给韩连生烧个纸。我很少梦见过他姑姑。三年前我感觉她的气息冰凉了。昨天她突然又托梦给我，说不定她真的不在了。”

连生，你姑姑走后我只去过一趟你的坟，我知道你不在那里。我用你姑姑留的钱买烟抽。我每天来河边给你烟抽。每一口烟都是抽给你的。我深深吸入，烟味经过我的舌尖、舌根、为你咽下无数泪水的喉。然后，我感到我的呼吸与你的呼吸相连。我没见过你抽烟的样子。我见过的男人没有一个像你。当我吐出烟雾，是你吐出的烟经过我的喉、舌根、舌尖。我吐出了你吐烟的样子。我过着我不曾有的你的瘾。

~ 166 ~

车经过大坝上老马看水库的房子，魏姑朝锁着的屋门望。长命也望，似乎看见那个晚上蜷缩在被子里冻得浑身打战的老马还在那里，他一次次在梦中回来，把落水的孩子再救一遍。他把水中捞出没了呼吸的孩子递给家人，然后光着身子往这间房子跑，没救活的孩子光着身子在后头追，要把他追回去，潜到水底再救一次。这一次没救活，或许下一次能救活。人梦里还有一条命。那些孩子追到梦中要他们醒来后就没有的命。老马的梦中那些孩子活过来。孩子们的魂也一直守着老马不再住的空房子，等他在梦中回来。

长命感到他的幻觉比以前多了。以前魏姑看见的，他也能在幻觉里看见。只要他一直幻想下去，他便进入到老马的房间里，看见老马蜷缩在被窝，手颤抖着给魏姑发短信，让她过来给他燎纸。他一个人守着这么巨大的水库，库里的鱼是他养的，水底的鬼魂也是他养的，他们一到晚上就爬出来，往他的小房子挤，往他梦里挤。

~ 167 ~

长命说："韩连生在河里失踪那天，大队长捎话让我爹赶紧来。大队卫生所有几个年轻的赤脚医生。但大队长知道，万一人捞上来，救命的事还得我爹。我爹能把半死不活的人救过来。那年我二十岁刚过，跟我爹骑驴从碗底泉往石人子赶，我骑一段他骑一段，河水翻滚的声音老远就能听见。"

魏姑没接话。她显然不想听他说韩连生的事。那是她一个人的，对长命和其他人，那是一段记忆，她却一直活在这件事里。

长命觉得自己的一段记忆，也活在这件事里。

他和父亲赶到石人子河边时天已经黑了，父亲看着一河黑乎乎的洪水直摇头。有人拿手电朝洪水里照，河对岸也有手电照过来，两边的手电光在河中间交汇，在起伏的洪水中晃几下，又移到别处。

晚上他和父亲被安排在大队礼堂住宿，两人只有一个褥子和一床烂了几个窟窿的破被子。外面听上去乱糟糟的，人都从河边回来了。他让父亲先睡，自己走出礼堂到对面的供销社，那里亮着灯，几个牧民站在昏黄的灯光里喝酒。是从供销社买的散白酒，盛在碗里，一人一口轮着喝。他没想要买什么，晚饭在大队食堂吃的，一人给了半碗素菜和两个大馍馍，吃得很饱了。他探头看供销社里面，售货员喊他进来。售货员认得他，用天津话说你是来捞人的吧。他说，大队长让我和父亲来救人。

售货员说，人早就死了，救什么。

他说，人没找见怎么说死了呢。

售货员说，都淹水里大半天了，谁有那么长的气。

他说，也许冲走了，没有淹死呢。

售货员翻着半边白眼仁看他。

然后，售货员说中午时候，那个天津青年只穿一条裤头走进供销社，说要买包烟，回去就淹死了。

那几个喝酒的说话声音高起来，一个牧民端着空碗进来，说再加一碗酒。

售货员给碗里加了一提子酒，拿出本子说，账我记下了。

他出门来，其中一个牧民叫他郭兽医，其他牧民都过来跟他握手，端碗过来让他喝酒，他抿了一口，说有事走开了。

回到礼堂他见父亲开着手电坐在褥子上，问咋不睡？说听到礼堂里有人说话，他打开手电照一周，没人。他说，礼堂太空，外面人说话的声音传了进来。

父亲说不是外面的声音，是礼堂里有人说话。

他突然想起礼堂吊死过一个人。

那天他正在村里学校上课，母亲哭喊着跑来，说你爹被工宣队五花大绑，拉到大队礼堂批斗，让他赶紧跟着去。那年他八岁，上一年级，把书包丢给母亲，光着脚跑出村子，在斜戈壁上远远看见走着三个人，被绑住的父亲像一截木头跟在两个人后面，再追近些看见连接父亲和前面一个人的绳子。父亲像牲口一样被牵着走。他不敢走过去，跟在后面一直走到石人子大队礼堂。

那天父亲是被牵来陪批斗的。主要的批斗对象被绑起来吊在礼堂大梁上，一个中年男人。父亲和另两个“坏分子”五花大绑站在下面。批斗会结束，父亲和另两个“坏分子”被牵出来绑在拴马桩上。人都去大食堂吃饭，礼堂里没人了。等他们吃了饭回来，吊在梁上的那个人已经死了，头上流着血。据工宣队的人说他是畏罪自杀。他在梁上慢慢地晃动身体，让绳子荡起来，越荡越高，最后，一头碰在柱子上，了结了自己。

晚上他魇住了，眼睛闭住看见头顶吊着一个人，荡过来荡过去，眼看头撞到柱子，他惊醒过来。

父亲也醒了。

他不敢说做的梦，手电打开照礼堂的大梁。

他给父亲说，我们往窗根挪一下睡吧，我妈说不能睡在大梁下，心脏会被压住。他和父亲把铺盖挪到窗根，那里有一方月光，像一张床。

~ 168 ~

“第三天洪水开始退去，水落得很快，守在河边的人，随下落的洪水往露出石头的河床走。我看见你从河对岸走下来，往河中心走。我在河对岸，也往河水降落后的河滩走，你先走到河中间，那里有一块凸起的大石头，你在那里停住，突然大叫起来。然后仰躺过去。”

长命本来想说，你大喊着晕过去时，我第一个走到你身边，也是我把你背回家。话到嘴边又没说。他给魏姑说了另一件事。“那年你十六岁。”

魏姑嗯了一声。

“我爹说，你妈也是在十六岁上过天津坟被鬼缠身，腿软瘫倒在地，被我爹发现，抱到驴背上送回家。我爹那时二十多岁，跟着我爷学中医，骑个驴四处看病。你妈回到家发高烧三天三夜，我爷给开了两个方子，让我爹看着熬药，头一服药不喝，把药罐放屋子里熬，满屋子浓浓药味，药渣倒炕沿根，说药味能把不好的东西熏走。第二服药人醒来后喝。我爹守到你妈第三天醒来，听见你妈嘴里说胡话，就走了。我爷给我爹留了话，说这女子若醒来人清醒正常，就请人上门说媒给我爹当媳妇。若醒来满嘴胡话，就走人。”

“这个事我妈给我说过。”

“还有一件事你不知道。韩连生的尸体找到后，我和我爹骑驴回到家，我爹开了两服药，让我送到石人子给你服用。我拿着包好的药，望着我爹，我想他会不会把他父亲当年说给他的话，再说给我。结果我爹啥也没说。我把药送到你家后，你妈说，我们家姑儿不用服药，这不是药能治的病。让我把药原拿回去。”

我妈一直没告诉我她被哪个鬼魂缠身，她又是怎样把他驱走的。

我自小看我妈给人驱鬼，我便觉得鬼可怜，就想把我妈驱走的鬼都领回家来，跟我们一起住。可我不能。那时我看不见他们，他们也看不见我。

连生，你让我看见你的命在水中挣扎，魂知道没命了，去了趟大队供销社，那是命要去买烟但没命走到的地方。然后魂回到对岸。你举衣服下水时魂就站在我身边。我在你最后望向我的迷茫眼神里，看见你的命被洪水收走。

后来我才知道我妈曾被另一个韩连生的魂缠身。你们是同一个人。你在民国时便死了，在我面前又死了一遍。死这一遍时，你活过来。

~ 169 ~

长命在河岸上停好车，他没有陪魏姑下去。他知道魏姑有话跟韩连生说。从车窗能看见韩连生的墓碑朝路，头枕西边山梁，脚后跟伸去的地方，是石人子河大坝。老马看水库的小房子在坝上靠东的水闸边，韩连生在土里的脚，正对着老马的房子，他的脚一夜夜地伸进老马烧热的房子，伸进他焐热的被窝。

我妈让你脚朝东南，希望你早点走回天津老家。我妈用了好多法子，把你的魂往石人子的路上引。你是从那条路上坐车来的，魂记住来路。

当时你姑姑说要把你的尸体运回天津老家，她也只是说说，让你听见。她知道把你带不回去。你姑姑一路走了六天，头天从天津到北京站，买到新疆的火车硬座，晚上躺在座位底下睡觉，整整三天三夜到伊州，再坐一天汽车到了石人子，赶到时你已经死去七天。你在水里失踪那天，大队派人去县上给你家人发电报。为等到你家人，大队派人骑马到天山阴洼里驮冰块下来，堆在你身体上。那时候天山雪线低，村民去驮两袋子冰块，并不比他们去偷伐一根做椽子的松树费劲。

你的同学说，他们在这里要修两年水库，他们陪着你。

你姑姑说，你妈在家里等着看你一眼呢，你就给你妈托个梦，在这里安息。你妈身体病弱走不到这里。

他们给你选墓地时我跟在后面，把你埋进去时我站在一旁。我知道你不在这里。你也知道你的躯体跟你没关系了。跟你有关系的人只有我。

还有供销社的天津售货员。葬你的全过程他都跟着，他不停地用天津话给人说你光身子去供销社买烟，没带钱，返回取钱时淹死在河里。仿佛你的死跟他有关系。水坝修好后石人子大队撤销了，供销社也撤走了。售货员带着一家人回天津老家。现在他可能早去世了。我看见他的魂夜夜回来卖货。以前你看见他在梦里回来卖货。现在他把梦里的货都卖完了。

还有你父亲，我看见他的魂走到石人子河边，朝洪水落下后潮湿的河滩里望你，去你在河岸上孤零零的墓堆旁看你。他说他在那边没有墓，孤零零一个匣子，挤在火葬场骨灰柜里。上下左右都是不认识的人。

听你姑姑说，你父亲给你起的名字叫韩富升，按富字辈起的名。家里被定了富农成分，你父亲天天挨批斗，当时正大炼钢铁，他为了表现积极给你改名韩炼生，并捐了家里的生铁锅去炼钢铁。没几年运动过了，觉得炼生不好，他亲眼看见自己家的生铁锅扔进炼钢炉里烧炼成黑疙瘩，不能让儿子的人生这样熬炼，便将炼改成连。你父亲也没熬炼过去，吊死在自己的书房里。他没想到给你起的名字跟爷爷辈里一个先人同名。那个韩连生民国时去新疆镇野做生意没有回来。你毕业时学校招工说到新疆修水库，就报名来了。

你姑姑说，你们家两个韩连生都把命丢在这里。

~ 170 ~

到碗底泉村口，长命刹住车，让魏姑从高处看村子。它已经不一样，有的房子拆了，剩下一个破土墙圈。大部分人家房子没拆，院子长满荒草。路上也长出草。只有长命一家人，在走这个村庄的路。这几年也来了不少游客，他家前后院子用木头扎了围墙，房子的墙也刷白了，在这里一眼就能看见。别的房子没人住在倒塌，他家的房院像是长高了。每个晚上他都听见屋墙倒塌的声音。他耳朵朝着村子，清晰地听见谁家院墙倒了，谁家房顶塌下来。

那些破房子烂土墙成了外来游客拍照留念的好景观。他们从繁华城市，来看这个百年老村庄的最后颓败荒凉。

魏姑好似对村庄的变化没有兴趣。她给长命说："从天津坟那条路过去。"

韩连生，我把你的魂引给碗底泉天津坟里的韩连生。

你们是一个人，我把你交给他，也把他交给你。

那个韩连生一直不安生，他吓病我妈，让我妈在昏睡三天三夜后变成另一个人，能看见他，能看见你。

韩连生，你的生连着他的生，死连着他的死。

你在我妈身上活来一次，又在我眼前死一次。你用死获得在我身上的生。

韩连生，你在世间的命早希夷了，你选在我心里活命。

我给一颗心让你活，你活来时我也有了另一只眼睛看见你，有了另一条命活在千万条没命的人中。

从此我看见，人踩起的尘在半空铺成另一条路，风在半空刮出一条路，钟声也在半空响成一条路，那是魂回家的路。

流浪在异乡的魂，挤在一条一条回家路上。清朝的、民国的、刚解放时的。魂不知道换朝代，只知道他没换爹，没换爷。他爹他爷在土里等他回去。他爹顶了他爷的脚后跟，他得回去顶他爹的脚后跟。

韩连生，我给你做的最后一件事，是我再看不见你，这是我妈都没做到的。她当年要把你的魂从我身上驱走，让我再看不见你。我全身心都护着你。那个未曾打开的少女身体，没有一丝缝隙让你出去。可你是这么进来的。我十六岁的心向你开了一个缝。然后，这扇门再没打开过。

现在，我要跟另一个男人结婚。我不能同时跟两个人结婚。我们的孩子，我已经在梦中把他们养大，供他们上学，他长到你这样大，跟你长成一个人。她长到我这样大，跟我长成一个人。我再梦不见他们。

连生，我一旦看不见你，你就真的死了。别人都死一次，你要在我这里重死一次，才算死干净。

我在牢里时，时时想你单手举着衣服踩水过河，一浪一浪的洪水，从你头顶没过。它们都埋不住你。世间所有的洪水、土、沙都埋不住你。

只有我能埋没你。

连生。

你死了全世界的魂便都死了。

因为你在我心里活着，我才唤所有沉睡的魂活来。

你死了他们都得睡去。

他们本来就睡死了。

你死了我要他们活着做什么。

“韩连生，我知道你跟着我。你这个不安分的魂，还会去缠另一个人，你选在那条河里缠上我，又会选在哪条路上缠住别人。路上走掉的人多，魂儿都站路边招手，行路的人千万莫回头。你也莫回头。你有了跟我这一场缘分，做个鬼也不委屈了。”

第三十七章

续命

~ *171* ~

我二十四岁那年，我妈得病起不了床。我说去碗底泉请郭大夫，我妈不让。她让我捎话给碗底泉我大舅，让他每天一早给她敲一次钟，连敲七天。

我大舅说，他怕我妈听不见钟声，便找了根榆木棒，使劲敲。

钟声飘过斜戈壁传到石人子河对岸的村子时，我妈在钟声里让我在她头顶放一碗清水，叠七张纸点着，然后她左手颤抖举起着火的黄纸，像给她的病人燎病一样，在自己脸上燎。她给别人燎病用右手，给自己燎用左手。我问她给自己燎为啥用左手。她说右手用太多不灵了。她燎几下手就颤抖着耷拉下去，我赶紧握住她的手腕，用左手把没着完的纸接过来，在她脸上来回燎，烧过的纸灰一片片落在水碗里，也落在她枯瘦的脸上。

纸没烧完她睡着了。她没力气醒来。她的眼皮疲惫得睁不开，鼻孔疲惫得剩下一丝呼吸。我把着完的纸灰收在碗里。她没力气喝下这碗水。我握住她的手腕找脉搏，好久才摸到一丝脉动，远远的，像钟声一样，越来越远，但又一次次地回来。

~ 172 ~

我妈醒来时总是黄昏，她把白天睡过去，为在日落后睁开眼睛。

她说姑儿你给我挪挪身，我想坐起来看看院子。

我说外面黑了啥也看不见。

她说来了那么多人，咋不让到屋里，都站在院子里。

院子里顿时有响动。可能刮风了。每当风刮过那棵榆树时，都发出人挤人的声音。这个声音是我妈说给我的。她说，她当姑娘时每次经过天津坟都刮风，她听见人挤人的声音。

我在她的听觉里听见她无数次说过的声音。

我给她擦脸上的汗珠。她的汗干枯了。

她说姑儿你挪开身，你爷来了，让他坐炕沿上，他有话跟我说。

我挪身时感觉一股凉气整个地穿过身体。

我站在窗根，知道我刚才挪开的炕沿上坐着一个人。他是我没见过面的爷爷。我妈也没见过他。我爹娶回我妈时，媒婆说魏家先人在民国跑运输，家里存的有金子。我妈嫁给我爹后从没见过金子长啥样，倒是从我爹那里听了一肚子关于我爷和金子的故事。在那些故事里，过石人子的商客把亮灿灿的金子拿布包裹，塞到我爷赶的牛车辕木暗槽里。我妈在我爹的故事里认识了我爷。我爹死后，我妈经常说我爷来了。她说我爷问我爹去哪了。他问她要他的儿子。开始我妈不说实话，说我爹开车跑运输，走得远了，好久才回来。

我给我妈说，你不要骗鬼了。

那时我才十三岁，距我遇见你还有三年。

我妈听了我的话，去我爹遇难的路上，据说也是我爷遇难的路上招魂。

前一天，我妈捎话给我舅，让他在半晌午时把钟敲响。她要去石人子山里招魂。

我在石人子山里听见碗底泉的钟声，知道是我大舅敲的钟。

听到钟声我妈说魂都醒来了。

她在路边选了块地方让我跪下，她点着黄纸在微风里寻我爹的魂，又唤我爷的魂，结果爷父俩的魂都附体到我妈身上，我妈嘴里发出两个口音相近但粗细不一的声音。我听出那个粗声音是我爷，他说几句话，我妈的嘴里又说出一个稍细的声音，这是我爹的声音。我爹借我妈的嘴跟我爷说话时，他应该知道他的小女儿就跪在地上，眼里流着泪。我等我爹跟我爷说完话，然后，他能跟我说一句话。

可是，我爹跟我爷说完话就消失了。

钟声也在这时飘过头顶听不见。

~173~

我爷依旧来家里，炕沿的位置是留给我爷坐的。我妈声音低低地跟他说话，说完眼睛看着炕沿上我看不见的那个人。

我妈说，我把眼睛给你你就看见了。后来我在我妈眼睛里看见她看见的。我的眼睛里多了一双眼睛。

我妈说，姑儿你送送你爷，送到门外，他赶的牛车在路上。

我应声开门，知道我爷已经出去了，门口有一股风。

在院子里我朝前望，又朝后看，不知道他在我前面还是后面。

我站在路边，路上有一股风。我知道他赶牛车走了。

我听见牛车轱辘的响声，是我很小时候听见的，一直在。我看见路上的尘土，是我很小时飘到头顶的，一直在。我知道我爷赶着牛车朝石人子山里去了。

我爷跟我妈嘀咕时，我隐约听我妈说，魏东明咋没一起来。

魏东明是我爹，自从我和我妈去招了魂，我爹和我爷就在一起了。

我爷说，他双腿被拖拉机轧断，走不来。

我妈说，您不是赶着牛车吗，咋不让他坐着车来。

我爷说了什么我没听见。我隐约看见我爷的牛车上，坐满他当年没送走的人，那里没我爹的位置。

后来我去石人子山里，在那条民国的驿道上，看见我爷的魂背着断腿的我爹的魂，他们身前是那辆车辕的暗室里藏有金子的牛车。我爷脸上汗水干枯，我爹一脸干枯的愧疚。牛车上挤满民国面孔的人。

~ 174 ~

我进门时屋里又进来了人。

“王木匠你也来了，你没给我打个棺材就走了。”

“你说让碗底泉的赵木匠打。我说太远了。你说不远。”

“冯七奶你咋瘦成这样了，你家儿媳不给你吃饭吗？养个不孝儿子真是造孽。”

门关着，不知从哪进来这么多人。

我肩膀突然阴森森的，凉气瞬间传到全身，汗毛唰地直立。我知道碰到她说的那人了，我的肩膀碰到他，身体穿过他没有的身体，那一刻他突然拥有了我，我和他脸贴脸，胸挨胸，我的眼睛进到他眼睛里，心跳成了他的。很快，我穿过去了。他没留住我，我没留住他。我只感到他的目光在我的眼睛里，凉凉地看着。

石人子河发洪水那天，我又一次被一个人穿过身体。那人湿漉漉的，裸着身，他的短裤被水冲走，像一个刚出生的孩子，又那么大，他从水里走来，一步步走出水，径直走进我身体，我没让他穿过去，他下水前看我的迷茫眼睛在我的眼睛里。

连生。

我妈不在后我才一个个地看见并认出她让我看的那些人。他们想被我认出来。我妈不在后整个石人子风能吹到的地方，就我一个人能看见他们。

他们知道我能看见他们。

我不想看见他们。我只想看见你从满是石头的河床游过来。

我妈唤我去梦里见她。她带我走小时候走过后来忘记的一条小路，我在梦里清楚地知道这条路通到哪里。再后来，我白天也能看见她，我想她时她就坐在我对面，我跟她说话，有时她不理我，让我跟她身边的人说话。

我跟着她的目光，看昏暗的房子里被她叫出名字的人。还有好多她叫不上名字，她就说“那个谁，你也来了”。她心里明白但叫不上那人的名字。那人也不说自己叫啥。他能说出自己名字的舌头已经腐烂在土里。

~ 175 ~

又一个黄昏，我妈醒来念叨你爹的名字。我去请你爹。你爹说，他已经是兽医，不能给人治病。其实那时你爹已经恢复做中医了。但你爹倔强，说自己给牲口看过病，没脸再给人看。我说，人都病成这样了，什么人兽的，求您救救我妈吧。她念叨您的名字，您能救她。

你爹骑驴来了。我妈年轻时可好看了，你爹那时经常背个药匣子往我们村跑。你爹在碗底泉没娶上我妈，人都嫁到石人子了，还经常过来看。我妈不喜欢你爹来，神婆子和中医相犯，药味一冲就不灵。

你爹来时我妈又昏迷了，我把我妈的手从被窝拿出来，递到你爹手里。我看着你爹干枯的手指，按在我妈一样干枯的手腕上。他俩年轻时相互爱慕，可能连手都没摸过。现在一对枯瘦的手挨在一起。你爹用两个指头号脉，号着号着四个指头按在我妈手腕上。我妈醒了，看着你爹流眼泪。我给我妈擦泪。你爹说，你妈一辈子看别人流泪，自己的泪没好好流过。我妈的眼泪哗地流淌起来。我从来没见她这样流泪。以前在人家的丧事上都是别人流泪，她是神婆子，面无表情。她有时也号，但不流泪。你爹左手握住我妈的手指，右手握住手腕，仿佛我妈那丝微弱的脉得两只手十个指头才能摸见。

我妈的手和脸上渐渐有了些血色。

我妈说，郭兽医，你看我还有几日？

你爹说，药我都带来了，让姑儿煎服，一服就好了。

我妈说，你开的是人医方子吧？

你爹说，我们祖传的中医方子，你服了就好了。

我妈说，我的病我知道，好不了了，叫你来，想让你用兽医方子给我开服药，治好治坏，就一下子了。

你爹说，我们祖上一直是中医，到我这里被贬成兽医，但我一直是用人医方子剂量加重给牲口吃，给你的方子我没加量。

我妈说，我送走的人都围着我，来讨债了。

你爹说，我们医生看的是生，不看死。

我妈说，你医不好的人也多，他们迟早也来找你。

你爹说，你会来找我吗？

我妈说，你治不好我的病，死了也不饶过你。

~ 176 ~

我妈服了你爹的药，果然好了起来，两天后就能起床走动。你爹每隔五天送一次药来。我妈做了一辈子神婆子，以前从不吃药，魂闻不得药味儿。临离世那半年，她竟然信了中医，草药成了她最后的依靠。每次熬药前，她把纸包打开，挨个辨认出每一种草药，叫出它们的名字。她年轻时候也被派去学过赤脚医生，也学过抓药，但她把包药的草纸都给病人烧了燎病。

自从吃你爹抓的中药，我妈便不再给人燎病，有人来找，我妈就让我去。我妈给人介绍说，我比她神。

连生，我妈看见我降神，看见你在我身体里。

她昏迷不醒时我点纸给她燎，着火的纸在她脸上过三次，她就醒了。

这是她教给我的。

她最后的日子，让我看见，她驱走的鬼都回来找她，房子挤不下，站在院子，院子站不下，坐在房顶。到晚上屋梁嘎巴巴响。鬼没重量，黑夜和年月有重量。一根房梁最后被自己的重量压弯压垮。

~ 177 ~

我妈知道自己不行了。她推开屋门，外面站的都是人，不说话，眼睛空洞地望。路边也站着人，见了她转身就走，拿眼神示意她跟着。她不怕，路上有人脚印，那是人印在地上的生符。走着走着他们撇开路，把她朝野戈壁里引。她站住不动，回头看，后面也是往前撵她的人。

她开始害怕夜里噩梦缠身，盼天亮。后来她盼天黑。她知道自己在白天的命将尽，眼睁睁熬到夜晚的梦中续命。她在梦里喊郭寿的名字，在他身上冥冥地活半个时辰。觉得没啥意思了，又到那年淹死的王大队长身上续命。也续不上啥命，都早没命了，匀不出半口活气。

她见人就拉手。尤其见了小孩，握住人家的小手不放。我妈想让有很长命的小孩拉她一把，让还有命可活的大人拉她一把。她拉了好多将死之人的手，把自己的命拉短了。他们抓住一棵救命稻草一样抓住她的手不放，好像死不死她说了算。她让他们安静，不用怕。死生有命。死也是自己的，不用怕。当她知道自己大限将至，她说给别人的安慰话，却都不能安慰自己。她姑姑来看她，她握住姑姑的手不放，姑姑安慰她说，人都要去呢，到了那边，一回头就把这边忘了。人做完了，土里的时日长着呢，先走的人都在那边等候，你爹妈、走掉的丈夫、村里你认识的人，都在那边，不改姓名。我妈听完说，这不是你妈临终时我说给她的话吗，你咋一字不落说给我了。

她知道自己不行了比这还早，我见她出门包里装着叠好的纸，遇见缠她的人影就拿出来点着，在自己脸上燎，一燎他们就不认得了，扭头去找别的人。她开始抽烟，不时地点一支，脸上烟缭绕着，鬼认不清。她有时让我也抽一口。我早就抽烟了，我想你时唯一想做的事就是抽烟，我把你没买到的那盒烟抽给你，把那个供销社的烟都点着抽给你。缭绕眼前的烟让我看见你也在抽烟，我们俩嘴对嘴抽一支烟，你吸的烟吐到我嘴里，我吸的烟吐到你嘴里。

~ 178 ~

我妈不在那天，我去碗底泉给她敲钟。她弥留之际只跟看不见的人说话。我说话她没反应。她眼睛半闭，头偏着，耳朵根在动。我突然想起我舅爷临终时耳朵根动的情景，我知道我妈想听见钟声。

长命，是你骑摩托车带我去敲的钟。你来送你爹开的药，我知道那些药已经没用。你爹也知道那些药没用。三天前他来看我妈，双手握住我妈干枯的手腕。我妈脸上已经没有血色，嘴角挂着一丝艰难的微笑。你爹摸见我妈的脉快跳到尽头。他给我说，该准备的都准备吧。但他还是给我妈说，我让长命抓药来，吃了就好了。

长命，你用最快速度把我驮到碗底泉大榆树下。我使出全身力连敲七下钟，然后往回赶。我坐在你的摩托车后面，双手抱住你的腰。一路上我知道我敲响的钟声已经飘过斜戈壁上的天空。我知道我妈的魂已经在钟声里回到我父亲我爷爷那里。我知道我妈招惹过的鬼魂，都留在我们家院子。那是我妈留给我的。我在她闭眼离开后看见她曾看见的一切。

现在，我妈曾看见的，我曾看见的，我都看不见。

我无神了。

第三十八章

无神

~ 179 ~

夕阳从西边山沟斜照过来，长命家的院子已经在山阴里，庙前的大榆树还在阳光中，那里地势高。长命和魏姑沿巷子往上走，走过一院一院暗下来的空房子。长命不时看那些院子里的阴影，房屋和院墙的阴影伸到路上。魏姑跟在长命后面，也在看。

长命想起魏姑说的，故去的先人藏在树和墙的影子里回家来。现在这些长满荒草，跑动着老鼠、蚂蚁，也沐浴风和阳光的空院子，或许只有祖先在进出。

在碗底泉只剩下他和父亲还有吉诗的这三年间，他无数次地在黄昏时走过一家家的空院子，走到庙址前的大榆树下。

那时他知道这些空院子都不空，搬走的人夜里做梦会回来，在这些院子里过他们醒来后不认的生活。故去的祖先也会在树影里回来，把他们的脚步和说话声隐藏在时断时续的风声中。

现在，他多想让魏姑指给他看那些他看不见的东西。

我知道每个院子里人影人声都在。人搬走了，梦不走，夜夜梦里人回来，住旧房子，睡老土炕。搬迁让一村人变成两村人。白天他们在新庄子的地里劳动，晚上梦中在旧村子的地里干活。

我知道人的魂和身体不在一个地方。

我知道人在梦和醒里过着两种生活。

“搬迁了。都搬迁了。回新村子去。新房子新床铺，新锅灶新碟子新碗，咋还夜夜梦回旧房子。老院子草长满，老鼠打洞，蜘蛛结网。咋还不走，留下干啥呢。”

若在以往我会挨家挨户喊。我一遍遍地念叨他们的名字。

我把梦里人往醒来引，把梦和醒分开。梦里不愿醒的人太多，梦住不下。

我把鬼魂往墓地里引，把死和活分开。

我喊过多少我不认识的名字。他们耳朵听不见时我才喊他们的名字。人名对我来说只有招魂时才有用。被人叫一辈子的名字，最后被我叫时，便只剩下魂。魂没有身体，就寄托在名字上。名字成了魂的地址。名字怕没魂了，字的笔画拆散在风里。魂也怕丢了名字。魂不能自己叫名字。能叫自己名字的舌头腐烂在土里。还有记得自己名字的人在世，有人唤一声，魂回到名字，就像回到住过百年的老宅子。

我曾看见和知道的，我再看不见也不知道。

我无神了。

魏姑眼睛闭住又睁开。长命想看见她的黑眼仁转到一边去，剩下曾经让他害怕的白眼仁。可是没有。她的眼神只有一丝伤感和忧郁，她能看见黑暗的白眼仁，被只能看见白天的黑眼仁覆盖。

~ 180 ~

长命说，魏姑你入狱的头一年赵木匠不在了，突然得了脑梗，脑出血，没送到医院人就没了，半道上拉回来。赵木匠好的时候经常说，他最后一个棺材给自己做。可惜他走得太快，突然没工夫给自己做了。家人请来在外搞装修的方木匠，帮忙给赶做一个棺材。赵木匠生前把最好的板子都挑好留给自己。方木匠年轻时做过赵木匠徒弟，到灵堂给赵木匠磕头，说干不了这个活。方木匠在县上做装修，给人家打制家具。方木匠说，他不是不会做，是不能做。他干了这个活被人传出去，干家装人家就会硌硬。生死两件事，干了这个就干不了那个了。最后，我和王大蓄去县城给赵木匠买了口棺材，一看做工就没赵木匠的好，木料也不好，但是没办法。赵木匠有做棺材的命，没有躺在自己做的棺材里的命。

~ 181 ~

长命说，魏姑你入狱第二年，搬去新庄子的人办了件喜事。

你表哥潘五找了一个媳妇结婚了。他找的媳妇你认识，你给燎过病，是双大门村的，今年四十三岁，比潘五小十岁，现在已经怀孕了。那女的从二十三岁起犯傻病，天天往镇野县城跑。早晨出门，走小半天路，到镇野城墙根的瓮城小区三号楼七单元，挨家挨户找她男人。

她穿着一只鞋，手里提着一只，用提着的鞋挨家敲门。

二十年来她每天不间断地来这个单元里找她男人。人家都怕她了，通知保安撵她走。她还是每天过去，坐楼道等她男人。

家里父母就她一个女儿，开始父亲跟着她去，母亲也跟着她去给楼道里的人家道歉。后来父母老了，走不动，便不去管她。你入狱前那家人找你去看。你给女的母亲说，你女儿被人家配了阴婚。配阴婚的男方就在这个瓮城小区里。

你没说谁家干的这事，她母亲自己打问到了。是三号楼七单元五楼的人家。那家孩子十九岁病逝，家里的独子，母亲结扎了，再生不了，父亲将成绝户头，就有人说给孩子配个阴婚吧，到那边去生儿育女。于是托人在附近村子找，结果找到这个女子家，偷偷拿了女子的旧衣服，还捡了一只女孩穿破扔在外面的鞋，偷拍了女子照片，照女子模样糊了纸人，衣服鞋子穿在纸人身上，头并头放在死了的男孩身边，葬了。自那以后这女子失魂落魄了，天天往那个小区找她男人。

女子家告到法院。男的家也承认拿女孩的衣物给自己早夭的儿子配了阴婚。男的家想让法院调解给女子家赔一笔钱。女子家不愿意，要求挖开墓，把女儿的魂放出来。后来女子的傻病就好了。

那天你表哥潘五在路边等车，过来一辆客车，车上下来一女子，提一只黑布包，走到他跟前，眼睛直直看他。那女子说，你是潘五吧。潘五问，你是谁？女子说，二十年前，你父亲托媒人去我家说媒，我没同意。那时我一直以为我有男人，我每天去镇野找我男人。后来有一天我突然醒来，我醒来时你托人到我家说媒的事仿佛就发生在昨天。其实我知道那已经是二十年前的事了。我做了一个长梦，醒来后我到处找你。听人说光棍爱在路边站，我便乘车在路上来回走，我果然在路边看见了你。

~ 182 ~

长命说，赵木匠走了后，王大蓄把赵木匠院子家里面的木料全盘下来。赵木匠的独生儿子在外打工，他从小不敢进父亲的木工房。回家葬了父亲后，没过头七便回城里了。他不敢在父亲的院子住，都不看一眼父亲的工棚里码了多少木头，算了点钱卖给了王大蓄。

王大蓄经常夜里回来在赵木匠的院子里打造寿房。他锁死院门，不让人看见。王大蓄手勤，早年在村里见铁匠打铁就帮忙抡锤，见人做木工便搭手拉锯，啥手艺活都学了一些。他和赵木匠是邻居，在赵木匠手下也没少帮忙干过活，早把做寿房的手艺偷偷学会了。

但还是没赵木匠做得精细。

他夜里做寿房时赵木匠的魂也回到木工房，魂在一旁看王大蓄刨板子、凿卯。哪尺寸偏了，魂在后面捣一下王大蓄的胳膊，把尺寸校对过来。有时王大蓄抬不动板子，赵木匠的魂就在另一头搭手。王大蓄跟我说，长命你千万别告诉别人我晚上来这里做寿房，你也别过来敲门，跟我打招呼。

在空荡荡的村庄夜晚，王大蓄敲打木头的声音时时传来。我父亲耳背听不见了。吉诗能听见。有个夜里他出去，从门缝看王大蓄一个人在院子里钉棺材，他吓坏了，跑回来便发烧说胡话，睡一天一夜才好过来。

我给吉诗说，你千万再别过去打扰王大蓄，他是梦游过来做棺材的。他梦里才有劲一个人抱起一块厚木板，梦里才有做寿房的手艺。他做完活，必须赶醒来前回到新庄子，头枕到自己离开时的枕头上。他若在梦游时被惊醒，就傻了，再回不到正常的生活。

这几年新庄子走的几个老人，用的都是王大蓄梦游过来做的寿房。

他梦游时做的寿房死沉死沉，那些醒着的人，费多大劲都抬不到车上，只有雇吊车。自卸吊车拉着寿房上到大榆树下的老庙底子前。魏姑你在牢里，没人引灵，人们相信老庙底子灵，在那里停下烧个纸，再掉转车头从另一个巷子到墓地。

~ 183 ~

长命说，我小学一年级在关公庙上的，道士被撵走，庙改成教室，关公手握大刀靠北墙站立，头顶到房顶。以前供人烧香磕头的地方摆了课桌。老师站在香案后面，关公大刀竖在他头顶，像是随时都会砍下来。上二年级时教书老师被揪出来批斗，脖子上挂着打了红八叉的牌子，头戴报纸糊的高帽子。社员揭发他在庙里给孩子讲关公过五关斩六将，斩掉的都是贫下中农。接着关公像被砸碎。砸像时，几乎全村人都来了。我和村里孩子挤在大人堆里看。开始大家都不敢动手，公社来的革委会副主任带头用镢头砍断关公握大刀的手臂，手臂里面是一根木头。然后潘队长上去把竖立的大刀扳倒，砸成几截扔地上，大刀也是木头片做的。又挖开关公彩绘的胸膛。大家看见关公胸膛里都是泥巴糊的，还装了些麦草，正中间立着一根木头。革委会副主任说，看看，就是几根木头，一堆烂泥土，还是个草包，以前我们天天磕头烧香敬拜的，原来就是这么个草包东西。这下大家胆大了，一拥而上，铁锨、镢头一顿乱砍乱挖，很快把关公像拆成一堆烂土。拆掉关公像的庙成了村民开会的场所，以前关公像的位置放一张桌子，上头来领导时坐那里讲话。潘队长从来不坐那里，他站在一旁给大家讲话，站着念文件，学语录。我和村里孩子没老师教课，停学在家，拔猪草、拾柴火，跟大人开批斗会。我爹也被揪出来批斗，家里的繁体字中医书被抄出来烧了。我爹有远见，听见大队开始搜查旧书，就把家谱藏在牛棚下面。医书烧了就烧了，医方都在他脑子里。族谱不能被烧了，上面有祖宗的名字，不能扔进火里烧。

~ 184 ~

长命说，那天跟我爹聊天，他说他不害怕了。

我说，本来就没啥可怕的。

他说，我倒觉得你胆子小了，是我把怕传给你了吗？

我没告诉我爹，他以前害怕的那些声音，其实都在，只是他听不见。他耳朵聋了。睡到半夜院子传来那些声音时，我都想，只有我在听这些声音。

小时候我听见有脚步声走过院子，推醒父亲，低声说有人进院子了。父亲侧耳细听，说是风进院子了。父亲说完用劲咳嗽两声。院子里顿时安静。父亲用咳嗽声告诉进院子的风或者人，房里的人醒了。人听到咳嗽会知趣地溜走。风却刮了又刮。

现在我爹耳朵背了，我知道他比耳朵好时听到的更多，那些过去的声音开始在耳朵里响。

我爹说，长命你听外面好像有人走动。

我什么都没听见。我知道父亲说的有人走动的声音，是我小时候告诉他的。那时我听见风声里藏着好多人的脚步声。现在这些声音在父亲听觉里醒来。他经常在夜里咳嗽，他的咳嗽声已经没有劲，吓不走他听见的那些声音。

每当这时，我会跟着父亲的咳嗽，用劲咳嗽两声。父亲变得安静了。我知道自己的咳嗽传遍院子各个角落，就像当年父亲有劲的咳嗽声一样。

但我爹确实很少魇了。我却经常魇住。

我爹说，昨晚你又魇住了，以往你魇住时我咳嗽一声你就醒了。你小时候就爱魇，半夜大喊大叫，把一家人都惊醒。你妈喊“长命醒醒”。你妈声音轻，我大咳一声，你就醒了。

我说，人魇住不能喊名字。

我爹说，我也知道人魇住不能喊名字，你魇住时蹬腿、手乱抓，我大咳一声，你就醒了。

我说爹我自小听您大声咳嗽。我在梦里被人追赶时，我都张大嘴想大咳一声把那个坏人喝住。可是我喊不出来，我的喊叫声全在梦里。直到最后，那人眼看捉住我，我恐怖到极点，腿脚乱蹬，突然大喊出来。

一个夜里我和父亲一起魇住，我半睁的眼睛里分明看见父亲魇住了，嘴大张，我着急地张大嘴喊父亲。父亲也一定看见我魇住了，极力想喊我醒来。我和父亲侧躺在炕上，面对面，嘴对嘴大张着，没喊出一句话。

我从来没告诉过我爹，我小时候做噩梦，梦里追我的人不知道我的名字。后来，可能我妈喊“长命醒醒”，我妈喊我的名字被梦里的恶人听见，喊着我的名字追我。他不知道我的名字时，追到村里我躲起来，我听见他的脚步声在周围转，他找不到我。

他知道我的名字后我便藏不住了。

他喊我名字的声音喊出来好多人，他们把我家的位置指给他，把我爹我妈我妹妹的名字说给他。以前他不知道我们家在哪，我被追赶时有意不往家里跑。我不能把恶人引到家里。可是，他喊着名字追我时，遇到的人都知道在追我，没有人阻拦那个坏人。他们好像认识他，跟他点头。村里黑黑的，他的喊声叫醒越来越多的人。都在说我的名字。说我被人追赶。其中一个说，长命你赶快出来让他捉住吧，我们还要睡觉呢。我跑到草垛后面，钻进狗洞猪圈。我想变成一条狗一头猪蒙混过去。可是没用，我变成猪狗都有人认出。我看见我在绝望中往童年里跑，越跑越小。我知道再跑下去我便在母亲怀抱了。

果然我看见母亲伸手拉我。天黑黑的。我一只手拉在母亲手里，另一只手像是被死亡拉住。我甩不脱。遍地躺着跟我长相一样的人，他们朝我伸手，眼神死灰一样。醒来后我知道自己又在梦里回到家谱中写的那个郭家被灭族的时刻。我又想到爬满家谱的那些郭姓人的名字。他们在死亡那里，我每看一眼，他们活来一次。

~ 185 ~

魏姑说，长命我看了从钟塔河西村带回来的那个打印的本子。当时我没让你带回家，我说你一下子带回去那么多亡灵，你和你爹都不安宁。那个本子在我家里放了一个月，我翻看了几页，便没再看，那几页里死的人，比我几十年来遇到的都多。

爹，我们就这样死了吗？

咋样都是死，全村人都死了。你上到房上也看见了。

与其让他们杀了侮辱了，不如自己死。

王家院子几十号人，和贼娃子拼了一天，都拼光了。

把气力留下，来世里好好种庄稼吧。

父亲看看锅里大烟水的颜色，沾指头尝了尝，给厨子说，舀吧。

大大小小的瓷碗摆了一案子，父亲点碗的数字，点到三十五，少两个碗，问厨子。

厨子眼睛闭住，眼泪往锅里淌。

郭子亥把碗藏怀里。

小兰也藏了自己的碗。

父亲要郭子亥的碗，郭子亥喊叫着跑，父亲一把揪住领子，把碗夺过来。

小兰见郭子亥的碗放在案子上，自己走过去，掏出怀里的碗，挨着郭子亥的碗放下，挨得近了些，手抖，碰出了响。郭子亥泪往下流，牙咬着嘴唇不让自己号出来。妹妹也牙咬着嘴唇，眼里早没有泪水了，红红的。郭子亥把妹妹搂在怀里，走到案子旁，把自己的白瓷碗，往妹妹的兰花瓷碗上靠了靠，又听见了响。

厨子一勺勺往碗里舀大烟汤。

谁的碗谁认得。以往厨子也是这样舀饭舀汤。

全舀好了。

父亲说，喝吧。

爷从墙根站起来说，以往你们孝顺，餐餐让我先端碗，今天，这个先还是我的。

爷端起自个的厚墩瓷碗，眼睛看着一地的子孙，大声说道：

我的儿孙们，这是我们最后一面了，都相互看一眼吧。老的小的，我们都在土里见了。郭家若有一颗种子留下，百年后定会繁衍出这一院子人。

郭爷说的那颗种子，是他大孙子，年头里去衙门当兵。衙门在三天前被乱匪攻占，这个孙子死活没定。

郭爷说完，眼睛一闭，一碗大烟汤咕嘟嘟灌下去。

郭爷没打算再睁眼。药汤喝进去，碗从嘴边跌落，手臂跟着垂落下来，人软软地塌落下来，半个身子倚在墙上。父亲赶紧扶爷坐地上，背靠墙，都以为爷死了，哭喊着，爷却突然眼睛圆睁，目光炯炯，只是身子还是软的。

父亲端起自己的碗就要喝，爷挡住。

爷说，你得监督着自家人都喝了。

父亲挨个把药碗端给七个孩子和孩子妈，大儿子十九岁。最小的女孩三岁。

喝了药的人都出现幻觉，迷迷糊糊的东倒西歪。

父亲把最小的男孩叫跟前，摸了摸头顶说，子亥你自己喝了吧。

子亥妈把子亥一把拉过来说，我给他喝，你别管。

后面发生的我都知道，在郭家家谱里。郭子亥妈把他揽怀里，趁他爹没注意，拉着子亥往墙角一拐，溜到西厢房的后墙根，那里有一个排水洞，母亲让子亥钻出去，接着自己钻了出去。后来母亲带着孩子逃难到新疆镇野碗底泉，在这里繁衍一百三十多年，如今郭家又是一个大家族。

~ 186 ~

庙址前大榆树的影子长长地伸向东边，影子在山坡上站起来，长成一棵无限生长的树。

魏姑仰头望榆树朝东的横枝，那里有以前挂钟时钢丝绳留下的一道深勒痕。

“我那个袋子里的东西，你拿去铸钟，应该足够了。”

长命知道魏姑说的袋子里，装着她这些年给人驱鬼燎病的收入。那天长命把魏姑接到家，魏姑只带了她的黑包，还有一个尿素袋子。魏姑说：“这个袋子里的东西你拿去用。”魏姑打开袋子，里面全是红纸包。长命知道那些红包里都是钱。长命跟魏姑接触这些年，从没听她说过钱。她给人家燎完病，人家把钱包在红纸里，给多少她也不问，也不拿手接，人家就把红包塞到她的黑布包里。

魏姑说："长命，你集资铸钟的钱被没收了，你用那个袋子里的钱请魏师傅来铸钟。"

长命说："我铸钟赞助最多的是你大舅，钱让乡上没收后，我给他老人家说钟铸不成了，我想办法把钱还给他。你大舅说不用还，他再给我钱铸钟。结果他没听见钟声就走了。你大舅听不见钟声了，我不能拿他的钱铸一口他听不见声音的钟。"

魏姑说："钟声是给那个世界的人听的。我大舅能听到。"

长命看见魏姑的眼神从大榆树挂钟的横枝落下来，落在他仰望的眼睛里。

她说的"钟声是给那个世界的人听的"这句话，也落在他耳朵深处那个世界里。

长命说："以前你说钟声能把鬼魂送远。你说先人的魂在一阵阵的钟声里回到故乡。你说一座一座庙里的钟声，连接起一条声音的路。你说人走地上的土路，魂在人头顶，走钟声的长路。那时你说的这些我都看不见。但我相信。现在你说那些东西都是迷信。你说你看不见它们了。你怎么能看不见呢。你看不见了我们咋办？"

魏姑说："我无神了，是我的事，跟神没关系。"

长命说:“我知道你无神了跟神没关系，我爹的恐症是你招魂来治好的，究竟好没好我也不清楚，因为我爹偶尔还做噩梦，我也做噩梦，但噩梦的根源你给我们找到了，那是千真万确的，我那老祖宗受的怕就写在家谱里，我到老家后又真实听到。我知道怕的根源，就不怎么怕了。因为我和我爹的怕，还有我们郭家人的胆小害怕，都是祖先留给我们的。在这个怕里，我知道郭家入到坟里的先人，都还活着。”

“长命你通神了。”

“我听你神神道道说了多少话，我多少也通了一些。”

“长命你听着，我那些给人燎病得来的钱，我也不会用在别处。你帮我铸一口钟，就当把钱散在钟声里。”

“我这两年开客栈也挣了些钱，去年我跟潘五说，我想把钟铸出来。潘五说，他爹都不在了，听不见钟声了，铸钟有啥用。我知道潘五的意思，想让我把他爹赞助铸钟的钱还给他，我就还了他。你大舅不在后，碗底泉村剩下我们一家人。我也想铸了钟谁去敲，给谁听？”

“你每天去敲钟，会有更多人来敲钟。远远近近的人，会听着碗底泉的钟声而来。”

“魏姑你说得对，冬天来我们客栈住的一位游客，听说碗底泉庙前大树上曾经有一口钟，便说那口钟若在多好，他一定经常来敲。我说你敲钟做什么？他说他们村里以前有一口钟，后来没有了。这些年来他到外地都去庙里敲钟。他说钟敲响时他能感觉到自己跟去世的父亲母亲在一起。”

~ 187 ~

长命说，魏姑我时常能听见我没铸成的那口钟在响。我听到它的响声时，知道有一个不曾存在的我，站在没铸成的一口钟下，举起我曾举起的木棒，用我曾有过的力气轻敲下去。然后这个世界的角角落落都充满了钟声。

我在自己敲响的钟声里，一路上坡，走过曾经住着人的一户一户院子，看见被钟声唤醒的人们，在走动，干活。我跟他们打招呼。有人问我去干啥。我说去敲钟。他说钟已经响了。我说响了再敲。

我在那样的黄昏，一个人往山坡上曾经有过的关帝庙走，它曾经的样子在我心中没有被拆除。还没有人能从我心里拆除这座庙。更没有人能在我梦里拆除这座庙。

当我走到曾经挂着大钟的榆树下，看那根以前挂钟的粗壮树枝，我没铸成的那口钟早已挂在上面。我看见曾经被钟声震颤的树干，无数个秋天的叶子曾在无数的钟声里长出、凋零。

这样来来回回地走动时，我变成一个心中有钟的人。

如果潘伯还活着，我一定告诉他我未铸成的那口钟，已经敲响了。

他的钱没有白花。我心里有庙，庙前有树，树上有钟，钟下有我自己，在敲。

钟声响起时，我看见家谱中的祖先，一个个走在悠远的钟声里，三年前去世的母亲也在钟声里回来。

2024 年 11 月 9 日下午结尾

2024 年 12 月 10 日晚定稿

2025 年 1 月 10 日晚修订

2025 年 1 月 21 日再次修订

2025 年 2 月 2 日凌晨最后校订